KB236731

상상 여행

채수영 수필집

새미

이 도서의 국립중앙도서관 출판시도서목록(CIP)은 서지정보유
통지원시스템 홈페이지(http://seoji.nl.go.kr)와 국가자료공동목록
시스템(http://www.nl.go.kr/kolisnet)에서 이용하실 수 있습니다.
(CIP제어번호: CIP2013002467)

– 책머리에

신명(神明)의 줄기를 타고

　내가 글을 쓰는 일은 신명의 줄기를 타는 일이다. 그러나 안타까움으로 속을 썩이는 신명은 좀처럼 내 곁에 오는 것을 꺼리는 것 같을 때, 나는 무당의 몸짓에 기댄다. 그럴 때마다 돌아오는 신기루의 모습에 환호작약보다는 빨리 붙잡을 포획의 계획 때문에 좌우를 돌아볼 여지가 없는 속도에 스스로를 맡기면 무언가 형상이 앞에 있음을 감사한다.

　물론 아름답거나 아니면 뛰어난 형상이라면 더할 나위 없지만 내게 다가온 흔적 앞에 삶의 보폭이라 자위하는 일이 고작이다. 은퇴이후 내가 할 수 있는 일이란 글 쓰는 일이 전부이고 여기에 투척하는 나의 신명은 일상의 도피성에 가까울 것 같다. 그렇더라도 최선을 다하는 나의 일과는 상상여행의 족적으로 삼을 때 의미를 새기고 싶다. 시와 에세이와 비평의 줄기가 각기 다름이 아니고 모두 내 문학의 총체성이라는 뜻으로 앞을 가리고 싶다.

'12.12.7.

문사원에서

저자 삼가

목차

- 책머리에 _ 03

제1부: 잡답설(雜遝說)

겨울 환상 _ 11
정치와 반응 _ 16
만나고 싶은 사람 _ 19
사람 _ 22
죽음의 길 _ 25
유명 서설 _ 28
나는 얼마나 오래 살 수 있을까 _ 31
다시 온 겨울 _ 34
사랑방 문화 _ 37
잡답설(雜遝說) _ 40
문학과 종교 _ 47
플래카드 _ 49
20미터의 거리 _ 52
공부 _ 55
책 고민 _ 58
낙조 바라보기 _ 61
자동차 _ 64

제2부: 상상력의 길 찾기

잡초 문단 _ 69

체험과 상상력 _ 71

시를 잘 쓰는 법 _ 75

시 쓰기-첫 행이 성패를 좌우한다 _ 80

시인이라는 이름을 위해 _ 84

문학의 에피소드 (1) _ 87

문학의 에피소드 (2) _ 91

교정보기 _ 95

문학 공부하기 _ 98

상상력의 길을 찾아 가는 일 _ 101

은서의 기억 _ 104

국화마을 _ 107

문학과 기술 _ 110

길을 찾는 나비 한 마리 _ 113

책을 상재(上梓)할 때 마다 _ 116

냉장고와 화장실 _ 119

글 도둑 _ 122

꿈 _ 125

제3부: 오골성의 성주

문인 선거 방법 _ 131
종북(從北) 문인 _ 135
시골살이, 그리고…… _ 138
사람 인연 _ 142
비가 오는 날이면 _ 144
고개 넘기 _ 147
아버지의 몫? _ 150
나이 먹는 일 _ 153
입원 _ 156
살아가노라면 _ 159
상(賞), 상 _ 163
노인병 _ 166
앙상한 자존심 _ 169
노인 되기 _ 172
건강 지키기 _ 175
퇴직 이후 _ 178
은서의 시 쓰기 _ 181
대통령 병 _ 184

제4부: 아호론

기다림 _ 189

지나가는 것들 _ 192

다작(多作)과 과작(寡作) _ 195

흙에서 만나는 신비 _ 198

낙엽송가 _ 201

선거철과 교수 _ 204

가을비와 함께 오는 생각 _ 207

낙엽유감 _ 210

가을비 _ 213

아우 우석(愚石) _ 216

사람, 그리고 뒷모습 _ 219

추풍낙엽 _ 222

섣달 앞에서는 _ 226

종점 _ 229

떠나는 사람에게 _ 231

아호론(雅號論) _ 234

제1부: 잡담설

겨울 환상

1) 추억

  겨울이면 가슴에 바람이 숭숭한 감성이 일렁인다. 춥다는 기억이 뱃길을 만들면서 아득한 옛날로 길을 만들고 있음이다. 그렇다고 뚜렷한 기억이 있어서가 아니라 아직도 잔상殘像으로 남아있는ー북아현동 북성초등학교는 교문으로 들어가는데 어린나이에 무서울 정도의 높이에 얼음이 얼어 미끄러질 염려 때문에 두려움이 배가되었던 일이 먼저 생각난다. 아마 우리 집에서 학교까지는 약 2킬로 미만이었을 것이지만 그 길이 휘어지는 골목에서 학교에 도달하는 데는 상당한 시간이 소요되었을 것이다. 특히 겨울의 눈 내린 날의 기억이 유난한 것은 살얼음 같은 추위에 얼음판이 두려움을 부추기는 일이 되었을 것이니, 겨울만 되면 맨 앞자리에서 생각나는 일이 이 일이다. 물론 1·4후퇴 때의 추위ー모진 추위에 한강을 건너는 일이나, 화물차 지붕위에 올라 떨어져죽는 참혹한 모습을 눈에 담았던 두려움은 비극의 정점일 것이다. 전쟁은 그처럼 아픔을 끌어올리는 처참함일 것이라는 사실ー조치원에 논이 얼었을

때 거기서 썰매를 탔던 일 또한 피난의 상처에 들어있는 항목이다. 그뿐이랴,
전라도 황등에서 철길 가에서 살았던 기억―아마도 초등학교까지 걸어서 다
녔던 일 또한 나른한 기억의 목록에서 살고 있는 내 어린 날의 서러운 추억일
것이다.

영양상태가 좋은 사람이라면 몰라도 피골이 상접한 고통의 시대―초근목
피의 엄혹한 1950년대엔 겨울에 내복이 없이 산다는 것은 상상으로 해결할
수 없는 사건일 것이다. 기실 이북에서 피난 온 사람들은 겨울이면 담요를 걸
치고 문밖이나 대로大路로 나갔으니 내복을 입는다는 것은 6·25의 참화 속
에서는 당연한 일일 지 모른다. 내 친구 창희는 황해도 연백에서 남쪽으로 피
난 왔고 겨울이면 내복을 입지 않고 살았다. 쉬는 시간이면 양지에 나와 웅크
리고 앉았거나 그도 안 되면 뛰는 일로 체온을 올리려는 일이 현실이었다. 그
친구는 고향에서 피난 온 처녀와 결혼했고 딸과 아들을 두고 어렵게 살더니
어느 날 홀연 다른 세상을 가버린 무정한 친구였다. 지금 그가 살아있다면 얼
마나 좋을까를 생각하면 눈물이 난다. 중학교 입학시험에서 그 친구는 1등을
했고 나는 2등, 이른바 특대생으로 3년 간 수업료 면제 학생이었다. 그가 나보
다 일찍 서울에 올라와 ○○고등학교에 3학년으로 입학하라는 학교의 제의
를 거절하고 공부한답시고 1학년으로 다닌 천진한 그였다. 그 당시에는 학사
관리가 그렇게 엉망이었으니 지금 혹시 청문회를 한다면 대서특필할 노릇이
지만 1950년대의 풍속은 그런 일이 비일비재했었으니 나 또한 그런 항목에서
는 자유롭지 못할 것이다. 서점하는 우리 집에 오면 으레 김성환이 그린「고
바우」등, 짧은 만화를 보면서 키득거린 그가 없다는 일은 항상 애달픈 일이
아닐 수 없다.

인간은 저마다 살아가는 길에 고독이 떠난 날은 없을 것이다. 다만 시간을
지나치면서 망각의 순간에 들어갈 때가 있을 뿐, 외로움은 자화상의 팻말이
될 것이기 때문이다. 죽은 친구를 시립묘지에 파묻고 돌아선 날은 허무가 가
슴에 가득한 이유를 도무지 말로 설명할 수는 없었다. 좋은 친구이자 좋은 아
버지의 이름을 지운다는 것이 그 가족들에게는 평생의 상처가 되어 처연한 망

상으로 떠돌 것이라는 생각에 이르면 슬퍼진다. 겨울은 그렇게 내 가슴에 시린 상상의 줄기가 길어진다.

2) 겨울 취미

기실 나는 겨울에 할 수 있는 취미가 별로 없다. 왜냐하면 취미를 가지고 살 만큼 편안한 마음으로 살아온 세월이 아니었다는 변명이 있기 때문이다. 쪼들리는 어린 날을 위시해서 청소년시대조차도 가난이라는 멍에를 떨치지 못한 삶이었기 때문이다. 물론 대학조차도 마지막 등록금을 내고선 학교 뒷산 남산에 올라 시름겨운 짐을 털었다는 안도감에 눈시울을 혼자 적시고 내려온 기억이 젊은 날의 모든 것을 대변하기 때문이다. 늙은 부모를 모시고—당시 대학교 3학년 때가 나의 부모들이 당시 60환갑을 넘는 때를 대입하면 얼마나 곤고한 삶이었는가는 짐작이 될 것이다. 그러니 무슨 호사한 겨울 취미—스케이트나 수영 등을 할 수 있었겠는가? 오로지 삶이라는 줄기를 놓지 않으려고 초조로 보낸 세월이 내 젊은 날의 일기장이기 때문이다. 이젠 누구나 즐기는 골프 또한 그런 날들의 변명이 유효하다. 한창의 전성기에 시간강사생활 7년여는 나의 삶에 아픔을 시련으로 남겨 준 고달픈 시대였으니 골프는 무슨 골프이겠는가? 이런 일에 무슨 변명이 그렇게 많은가를 거론할 것이지만 인생은 초기에 고달프면 그 휘어진 각도를 바로잡는 일은 평생을 지속하는 경우가 대부분일 수도 있다. 나의 변명은 아마도 그런 이유로 대입代入하는 편에서 더욱 심각한 이유가 될 것으로 보인다. 기껏 하는 일이 중학교 때 똑딱이 탁구를 즐겼던 일이 지금까지의 취미에 운동이라는 사실이 고백된다. 피난시절 남쪽의 바닷가에서 수영조차 못한 이유는 앞집에 살던 외아들이 바닷가에서 빠져죽은 이후 나의 어머니는 한사코 바다에 가는 일조차 극구 반대의 깃발이 펄럭였었다. 이런 이유를 말하니 마마보이쯤 이해할 줄 모르지만 생활의 터전에서 허덕이는 이유가 더 적절한 변명일지 모른다.

각설하고 겨울의 상상은 내 삶의 슬픈 상징이라는 데서 낭만이 없어졌다. 아니다 낭만이라는 말이 지금세대에겐 의문의 여지가 있을 것이지만, 내 세대 적어도 나이 70여 년을 살아온 굴곡의 세대—일제치하와 6·25의 전화를 지나왔고 또 정치적인 격변의 5·16쿠데타 그리고 18년 간의 박정희 통치의 살벌함과 1980년대의 군사통치 또 어설픈 민주화라는 미명의 민간정부 그리고 작금에 좌측의 이념적 혼란의 와중渦中을 지나온 세대—절름발이가 되어 격랑에 휩쓸리면서 시대를 지나왔고—세계 10여 번째로 잘사는 나라쯤 되었으니 그 사이의 격랑은 모든 게 예측불가의 삶이었다. 전적으로 개인의 생활은 국가 사회의 변화에 응당 휩쓸리기 마련이다. 거대한 파도가 밀려오는 바다에 작은 배는 당연히 영향을 받고 위기를 감내하는 일은 당연하기 때문이다. 한국 사회는 거대한 격랑을 헤쳐 온 이력이 오늘에서 돌아보면 화려할지 모르지만 와중을 지나온 백성들에게는 고통과 아픔 그런 시련의 늪을 헤쳐 온 전사들이었다. 이런 점에서 나의 겨울에 대한 상상은 결코 아름다운 낭만이 채색되는 이름이 아닐 것이다.

3) 겨울 현실

겨울이면 추위가 맹위를 떨친다. 북극이 어떻다느니 아니면 아열대로 진입하는 한국이라느니의 말들이 많은 가운데 내가 사는 집에 온도계는 –22도라는 기온이 올 겨울의 긴 통과가 즐겁기만 한 것은 아니다. 이런 징후는 눈 안 오는 곳에 눈 폭탄이 떨어지고 비가 안 왔던 곳에 폭우가 휩쓸고 지나가는 세계적인 기후 이상 현상은 아마도 지구의 변화가 심각한 수준으로 들어가는 염려가 앞선다. 인간의 문명이 저질러 놓은 업보라면 후대에 살아갈 자손들이 더 걱정이다. 흰 눈이 세상을 장악했고 온통 겨울 뿐인 것처럼 위엄을 부리는 추위가 연일 계속되는 것을 보면 앞으로의 변화는 가히 예측불허의 사실로 보이기 때문이다.

그렇더라도 흰 눈이 장악한 세상은 아름답다. 이젠 눈 치우는 일이 버겁다. 시골의 추위는 도시와는 비교도 안 되는 현실이라 집주변을 위시해서 차들이 오는 골목의 경사면까지 이르는 길에 넉가래를 밀면서 치우는 눈의 양은 거짓 말이 아닐 정도로 힘겹다. 이것도 우리 뒷집의 노인과 내가 묵시적으로 양쪽 을 맡아서 밀고 가는 길이 약 150여m가 넘으니 허걱거리는 호흡이 이번 겨울 들어 몇 차례이다. 그러나 눈을 치우는 일일 뿐만 아니라 차분하게 내린 눈에 는 노소를 막론하고 누구에게나 동심을 불러오고 천진스런 마음으로 돌아가 는 길을 만드는 흰 눈에의 놀람은 순수를 간직한 인간의 심성을 대변하는 이 유가 될 것이다. 인간은 변화를 두려워하고 또 변화에 적응하는 이중적인 인 간을 대입하면 급격한 기후의 변화가 당혹스럽지만 이도 받아 들여야 할 현상 으로 생각하면 어쩔 수없는 일로 정리되어야 할 것이다.

내게 겨울은 눈 내린 땅위에 팔 벌려 자기를 그리는 낭만도 없고 흰 눈 위에 선율을 그리는 추억도 빈약하지만 바라보는 아름다움에 반응하는 시적인 흥 취야 없을 리 없다. 계산을 안 해서 모르지만 상당한 분량의 겨울 시를 썼다는 자위가 내 삶의 위안이라면 좋을 것 같다.

'11.2.13.

정치와 반응

　　정치에 대해 아는 체 하는 것을 정출다문政出多門이라 말한다. 인간을 정치적 동물이라느니 혹은 사회적 동물이라는 말을 종합하면 살아가는 일 자체가 정치의 일환일지 모른다. 그러나 날마다의 신문이나 텔레비전의 보도를 접하면 정치의 폐해弊害가 어떤 현상을 낳을 것인가의 우려가 있음도 사실이다. 더구나 민주라는 간판아래 사는 분위기는 선동과 구분이 모호한 말잔치에 현혹되는 경우가 허다하기 때문이다. 이는 판단의 기준이 선 사람은 선동적인 뉴스를 거를 수 있는 지혜가 있지만 대부분의 경우 어리석음에 쉽게 동화 되거나 끌려들어가는 일이 다반사일 것이다. 말에는 책임이 따라야 하지만 '아니면 말고'라는 식의 행태가 어지러움과 불안을 증폭시키는 요인으로 작동되는 경우가 허다할 때 실망을 넘어 회의가 들 것이다. 이런 현상은 후진사회의 특징으로 지적되는 이유가 된다.

　　민주주의에는 인내가 따른다. 때문에 끝없는 설득과 더불어 동화同化하려는 사고를 가지려 할 때 소통의 문이 열리는 것은 시간을 인내하는 길이 있어야 한다. 어쩌면 고통을 먹고 비로소 성장하는 이유가 민주라는 명칭에 내재된 위로의 함량일 것 같다. 1950년대 선거판은 고무신 막걸리와 푼돈이 주요 선거소재였다면 이런 현상이 1960년대 군인 독재시대를 지나면서 치열한 죽음과의 대면에서 젊음이 불타는 것과 민주주의는 밀접한 상관을 유지하면서 무려 30여 년을 통과했다. 하여 1970~1980년대의 최루탄 정치는 가히 살벌하고 추운계절이었다면 광주 항쟁은 또 다른 민주에의 시발이 되었다. 결국 고통의 지불로 얻은 결과는 답답과 우울이 지배적인 목록이었지만 그래도 민주의 발걸음은 지속적으로 변화를 수용하는 방향에서 오늘에 이르게 된다.

인간은 통제를 거부하지만 때로는 받아들이는 양면의 성정性情은 정치발달의 궤적을 어렵게 만드는 요소가 되기도 한다. 자기는 약간의 탈법을 스스로 관용하지만 남에게는 그런 용서에 명확한 칼질을 요구하는 이중적인 현상 사이에서 제도는 발전의 길을 선택하게 된다. 인간은 정치를 혐오하지만 실제로는 정치와 밀접하려는 기만적인 현상이야말로 더딘 발걸음을 만들게 되는 요소라면 정치는 엄정한 판단과 기준이 있어야 할 것이다.대부분의 정치가는 이런 기준에서 관용을 허락하고 싶은 이유 때문에 부정의 흐린 물살에 휩쓸려 가는 이유가 남지만 결국 시간은 변화하게 된다.

제도는 반응을 필요로 하기 때문에 이를 운용하는 사람은 항상 군림의 자세를 취하는 유혹에 발을 들여놓기 마련이다. 그러나 판단과 기준이 있을 때, 이런 유혹은 엄정함으로 처리되어야 한다.

인간의 이성은 평균치로 이룩되는 것이 아닐 것 같다. 다시 말해서 이성의 균형이란 언제나 불균형이지만 회귀적인 속성을 갖고 있어 옳은 방향으로 진행하려는 길을 만들게 된다. 그러나 김일성무리와 같은 독재자의 수중에 권력이 집중되면 나락奈落으로 떨어지는 불행을 허락해야한다. 저항은 곧 죽음과 상통할 때 쉽게 궐기하는 일은 어려움이기 때문이다. 3대 세습이 민주주의 인민공화국이라는 말이 무색하게 적용되는 사기집단이 권력을 잡고 있기 때문에 이에 항거하는 일은 결국 개인의 삶이 짓밟히고 소멸하는 일과 같기 때문이다. 그러나 이를 타도하는 일은 곧 자식을 위하는 일이고 민족을 위하는 일이기 때문에 정당성을 부여 받게 된다. 21세기에 3대 세습이 무슨 악령이고 굶어죽는 일에도 김가 왕조를 위해 고개를 숙이는 일이야말로 난센스 중에 난센스가 아닐까 말이다. 이에 빌붙어서 권력의 시녀로 전락한 졸개들의 기준을 들어보면 가관일 것이다. 남과 북이 같은 민족인데도 잘살고 못사는 일로 정치가 가름을 나타낸다면 응당 국민은 일어나 잘못을 바로잡는 일에 목숨을 바쳐야 할 것이다. 사소한 잘못—용서할 수 있는 일이 아니라 응징의 칼날이 있어야 한다는 이유이다.

오늘도 신문이나 매스컴에서는 정치가의 말들에 기름을 칠하고 아전인수의 판을 벌리고 있다. 북한은 국민을 족쇄로 채우고 끌고 가는 길이라면 이는 머잖아 비극의 칼날이 정의가 될 것이고 남한은 선동의 혓바닥으로 오도誤導의 물결을 일으키는 자들에 각성의 불을 켜야 할 것 같다. 그래도 남한의 국민의 이성은 이제 정치가들의 욕망을 꿰뚫는 점에서 선택은 항상 늦을 지라도 잘되는 쪽으로 진행하는 안도감이 있다. 비판과 행동이 있을 때 자기 권리를 쟁취할 수 있다는 점에서 남한의 민주주의는 이제 성숙의 길로 들어가는 것 같다.

만나고 싶은 사람

　살다보면 만나야 할 사람과 그렇지 않는 사람―호오好惡의 구분이 명확해진다. 물론 사람과의 사귐이 이해타산이나 필요만을 위해서는 아니겠고 또 그래서는 안 되는 일이지만 만나서 기분이 좋은 사람이 있고 그렇지 않는 사람이 있기 마련이다. 가령 일정한 명성을 얻었다 해서 고개를 쳐들고 사는 사람을 만나면 인간성에서 염증을 느끼게 되고, 이내 고개를 돌리게 되는 이치와 같이 싫은 사람과는 거북함이 사실일 것이다. 그러나 선택의 여지가 없는 경우 마지못해 만나는 사람과의 만남은 참으로 어지럽다.

　얼마 전에는 신문에 자주 오르내리는 소설가와 몇 사람이 만나는 모임이 있었다. 내가 알기보다는 관료출신이 연결해주는 일로 몇 번 만난 적이 있었고 그때는 다시 안 만나는 것이 좋겠다는 결론이었지만 마지못해 승낙할 수밖에 없는 경우 다시 저녁 약속을 한 적이 있다. 나이가 중요한 것이 아니고 또 등단의 연륜이 중요한 것도 아니지만 그와의 만남은 어쩐지 내키지 않음이 사실이다. 왜냐하면 거리距離를 갖고 만나는 일은 싫어하는 항목에 첫 번째이기 때문이다. 정확히 3번의 만남―그가 소설가로 명성―얼마의 명성인지는 정치

적인 발언이 유효하게 사용하는 사람—기실 나 역시 많은 작품을 썼지만 포퓰
라함에서 문제이지 작품의 높이나 넓이로 따지면 뒷자리를 차지하지는 않을
것이라는 자만심이 있다. 설사 대통령과 하룻밤을 소곤거림이 있고 신문에 자
주 오르내리는 일이 문학의 본질과는 아무런 연관도 없을 것—다만 책이 많이
팔리는 이유로 잘살고 있다는 넉넉함을 앞세울지 모르겠다. 그 외에는 어떤
것도 수평의 저울에서 나는 당당함을 유지할 수 있다고 선언한다.

그 밤의 저녁은 물론 맛이 별로 없었고 내가 밥값을 지불하는 쾌감으로 지
나왔다. 아마 7만 얼마쯤이었을 것이고 전임 고위관료와 퇴임 교수와 그 이렇
게 네 사람이 나눈 담소는 한계 앞에 서성이는 일이었다.

사람과의 교분은 언제나 자기만큼의 사귐이 있는 것 같다. 내성적이면 내
성적인 그릇이 필요하고 외향적이면 그만큼의 사람이 있게 된다면 아마도 교
분의 범주는 언제나 자기적인 범주에서 머물게 된다는 뜻이다. 돌아서면 잊어
야 할 사람이 있고 다시 만나고 싶은 사람이 있다면 나는 언제나 안으로 좁혀
드는 성격의 옹졸함이 있다. 하기야 이 옹졸함으로 지금까지 다소 뻣뻣하게
살아왔으니 이 또한 별로 흠결이 안 되겠지만 시원스레 세상을 향해 깃발을
날리는 일은 못해왔음이 사실이다. 그러나 나는 나의 신념이 있고 이 신념의
중심을 잡고 살아가는 일로 내 곁으로 왔다가 떠난 사람도 있고 지켜주는 사
람도 있다. 따지고 보면 세상사는 일은 플러스와 마이너스가 왔다 갔다 해도
궁극에는 원점에 있기 마련이다. 이러니 계산으로 산다는 일이 무의미함이 사
실이란 점에서 나는 후회가 없다. 죽어서 만장萬丈의 깃발을 휘감으며 만인이
우러른다 해도 그것은 결국 아무런 의미도 갖지 못하는 허무의 일이기 때문이
다. 시간이 지나면 결국 다시 잊혀지고—남는 일은 의미의 부분—글 쓰는 사
람은 글이 될 것이고 화가는 그림이 될 것이라면 예술의 힘은 의미의 부분으
로 치부될 수 있을 것이라는 자만심으로 나는 살아왔다.

은퇴이후 나는 시골에서 내 글쓰기와 주변의 후배들에 글을 보아주면서 살
고 있음에 만족한다. 그러나 뛰어난 후배가 한 사람이라도 튀어나왔으면 좋으

런만 그럴 기미는 희소한 것 같아 이 또한 우려하지만 그래도 내 능력을 전파하는 일로 치부하면 기분이 좋다.

　누구를 만나 음식을 먹던 차를 마시던 나는 돈을 내고 싶어진다. 아마도 고등학교 근무를 그만두고 강사생활 7년여 동안 돈이 없어 외출조차 안했던 분풀이를 이제 하고 싶다는 편이 좋을 것이다. 더구나 돈을 내지 않으려 요리저리 화장실 갔다, 또는 전화를 받는 척하는—모임이 파할 무렵에 보이는 행동을 보면 어김없이 돈을 내고 싶어진다.

　그래도 달마다 나오는 연금이 풍족하니 손자들에 선물을 때마다 사줄 수 있고 필요한 만큼 며느리에게 용돈으로 줄 수 있으니 얼마나 넉넉한 노년이냐 말이다. 인생을 운영하는 일이 중요한 것은 노년일 것이다. 늙어서 용돈이 없어 궁색하면 이 또한 얼마나 초라할 것인가를 생각하면 내 인생은 성공의 치장으로 말해도 두려움이 없다는 점에서 나는 행운을 갖고 사는 사람이다. 그런 점에서 돈은 참으로 유용한 발명품인 것 같다. 부족하면 고개를 숙여야하고 넘치면 오만해지는 것이 돈이기 때문에 인간에게 교육을 시키는 것이 돈이라는 뜻이다. 이제 늘어나는 나이—노인이 득시글거리는 도심의 지하철이나 외부로 나가는 전철에는 넘치는 노인의 무리가 이동한다. 내가 보아도 부끄럽고 숨고 싶다. 노인에게 무료인 지하철요금을 징수했으면 좋겠다는 생각은 외출을 줄이는 방법의 강구—어쩔 수 없는 슬픈 현상이다. 그렇다고 집에 처박혀있으라는 명령도 할 수 없는 진퇴양난의 시대적인 풍속도이기 때문이다. 적당할 무렵이 죽는 일이 자연의 이치일 터인데 의료나 약의 진화는 결국 이런 고민을 양산하게 된다. 이 망상의 여로는 결국 매듭이 없는 궤도를 달리고 말았다.

'12.2.27.

사람

　　나도 사람이고 내가 매일 만나는 아내와 자식들 그리고 이웃이나 친구들도 모두 사람이다. 비단 사람만 만나는 것이 아니라 동물도 만나고 식물도 만나는 일이 하루의 일과이고 일상이다. 그러니 두 눈에 들어오는 모든 대상이 만남으로 이루어지는 일상의 삶—이걸 삶이라 말하면 아마도 사람을 만나는 일이 인간사에 가장 중요한 목록일 것이다.

　　그러나 아무나 사람이 아니라는 결론이 늙마에 정의로 내세울 수 있는 사실일 것이다.

　　1) 만나고 싶은 사람이 있다. 아마도 아내 자식을 빼고 나면 누구일까? 우선 정이 있고 따스함에 기댈 수 있다면 그 사람을 만나는 일은 즐거움을 줄 것이다. 사실 즐거움이야 삶의 의미를 말해도 좋을 것이라면, 일상을 살아가는 인간은 날줄과 씨줄이 엮어져서 개인사를 만든다면 좋은 생의 의미를 가질 수 있을 것이다. 스치듯 지나는 일이라도 좋은 영감 혹은 우호적인 정도의 일상을 사는 사람의 목표는 뚜렷하기 때문에 그에게는 향기가 나고 정에 갈증을 느끼게 될 것이다. 물론 익자삼우益者三友의 항목에 들어갈 수 있다는 조건이

딱히 필요한 것이 아니고 나와 남에게 손해 혹은 악한 감정을 유발하지 않는다면 그가 서서 오줌을 누든, 물구나무로 세상을 바라보든 그것은 아무런 일이 아닐 것이다. 해악을 주지 않을 때 세상을 더불어 살 수 있는 사람이 된다는 뜻이다.

2) 만나면 역겨운 사람이 있다. 자기만을 위해 오로지 탐욕을 발동하는 사람 말이다. 남을 의식하지 못한다면 그것은 이기적인 사람의 표본일 것이고 자기만의 울타리를 치고 이웃에서 불이 나든 말든 오로지 자기 집만을 지키려는 사람이 일 경우 세상에 해악 아닌 해악을 끼치는 인간에 해당된다. 가령 나무―가지가 있고 자라다 보면 이웃으로 한 가지가 넘어갔다면 법적으로는 가지를 잘라 달라할 수 있을 것이지만 어떻게 말해야 할 것인가? 왜냐하면 자기 나무에 별로 큰 그림자를 드리우는 것도 아닐 경우 그악스럽게 잘라주기를 요구한다면 그 인간은 짜증나는 인간으로 낙인이 찍힐 것이다. 자기 것도 자기 것이고 남의 것도 자기 것이라는 사고가 만연한 인간을 바라보면 구역질이 난다. 이웃의 어려움에 눈을 감고 자기 집으로 불길이 오는 것을 막으려는 행동은 이기심의 성城안에 갇힌 사람이기 때문이다.

죽은 것 같은 낙엽도 생명이 숨 쉬고 있음을 겨울의 호수를 바라보면 알 수 있다. 낙엽주변에는 물이 일지 않고 붙기가 낙엽을 감싸고 있는 온기를 갖고 있기 때문이다. 이 인용처럼 서로에 주고받는 영향의 정감이 없다면 이미 무가치한 인간이기 때문이다. 이런 역겨운 인간과 이웃에서 산다는 것은 참으로 고역이 아닐 수 없다. 이기심의 장벽은 인위적으로 거세되지 않고 태생적인 완고함을 느낄 때 교감은 단절된다. 이런 불행은 교육만으로 해결되지 않는 현상을 주변에서 발견하면 또 다른 역겨움이 발생한다. 이 얼마나 처참한 일이냐?

3) 그저 그런 사람이다. 이 사람은 타인에 간섭함이 없이 무덤덤함으로 살아가는 일이 하루에 주요 목록일지 모른다. 그러나 이 또한 불행한 사람일시 분명하다. 왜냐하면 서로에 영향을 미치는 일은 좋은 일이 우선되어야 한다. 풍선에 한 쪽을 누르면 다른 쪽에 영향을 미치는 일이 우주의 법칙이기 때문

이다. 있으나마나라는 존재는 있어도 좋고, 없어도 좋은 무개성의 평판이 슬픔을 주는 길을 만들 수도 있을 것이다. 그러나 역겨운 사람보다는 해악의 농도가 적을 때 이 또한 존재의 한 방편일 것이라는데 이르면 수수께끼의 일상에 어지러움이 몰려온다. 내색 없이 평범을 가장하면서 하루를 살아야 하기 때문이다. 그러나 인간을 아는 일은 힘겹고 또 알 수 없는 일이 태반이다. 결국 넘어가고 넘어가면서 하루에 이어 세월의 몇 고비를 넘어야 한다. 나 또한 타인에게 불편함을 주었으면 어쩌나의 염려가 있는 것도 사실이고 이를 어떻게 아는가의 문제―그래서 소크라테스는 델포이 신전에 적힌 말을 젊은이들 깨우치는 수단으로 삼았으니 '너 자신을 알라'는 곧 나를 알고 비로소 타인의 생각을 알아야 한다는 뜻을 의미할 것이다

죽음의 길

내 나이 70을 넘어 80으로 가는 숫자를 셈하고 있다. 일어난 아침마다 불면의 긴 여행이 개운 한 것이 아니다. 그러나 살 만은 하다. 이런 날들이 앞으로 띠뚝거리면서 진행할 것이니 다소 불안한 것도 없는 것이 아니다. 그러나 죽음이라는 이름이 다가오면 담담히 맞아야겠다는 생각이 사실이기도 하다. 어쩌나 장례식상에 가면 위압적으로 화환을 늘어세운 것을 보면—무슨 높은 사람의 이름순으로 줄지어선 것을 보면, 죽은 자의 길이 얼마나 빛나는 이름인가를 생각하게 된다. '유소보장에 만인이 우러레나'의 시구절이 떠오른 것은 내가 삐딱하게 생각하는 것이 아닌가를 생각할 때도 있다. 그러나 죽음이 요란하다는 것은 뒷사람의 체면 혹은 자식들이 관습적으로 만든 일 일뿐 죽은 자의 의도와 같을 수도 있고 또 다를 수도 있다. 무슨 스님 혹은 추기경 등이 죽었을 때 호들갑을 떠는 매스컴의 요란은 가히 가관일 경우가 많았다. 천하에 뛰어난 혹은 대단한 사람으로 높이 치켜세우는 요란은 정작 죽은 자의 의도와 다를 것이기 때문이다. 죽으면서 그렇게 요란으로 치장하는 사람이라면 그의 죽음은 가짜의 죽음일 것이고 영생하고 싶은 욕망으로의 계산이 있었을 것이다. 그러나 죽은 자는 항상 겸손하다. 꾸밀 수 있는 방법이 없고 오로지 죽음 그 자체만 남기 때문이다. 하물며 가짜의 죽음을 만들 수 있는 방법은 어떤 수단으로도 이룩할 길이 없다는 이유—죽음은 진실과 만나는 일이라야 한다. 살아생전에 대단한 업적이라는 것도 따지고 보면 모두 허수가 대부분이고 실제의 가치와 너무나 다른 것일 수 있을 것이다. 톨스토이—나는 그 사람의 죽음에 경의를 표한다. 소신과 신념으로 살다 쓸쓸하게 죽을 수 있는 고독의 모습이 오히려 진실과 만나는 대면일 것이기 때문이다. 아마도 『백경』을 쓴 멜빌도 그런 행렬이 끼어 좋을 것이다. 죽어 부고訃告 한 줄도 없는 소설가의 이름이 뒷날에 오히려 서서히 다가오면서 커지는 이름이었기 때문이다.

죽음에 고독하고 싶다. 모든 게 허무한데 부고를 많이 돌려 요란을 떠는 일이야 말로 어리석은 일이기 때문이다. 이는 죽은 자를 이용하여 산 자들의 허세를 충족하려는 의도와 다름이 없다는 생각—조촐히 라는 말도 과하다. 가장 가까운 내 혈손들의 애도를 받으며 흔적 없이 사라지는 마치 연기처럼 떠나고 싶다. 그러나 내가 쓴 글들을 나는 믿는다. 내 생각 내 사상 내 삶의 흔적들이 결코 과장이거나 허세의 표본이 아니고 다만 왔다 가는 기억들이 혹여 몇 사람에게 다가갈 수 있는 여지가 있다면—그것으로 족하다. 그러나 이 또한 욕심이라는 점에서 나의 부끄러움일 시 분명하다. 나는 많은 글을 썼다고 자부한다. 이 오만은 나의 이름에 흠결을 남기는 것은 아닐 것이다. 땀을 흘리면서 생각했고 이를 또 글로 남기느라 고독했다는 결론은 부끄러움이 아닐 것이다. 그러나 이외에 다른 것은 모두 부질없는 허무의 기억이 될 것이라는 생각 앞에 나는 초라하다. 그러나 인간 누구나 돌아보면 손익계산의 허무가 당연함에 미치면 비로소 자기로 돌아가는 진정과 만날 것이다. 시골에서 풀들과 잡초와 땅의 냄새를 맡으면서 나는 비로소 사람으로 돌아가는 내 모습에 반갑다. 도시에서 떨어지니 친구들이나 때로 무슨 모임에 참석하기 싫음—솔직히 싫다. 이런 생각이 70세의 나이에서 더욱 높아지는 고독의 내 모습 같다. 세속과 단절되는 생각이 든다. 무슨 자리 무슨 직책과 떨어지니 자연이 다가왔고 내 모습이 <자연의 거울>에 비치는 것 같다 살아 있을 때 다하지 못한 숙제가 있다면 자식들에게 남기고 싶은 생각은 없다. 자식은 이미 자식으로의 길이 있고 나는 나의 길이 있기 때문에 그 길을 겹치게 하거나 혼동으로 남기려는 생각이 없다.

나이가 들면 물기가 빠지고 자연 푸석거리는 얼굴과 손바닥 그리고 신체의 모습에 조락凋落을 느낀다. 그러나 무엇을 더 바라 욕망의 탑을 쌓으려 마지막까지 초조해야 할 이유가 없다는 결론에서 나는 죽음의 치장을 외면하려 한다. 세상에 알릴 이유도 없고 세상에 내 기억을 강요할 이유도 없다. 연기처럼 사라지는 깨끗을 원한다. 하루 기억하고 사라지는 공명은 더욱 없다. 봄날의 아침에 죽음을 생각하는 여백에 물살이 흐른다. 해는 또 얼굴을 내미는 것이 나를 위한 것이 아니라 나의 뒷자리를 위함이라 생각하면서 조용히 나의 이름을 지우고 싶다.

'11.3.13.

유명 서설

누구나 유명하고 싶을 것이다. 그러나 그 유명은 정말로 유명의 가치가 있는가를 생각하는 경우가 많다. 왜냐하면 유명하다는 사람들의 실제 모습을 들여다보면 구멍이 숭숭하고 실재와는 다른 경우가 많다는 것을 알게 된다. 에피소드가 첨가하여 부풀리는 경우가 있고 또 그런 사다리를 타고 올라가는 경우가 상당하기 때문이다.

진정과 나의 거리를 좁히는 일은 기실 힘겨운 일이다. 왜냐하면 진정이라는 함량과 나의 함량이 일체화한다는 일은 달성할 수 없는 경우가 대부분이기 때문이다. 나는 이른바 notorious에 혐오한다. 그러나 실재로 이런 경우가 대부분이라는 점에서 선량한 famous와는 다른 경우가 많다는 점이다. 타인의 등을 밟고 올라가는 사람이나 자기만을 바라보면서 묵묵히 길을 개척하는 사람의 경우 우리는 두 번째에서 마음이 멈춰야 한다. 그러나 실재는 그런 경우와 너무 다른 점이 사회생활의 모습일 것이다. 원래 사회생활은 절망과 절망이 만나서 변명하는 경우가 허다하다는 뜻—줄기차게 타고 올라가는 줄기는 어딘가에서 멈추는 일이 당연하다. 눈에 보이는 일이 전부는 아니다. 문제는 자기에게 허용되는 정도正道란 가치가 있는 경우다. 쥐뿔도 아니면서 무슨 자리에 올라 허세를 부리는 경우가 대부분이다. 그 쥐뿔을 가지고 압도하려는 발상이 더 많은 것도 문학의 혐오를 자극하는 일이리라.

문학의 땅엔 에피소드가 너무 많다. 왜 그럴까를 생각한다. 이는 아마도 구분의 모호성—문학을 어떻게 계량이라거나 저울로 달아서 가치를 결정할 수는 없을 것이라는 점—여기서 문학은 항상 함량 미달이 압도하는 길을 장악한다.

나는 시골에서 은퇴의 일에 너무 만족한다. 왜냐하면 좋은 풍광이 아래층에 앉아서도 만족을 주고 2층 서재書齋에서 둘러봐도 만족을 주기 때문에 좋다. 환경은 심성을 변화시키는 일이라는 신념도 일어난다. 풀과 바람 그리고 꽃들을 바라보니 자연 그런 곳에 맘을 쏟아 글을 쓰게 된다. 누가 시켜서가 아닌 나의 의지로 일어나는 발심인 것을 변명해도 사실일 수밖에 없다. 이제 나이의 깊이—종심을 넘었으니 이런 표현을 한 다해도 크게 잘못은 아닐 것이다. 노년은 만족을 알아야 하는 때일 것이다. 돈을 모아서 무엇을 하며 영예를 얻은 들 무엇에 쓰며 모두가 허무라는 그물에 걸려 퍼덕일 인생의 시간이기 때문이다.

나는 더없이 행복하다. 그리고 덧붙일 일은 하루에 그토록 많은 글을 쓸 수 있다는 에너지의 충만과 또 쏠쏠하게 들어오는 원고료는 내 용돈을 쓰기에도 부족함이 없는 수입이 만족스럽다. 물론 국세청장이 들으면 나 또한 청문회에서 비토의 조건이 따라붙지만 어쩌나 세상을 살아가는데 그런 빈틈이야 없을 수 없을 것이라면 우리 집 아이들이 언젠가 그런 자리에서 아버지의 허물로 자식에게 전이轉移될 일은 아닐 것이다. 인간은 '너무'라는 기준에서 벗어나면 비난을 받게 된다. '너무'라는 기준에 모호하고 흐린 말이지만 이는 상식이라는 건강이 뒷받침할 때 스스로 판단하는 잣대를 소유하게 될 것이라는 점이다.

나는 유명을 혐오한다. 물론 땀 흘리고 노력하는 사람에게 다가오는 일이야 당연한 일이지만 과시의 병이거나 탐욕의 그물에 걸려 퍼덕이는 사람을 보면 불쌍하고 초라함을 느낀다. 인간은 누구나 이름 석 자 앞에 평등하지만 어떤 장소로 어떤 경우에 서 있는가의 입장에 따라 각광의 경우―겸손이 길을 안내해야 한다는 뜻이다. 소설 몇 편이 이름을 알렸다 해서 고개를 꼿꼿이 하는 사람을 보고 내심 웃었던 일이나 허영이 허명의 두께를 올리는 이름 앞에 지금도 비틀거리는 사람들을 보면 나는 그런 길을 가지 않으려 작심하는 이 노릇도 맑은 변명일까를 생각해 본다. 어떻든 나는 지금 만족한 글쓰기와 채소 가꾸는 일에 내 일생의 무게가 실리고 있다. 아울러 자라는 나무들의 이름을 자꾸 되뇌는 일까지 합하면 나는 하루가 잘 가고 또 생각의 나무를 키우면서 사는 나이든 모습에 만족한다. 그러나 잘 죽는 일을 생각하느라 공원묘지에 다녀온 일이 나이의 깊이에서 다가온 또 다른 길을 생각하는 일이 있다는 생각을 꺼내면서 웃음을 짓기도 했다. 얼마나 더 살 것인가와 나의 운명은 연관을 가지고 있기 때문이다.

'11.6.26.

나는 얼마나 오래 살 수 있을까

　돌아보면 오늘의 삶에 대한 소회가 남다를 수 있을 것이다. 내가 ≪월간문학≫으로 등단 무렵 김 모 시인과 자주 만나 술을 무지하게 먹던 시절이었다. 그 무렵 나는 여고 교감으로 가기 전에 다소 여유 있는 생활로 술값에 크게 구애를 받지 않을 무렵이라 걱정 없이 마시는 일에 혼신의 일을 다 한 무렵이었다. 그렇다고 술 마시는 일에 목표를 정하는 일이 아닐 것이지만 술 마시고 팁을 주는 일은 아까운 것이 사실이었다. 물론 나에게 서비스를 하는 사람에게야 당연한 일이지만 즐기기는 타인이 하고 술값과 팁까지 내가 내는 일은 불만사항이 아닐 수 없을 것이다. 직업군에 따라 행동의 특징이 있다. 결국 직업의 특성이 삶의 특성으로 연결되는 상관성의 뜻이다

　교수사회는 받아먹는 일이 대체로 능숙하기 때문에 당시 술값을 챙기느라 고생 같은 일을 많이 했다. 이런 일을 당연하게 생각하고 존경 같은 모양으로 술값을 내는 기계가 되었다. 그러나 이러저러한 일로 그와 나는 일정한 거리를 두게 되었고 어느 날 병원 중환자실에서 그의 손을 잡은 작별이 영영 마지막이 되었다. 거의 매주 산에 오르는 강인하리라던 체력의 그가 퇴직이후 몇

년이 안 되어 세상을 뜨리라고는 누구도 생각하지 않았다. 산이 좋아 산 시만 썼고 산으로 날마다 오르다 시피 한 그 사람이 일찍 세상을 떴다는 사실은 건강관리와 죽음과는 상관이 없다는 생각을 갖게 된 것도 이런 연유에서이다.

나는 제자에게 술이든 무엇이든 베푸는 일보다 공짜로 먹는 일에 기피증을 갖는 이유가 여기서 부터이다. 물론 성격의 차이도 있지만 돈이 있을 때는 보다 빨리 지불하는 일이 나의 요즘 모양이다. 그러나 이런 일도 기실 부질없다는 행동이라는 것을 느끼고 있다. 다만 치사하지 않게 그리고 자기 분수만큼 행동하는 일이 더 좋을 것이라는 뜻이다. 왜냐하면 나는 얼마나 더 오래 살 수 있을 것인가의 여부가 관심인 것도 사실이다. 뒷모습이 아름다운 일은 참으로 아름다운 향기와 같기 때문이다. 지워지고 잊히는 일이 인생이라는 생각에 이르면 무언가를 쌓아놓고 그리고 높이를 지향하는 추한 욕망은 버려야 할 이름이기 때문이다. 앞으로 10년이거나 혹여 더 산다해도 그리 오래될 것은 아닐 것이기에 깨끗과 아름다움을 추구하는 오늘의 내 삶의 목표는 그리 슬픈 이름은 아닐 것 같다.

은퇴이후 우리 집 문사원文士苑에는 10여 명이 모여서 공부를 한다. 시를 쓰고 산문을 쓰면서 모두 월요일이 기다려진다는 생각으로 즐거움을 갖는 것이 사실이다. 나는 절대로 군림하지 않으려하고 또 공짜로 얹혀 가는 일에 경계를 갖고 산다. 존경까지는 이르지 않더라도 소박하게 살아야 한다는 명제에서 멀리 있지 않을 때 나는 금도襟度를 지키기 위해 노력한다. 그러나 술―여기 이르면 다소 과도하게 마시는 일도 가끔 있다. 왜냐하면 모두 좋은 시를 쓰는 날은 공연히 즐겁고 술맛이 나는 일이 좋기 때문이다. 자기욕심을 채우고 달아나는 젊은 애들도 몇 있지만 그래도 대부분 열성으로 감수성을 끌어내는 모습이 아름답다. 은퇴 이후 사는 일이 마냥 행복하다는 이유를 첨가할 수 있는 도락道樂이기도하다.

내가 얼마나 더 살아갈 것인가는 관심의 범주를 벗어난다. 왜냐하면 나는 오늘의 일에 만족하고 추하지 않게 살려는 노력이 아직도 크게 벗어난 궤도가 아니기 때문이다. 일주일에 한 번씩 숙제를 해오는 사람들과 머리를 맞대고 퇴고하고 다시 퇴고하는 일이 이젠 익숙해졌다. 물론 처음엔 내가 가장 큰 역할을 하지만 몇 사람은 간섭 없이도 자기 몫의 시를 써오는 것을 볼 때면, 매우 흡족함이 크다. 사실 감수성의 훈련은 나이와 크게 상관이 없다는 것을 입증하기 때문이다. 여름 두 주를 방학하자는 약속이 한 주일로 당겨지고 크게 만족하는 일을 보면 나 또한 행복해진다. 행복이라는 이름은 내 것이 아니라 어떻게 느끼는가의 마음에 자리한 이름이라는 생각을 확인한다. 이 사람들은 내가 오래살기를 염원한다. 그러나 나 또한 죽어야 할 것이지만 저마다의 소용에 맞게 살아주고 싶다. 자식에게는 자식에 알맞게 그리고 나를 필요로 하는 문학인에게는 그만큼 소용에 쓰인다면 내 일생은 아름다울 것이라는 뜻이다. 정답이 없는 인생의 여로에서 어차피 가는 일생의 그림자가 뚜렷함으로 기억된다면 나는 이제 비로소 잘 살고 있다는 헤아림이다. 언제 떠나는 길 일지라도 홀가분하게 정리하는 마음이 가볍다. 이 가벼움이 때로 부담 없는 내 몫의 삶이라는 뜻이라면 더욱 좋은 선택일 것이다.

'11.8.10.

다시 온 겨울

　'다시'라는 말에는 지우고 쓰는 기분이 든다. 하여 다음 장면을 계산하는 추측이 떠오를 뿐만 아니라 새로운 의미조차 가미될 때면 즐거운 상상의 길이 열리게 된다. 올 해엔 시집과 수필집 그리고 비평집 등 3권의 저서를 출간했다. 물론 그전에 써놓은 글들이 함께 출간되기 때문에 굳이 3이니 4라는 숫자의 유추에는 별다른 의미가 없을 것이다. 그러나 책의 출간에는 언제나 설렘과 기대가 수반되는 일이 사실이다. 기실 수필집을 출간하는 일은 가급적 안 하려했었다. 왜냐하면 시와 비평의 보조적인 생각—어쩌면 우둔한 생각인지 모르지만 시와 비평을 중점적으로 쓰고 수필은 내 영역 밖으로 치부했던 생각이 많았을 것이다. 그러나 이런저런 이유들이 가미되어 수필의 분량이 한 권의 양에 이르렀을 때, 책으로 발간하는 일에 흥미를 갖는 것은 당연한 일이었다. 그러나 정작 출간을 하고 나는 다른 생각을 갖게 되었다. 아무래도 시와 비평을 접하는 일은 전문 문학수업을 받았을 경우 필요하지만 문외한—문학에 문외한이라는 말은 타당하지 않을 것이지만—우리 집 며느리들이 즉각 반응하는 것을 보고 미소를 떠오르게 했기 때문이다. 물론 그들의 관심은 그들의 영역에 대한 언급이 가장 큰 호기심의 발동에 근거가 될 것이라는 유추이지만, 재미를 운운하는 빈말 치레를 들을 때 빈말일지라도 마음이 가벼워지고 다시 한 번 수필집을 내볼까라는 호기심을 갖게 되었으니 재미라면, 이 또한 새로운 발심發心의 계기가 될 것 같았다. 바쁘면 일이 생기고 일이 생기면 다시 또 다른 공간으로 이동하는 마음에서 성과가 나타난다는 이치는 마치 백지 위에서 그림을 그리는 진전의 의미와 같을 것 같다.

다시 가을이 지나고 겨울이 왔다. 긴 추위를 움츠리면서 내일을 생각하는 길이 연결될 것이다. 나이 무거워지는 이유 또한 섭섭할지라도 넘어가야 할 숙명의 명제를 외면해서는 안 될 것이라는 작심 앞에 바람이 지나간다. 시골에서 새롭게 사귄 사람이 이유조차 모르게 돌아가는 찬바람을 맞기도 했고―이런 상심傷心을 겪는 일은 기실 인간사의 슬픔이지만 이 또한 예정된 체념의 늪으로 생각하면 마음이 가벼워진다. 나이가 깊어질수록 체념의 방도가 많아지는 것은 아마도 지혜의 탓으로 돌리면 굳이 비극적인 이유로 포장할 이유가 없어지기 때문이다. 가면 다시 오는 일이 있고 오면 언젠가는 갈 것이라는 체념―붙잡아 둔다는 것은 슬픈 일이 될 것이다. 왜냐하면 오는 것과 가는 것의 비례는 항상 같다는 정리가 사실이기 때문이다. 그러나 한쪽에 많은 비중을 두기 때문에 편견이 나오고 불균형이 발생한다는 뜻이다. 요즘 가까운 문학회 회원들이 시 콘서트와 공부를 보면 오는 사람과 가는 사람이 균형을 맞추는 절묘함에 많은 생각을 떠오르게 한다. 단호함이나 확고한 결정의 단안보다는 유연성이 더 필요함을 절감한다. 때문에 억지로 맞추는 계산은 어긋난다는 이치 앞에 나는 지금 숙연하다. 이는 자연스러움의 발견이고 자연스런 이치를 깨닫는―여전히 나는 우둔한 글쓰기를 진행해야할 위안의 목록을 추가한다.

내 글이 빛나는 의상을 걸치지 않았음을 오히려 감사해야할 것이다. 빨리 일어나는 일은 결국 빠르게 소멸되는 것도 사실이기 때문이다. 다만 바보처럼 살고 있고, 죽기 살기로 쓰고―내 일상은 거의 그런 표현에 적합한 것도 사실이다. 직장에서 물러났고 미래가 오로지 나이 들어가는 일이 고작인 바에야 할 일은 오로지 글의 키를 높이는 임무가 나의 일과이기 때문이다. 지금은 섣달이 서두르면서 빠르게 지나고 있다. 만나는 사람들의 음성이 조급하고 세상이 엉망이라고 한탄하고, 정치판들이 삐걱거리는 일상이야 내 몫이 아니고 바라보고 투표하는 일이 고작인 나의 노년은 지금 찬란한 황혼이 채색을 서두르고 있는 풍경에 마음이 모아진다. 아울러 내 주변이 점차 쓸쓸해지는 노릇이 안타깝지만 이 또한 내 삶의 그림과 같다는 안도감에 잠기고, 글의 유려함에 신경을 쓰는 일이 내 표정의 전부인 것 같다. 오늘도 바람은 어디서 와서 어디로 가는 길을 모르지만 나는 따스한 생각을 불러오느라 여전 분주함이 모두이다.

'11.12.15.

사랑방 문화

　나를 참으로 사랑하기 위해서는 내가 아닌 남을 바라보는 과정에서 나는 성장할 수 있을 것이다. 자기 집 하인들에게 모든 토지를 나누어준 톨스토이는 시골 역장 실에서 쓸쓸하게 죽을 때 이미 그는 휴머니즘을 실천한 성인이었고 러시아의 농민혁명의 싹을 키운 장본인이었다. 굳이 톨스토이의 정신을 운위云謂하는 것은 그의 검소와 중심 사상으로의 삶이 있기 때문이다. 사방 100리 안에 가난한 사람의 배고픔을 두고 보지 말라는 경주 최 부잣집의 전언을 많이 들었다. 이런 경우도 위대한 집안의 모토라면 톨스토이의 사상에 버금갈 우리의 귀감이라는 점이다.

　우리네 문화는 사랑방문화에서 출발한다. 이는 나의 문화가 아니라 타인으로부터 시작하는 거울문화의 현상일 것이다. 내 것을 남에게 베풀 줄 아는 일이야말로 희생이고 이 희생은 조선 500년의 문화적인 중추가 되었다는 점이 또 다른 발견일 것이다.

　우리네 사랑방은 배고픈 사람이나 유랑의 사람이 편히 묶어가는 문화의 진수였기에 여기서 주인의 인심이 어떻다는 전언이 생겨날 수 있고 또 평판을 얻음으로써 주인의 인품이나 사상이 전국 혹은 중앙에 전달되는 통로의 역할을 했다는 점이다.

이런 일들은 꾸미는 일로는 안 된다. 진심으로 과객에게 스스로를 보여주는 일이 곧 삶의 진수였고 삶의 지표가 되었기 때문이다.

이런 일은 예나 이제나 가정이라는 단위로 볼 때도 잘되는 집안과 그렇지 못한 집안의 구분은 가능해진다. 가정에서의 며느리를 어떻게 대우하는가의 여부는 그만큼 집안의 친화력과 또는 미래를 예약하는 일이라 믿어도 좋을 것이다. 물론 훌륭한 성품과 성정을 가진 며느리를 맞이한다는 것은 행운이겠지만 대부분의 경우 시집에 적응하는 일이 그렇게 쉬운 일이 아니기에 우선 시집의 가풍에 적합한 사람으로 탄생되는 일은 아무래도 받아들이는 집안의 임무라야 할 것이다. 엄격하면서도 사랑을 전달하는 일은 기교가 있어야 하고 우선 진정성에 따른 배려가 있어야 할 것이다. 이질의 문화 속에 자란 사람을 하루아침에 나와 똑같은 동류항으로 전환하기를 바란다는 것은 무리이기 때문이다.

어느 사람이나 딸을 시집보내고 나면 걱정이 앞설 것이다. 남편인 배우자와 얼마나 조화롭게 잘 살 수 있고 또 소망하는 아이들을 낳고 무탈하게 살아가기를 바라는 마음은 어느 부모나 같을 것이라는 뜻이다. 일 년 이년을 넘어 권태기 시절을 잘 넘길 때까지 걱정이 산을 이룰 것이다. 아울러 시부모—이해심 깊은 마음으로 며느리를 대할 것인가 아닌가의 여부는 결혼생활에 더없이 중요한 인자因子가 될 수 있다. 아무리 부모가 영향력이 없어진 시대라 할지라도 부모의 역할은 중요한 지렛대의 기능을 다할 수 있기 때문이다. 살다 보면 무사한 날만이 아니고 때로는 거센 폭풍과 비바람을 맞을 때 방풍으로의 부모역할은 무엇보다 중요한 노릇이어야 한다. 오불관언의 부모이기보다는 적당한 관심으로 지켜주는 몫이 있을 때 자식들의 행복은 더욱 윤나는 생활을 할 수 있을 것이라는 점이다. 모순일지 모르지만, 며느리는 들어온 사람이기 때문에 보살핌이 있는 경우와 없는 경우는 다를 것이다.

나는 2남 1녀—딸이 하나있다. 하나이기 때문에 기대도 소망도 많았다. 물론 저마다 잘하고 있지만 유독 딸에 대한 마음은 더욱 깊은 것 같다. 아들은 둘이기 때문에 더욱 든든하지만 딸은 하나―양념 딸이라는 말로 기대를 가졌다. 때문에 적당한 선을 넘지 못하면 어김없이 엄한 질책을 했던 것 같다. 내 만약 다시 아이들을 키운 다면 물론 과거와는 다를 것이라는 점―하고 싶은 일에 더욱 격려를 해주고 지원하는 일을 다 하고 싶다. 이런 기대는 기실 원점으로 돌아간다 해도 지금과 별반 다름이 없을 것이지만 그래도 후회의 목록인 것만은 사실이다. 물론 어느 부모인들 나와 다름이 있을까만 유독 관심을 집중하려는 의도는 아마도 나의 지나친 욕망으로 돌리면 모든 허물은 나에게 있다는 귀착이다. 이제 그 딸의 첫째 딸이 유치원에 다니고 여름이면 두 번째 아이를 예약하고 있다. 아마도 부모에게는 아들보다 딸에 더욱 애착을 가는 이유는 사내보다 유약하다는 탓으로 돌리면 일종의 보호적인 관심이 아닐까? 어떻든 잘 살아가는 모습을 기대하면서 조바심으로 바라보는 내 마음의 깊이엔 안타까움이 자리한다. 특별히 잘못된 것이 있어서가 아닌 이 땅 보통의 아버지의 마음일 것이다. 결혼 10여 년이 다가왔어도 여전히 조바로운 마음으로 딸을 지켜보는 일이 기우일까?

잡담설(雜遝說)

1) 경우 .1 – 교훈으로 들어야 할 일

독일의 문호 괴테를 모를 사람은 없을 것이다. 그러나 나폴레옹이 독일을 침공했을 때 나폴레옹의 말발굽에 무릎을 꿇고 "세계의 양심이 온다"라고 머리를 조아린 사람은 무명의 백성이 아닌 괴테였다. 조국의 침략자에게 탄성과 찬사를 바친 그는 고위 직책의 소유자였지만 그의 문학적인 업적을 두고 폄하貶下하거나 거품을 물고 비난하는 독일인은 없다. 허물을 덮고 오로지 국가의 이익이 무엇인가를 따져 그의 문학을 높이로 올려놓음으로써 독일문학이 곧 세계의 문학으로 승화하는 길을 만든 지혜와 치유력을 본다.

또 하이데거는 나치에 협력한 철학자였다. 그러나 그를 타매唾罵하거나 깔아뭉개 유명(notorious)의 악다구니의 치졸한 행위도 없다. 다만 독일 사람들은 허물을 덮고 그의 고매한 철학 앞에 경외심을 보낼 뿐이었다.

인도의 간디를 말할 때 누구나 좋은 말로 포장한다. 그러나 그는 우리나라 땅에서 태어났다면 존경은 고사하고 온갖 험담에 참시斬屍를 당해도 모자랄 것이다. 간디의 죄상(?)을 열거하면 다음과 같다. 첫째는 "나는 카스트제도를 인생의 법칙이라고 믿는다. 또한 자신이 속한 카스트를 믿는 게 좋다. 그것이야말로 진정한 겸양의 표시다" 이런 말을 한두 번이 아닌 반복의 신념이었다는 점에서 불가촉천민이라는 사회의 모순에 눈을 감은 지도자를 성인으로 추앙할 수 있겠는가? 두 번째는 비폭력의 대명사인 간디가 "수많은 인도 젊은이들을 총알받이로 보내는 것에 양심의 가책이라고는 전혀 없었던" 사람—1차 대전 당시 영국을 위해 나가 싸우다 죽으라고 징집을 권유했던 간디 때문에 죽어간 징집 병이 약 9만 명에 이르는 죄상이 두 번째 간디의 모순이다. 아울러 간디는 1909년 7월 인도의 열혈파 딩그리가 영국의 제국주의자 커즌 와일(인도담당 정치보좌관)을 암살하려했을 때, 딩그리를 향해 "맹목적 애국주의자"라고 비판했던 일이 간디의 세 번째 모순이다. 또 다른 4번째 비난은 인도의 토지개혁—우리나라는 1940년대 이승만 정부에 의해 이뤄낸 업적이었다면 간디는 토지개혁을 반대했던 지도자였다. 이상의 네 가지 죄상은 간디의 표정이 얼마나 위선의 가면인가를 알아야 한다면 서정주가 쓴 그리고 당시에 유약한 문인들이 몇 편의 친일—살기위해 쓴 글들이 천형天刑의 아픔인가를 대비하면 눈물이 난다. 그렇다고 그런 행위를 비호하기 위한 의도는 아니다. 타인의 아픔을 감싸는 마음이야 말로 승리자의 소득일 것이다. 자기에게 관대하고 타인에게 엄격한 우리의 가치기준에는 문제가 있다는 뜻이다.

앞에서 인용한 경우라면 우리의 땅에선 무슨 굴레를 씌워 끌고 다닐 것인가?

역사에서 생긴 일은 그 나름의 깊이와 사연이 있다. 훗날의 사람들은 역사 속에서 자화상을 만드는 일이라야 하고 또 교훈을 반면교사로 삼는 지혜가 있어야 한다. 물론 소시민의 친일과 고위직의 친일을 한 잣대로 판단하기는 어려운 일이다. 그러나 훗날에 대통령을 했다 해서 기준基準에서 벗어나고 또 어떤 이유에서 사실적인 기준이 흔들린다면 이 또한 참혹한 죄악이다. 차라리 이런 기준의 사전은 아예 만들지 않는 것이 오히려 좋을 것이다. 왜냐하면 기준이 흔들리는 일은 이미 그 자체로 하지 않아야 할 일이기 때문이다. 그러나 민족을 위해 재산과 삶을 모두 바친 독립운동가의 후손들―독립운동을 했다는 이유로 그 후손들은 무지와 가난을 물려받았다면 이는 국가로부터 보상을 받아야할 당위성이 앞서야 할 것이다. 오히려 친일 자들의 응징보다 앞서야 할 우선순위의 일이기 때문이다.

2) 경우 .2 ― 맹목의 포로들

서정주 같은 시인은 앞으로 100년이 지나도 그런 시인을 만나는 경우는 드물 만큼 뛰어난 언어의 감각과 시적 성과를 이룬 시인이다. 그런 그도 암울한 시대에 몇 편의 친일 작품을 남겼다는 이유로 천형天刑같은 육시戮屍의 굴레는 씌워 끌고 다니려한다. 최남선이나 이광수 등등 많은 초창기 한국현대문학의 선배들은 모조리 형틀에 매달아야 할 만큼 중죄인의 멍에를 씌우지 못해 안달하는 후배들이 기승을 떨고 있기 때문이다.

김일성은 집권이후 처형과 정치범수용소로 정권을 연명하는 광신도의 교주라면 그의 아들은 꽃제비로 팔려가는 백성을 외면하면서 핵을 만들어 곡예와 협박으로 식량구걸하면서 연명하는 북한의 처참한 실상 앞에 침묵하는 종북주의자들의 변명을 듣고 싶다. 남한의 인권에는 거품을 물고 비난하면서 북한의 무자비한 인권에는 눈을 감는 맹목의 사람들―심지어 김정일과 김대중의 사이에서 축배의 잔을 들었던 모시인의 경우나, 법을 어기면서 김일성을 몇 번을 만나고 다시 이 땅에 돌아와 소설가로 통하는 유명(notorious)―심지어 외국가는 대통령의 비행기에 동승하는 우대를 받았고―결코 선량한 의미의 유명(famous)이 아닌 사람들의 궤변―요즘은 실용 중도라는 이름으로 자복雌伏의 시기를 보내는 좌익경향 사람들의 치기稚氣를 바라본다. 독재로 비참하게 하수구에서 살려달라고 애원했던 카다피를 칭송했던 시인 고은의 뒷자락은 슬픔의 변신이다. 반反 미국, 이스라엘을 기치로 1980년대 이후 피로 얼룩진 카다피는 270여 명의 승객이 탄 팬암 여객기를 스코트란드의 상공에서 폭파한 독재자를 칭송하는 시인—고은은 1989년 1월 <한계레신문>에 '우아마르 카다피' "당신은 까딱했으면 지난해 '레이건 람보'한테 죽을 **뻔했다**"라는 칼럼을 기억한다면. 그가 쓰는 <만인보>는 위선이다. 죽은 김정일이나 김일성에게 너무 관대한 태도를 어떻게 바라보아야 하는가. 노벨상을 거론하는 일은 난센스 중에 난센스다. '통일되면 내 나라를 떠나 민족을 잊고 싶다. 지긋지긋하다'는 말은 무슨 의도의 고백일까.

일제의 망령—결코 잊어서는 안 되는 일이지만 허물과 실적은 구분되어야 한다. 그리고 북한의 참혹한 인권의 실상 앞에 입을 닫고 있는 사람들의 속내를 잘라내야 한다. 인권은 인류의 보편적 가치요 공통의 가치라는 말을 대입해야 한다. 만약 편견으로 예외를 구분한다면 그 또한 바보요 어리석은 모순의 늪에 빠진 논리이기 때문이다.

그들은 껍질을 쓰고 시대를 유영遊泳하는 사람들이다. 이쪽과 저쪽의 계산 하에서 필요를 따라 헤엄하는 사람들이 만든 친일의 기준 자尺라면 그 가치는 어떨까라는 의문이 앞선다. 문학의 본령은 휴머니즘이고 화해의 불을 켜는 일이라야 한다. 그리고 문학은 문학적 가치로 말하는 일이다. 그러나 친일 인명 사전 작업에 참여했던 주도자 모某 인사의 기준 없던 삶의 모습이 오버 랩 되는 것은 어떤 일일까. 결코 공적으로 밀할 수없는 에피소드와 손잡고 있는 이야기이다.

3) 경우 .3 – 슬픈 촛불

우리사회는 아이도 어른도 구분이 없는 소리 지르기 게임에 경도傾倒되어 있는 것 같다. 감옥에 들어가는 사람이 영웅처럼 대접을 받는 일이 뉴스를 장악하는 어처구니 현상 물론 소리 지르기의 마지막은 벙어리가 되는 우화일 것이다.

이른바 미국쇠고기를 먹지 말라는 촛불시위의 본색은 대통령이 밉다는 이유—편견으로 불에 부채질하던 행위가 정치인에서부터 어린애까지 무차별

선동의 바람을 일으킨 사건—정치에 휴면休眠이 오면 으레 가는 곳이 미국에 갔고 그 자식들은 미국 유학을 보내는 일이 다반사인데도 선동하는 몰상식이 이성을 이미 잃고 있다. 법을 만드는 국회의원이 국민의 의사당에서 최루탄을 터뜨리고 의기양양 하는 치기는 이미 도를 넘었고 법을 어긴 범죄자에 탈옥을 선동하는 철없는 스님, 국가의 미래를 위해 건설하는 해군기지에 거품을 물고 반대의 탈법을 저지르는 신부나, 중학생이 친구를 왕따 시키는 것을 넘어 가학加虐하여 죽음으로 몰아가는 몰이성의 세상 등등 할 말이 없는 지경이다. 더없이 한심한 일은 사회정의의 척도인 법관—판사가 시정의 저급한 문자로 대통령을 욕하고 상급 재판을 비난하는 막나가는 길이 넓혀지고 있다. 어느 곳보다 보수적인 법원—형평의 중심을 잡아주기 때문에 보수도 아니고 진보 도 아닌 법원의 저울은 공정의 기준 자가 되는 법관—그 중에도 부장 판사쯤 되는 사람이라면 세상사 철없는 말로 사회를 뒤집을 협량狹量이 아님이 당연 할 것인데 소셜 네트워크 서비스라는 공간에서 내뱉는 말은 과연 판사라는 이 름에 걸 맞는지 한심하다. 수준이하의 언어 사용정도가 매우 불결하기 때문이 다. 명색이 국민이 뽑은 대통령을 조롱하는 의식에는 국가관이나 사회적인 책 임의 수준이 너무 낮고 초라하기 짝이 없다. 지식만 있고 인격이 없는 아우성 의 정당성은 결코 합리로 둔갑되지 않을 것이다. 지금 우리 사회는 전도顚倒 된 질서에 뒤엉킨 난마에 비극의 와중渦中을 소요하는 중이다. 내 맘에 들면 옹호하고 아니면 죽기 살기로 비난에 무리 짓는 일이 인터넷을 점령한 불꽃놀 이는 이미 병든 표정으로 배회하는 망령이기 때문이다. 정상보다는 비정상에 휩쓸리고 이것이 박수를 받아 스트레스를 발산하는 방도라면 어처구니가 없 다. 동족의 목숨 400여만 명을 죽인 김일성과 그 아들 김정일은 풀죽도 못 먹 어 아사餓死로 300만 명이 굶어 죽었는데도 윤기 흐르는 수만 달러짜리 이태 리 원단의 인민복을 칭송하는 사람들의 단순 뇌세포—그 아들 정은의 옷도 그 렇다. 이를 칭송하고 따르는 종북자들의 멍한 정신, 얼마를 더 죽일 줄 모르는 철부지 3대 세습에도 박수를 준비하는 사람들의 목소리에는 민족의 비극이 서리고 있다.

4) 경우 .4 - 나 잡아 봐라의 철수씨

교수는 학생을 교육하는 사명이 있지만 정치판을 기웃거리는 건지 '나 잡아 봐라'처럼 고개를 내밀다 숨는 일을 반복하는 안철수의 모습에서는 불안한 조짐이 솔직한 심정이다. 우리나라 컴퓨터 사용자치고 안철수의 컴퓨터백신의 도움을 받지 않았던 사람은 없을 것이다. 존경을 받았던 그가 서울 시장 보궐선거에서부터 숨바꼭질을 되풀이하면서 계산하고, 저울질하는 일이 대통령이 목표라면 이 또한 서글픈 일이다. 물론 그라고 대통령을 못할 이유는없지만 그의 심성心性이나 지금까지의 행적行蹟으로 보아 무리수에 빠지고 있는 것 같다. 마치 이솝우화에 단맛에 반한 파리가 꿀단지를 배회하다가 한 발을 꿀에 담그고 맛을 보니 너무 맛이 좋아 이내 두 발을 담그고 정신없이 꿀을 빨아먹는 사이 세 발이 빠진다. 단맛에 취해 발을 빼려는 즈음 이미 헤어 나올 수 없어 끌려들어가는 마지막에 숨을 거두면서 '신세는 망쳤구나, 단맛에 반해!'라는 파리의 절규는 시사示唆하는 바 교훈으로 적합하다. 교수 안철수에게 들려주고 싶은 <파리와 꿀단지>-사회현실은 실험이 아니라 냉엄한 현실이고 이 현실은 민족구성원과 연결고리를 갖고 있어 개인의 행동은 개인이 아닌 모든 구성원의 결과를 숙고해야 한다. 더구나 그는 석좌교수-알고 보니 기껏 논문 다섯 편 짜리-내 아무리 후하게 생각해도 너무 엉터리 교수요 더구나 대학원장인 것 같다. 교수는 공부해야하고 논문이 그것을 말하는 일이기 때문이다.

1948년 이스라엘의 독립과 더불어 의회인 크노세트에서 만장일치로 이스라엘의 초대 대통령으로 물리학자인 아인슈타인을 지명했고, 이 결정을 정식으로 의뢰했을 때, 아인슈타인은 48시간 동안 생각할 수 있는 시간을 요청했다. 그러나 48시간 이전에 아인슈타인은 거절의 성명을 발표했다. 그 이유는 "나는 정치가보다는 과학자로 남고 싶다"가 대답이었다.

5) 정도(正道)는 외로울지라도

　정치가는 정치-政者正也의 길을 알고 가야하고, 스님은 용맹정진의 도리 앞에 법당으로 돌아가야 하고, 신부는 성당에서 신자에게 축도의 간구懇求를 염원해야 하고, 법을 만드는 국회의원은 국회에서 타협과 공존의 입법 원리에 충실해야하고, 문학인은 문학적 가치에 헌신해야 한다면, 학생은 교실에서 삶의 지혜를 배워야 하고, 법관은 오로지 재판으로 말하는 정도正道에서 일탈逸脫이라면, 옷을 벗고 시정市井으로 나가 정치를 해야 정답일 것이다. 이는 보수나 진보의 문제가 아니라 삶의 정도를 쫓는 일이기 때문이다. 지금의 우리 사회는 시민 권력의 엇나간 탐욕이 초기 사회주의의 미명美名에 들어간 것 같다. 선동과 부추김이 도를 넘었고 탐욕이나 과욕의 위험신호가 곳곳에 포착된다. 비정상이 정상을 압도하는 혼란의 세상은 오래가지 않는다. 남을 비방하기 전에 자기를 돌아보는 금도襟度가 있어야 할 뿐이다. 망령들의 잔치는 정도가 아니기 때문에 언젠가 외면을 당할 것이고 새로운 희망의 문이 열릴 것을 믿는다. 비틀거리는 역경이나 위기에서 빠져나오는 해답 찾기의 방법을 터득한 위대한 업적을 증명하는 똑똑한 민족이기 때문이다.

문학과 종교

무소유를 실천한 스님이 입적했다. 그의 삶을 파헤치는 매스컴의 이야기들은 감동적이었고 또 신선함을 주었던 것도 부인할 수 없는 일이었다. 그러나 무소유를 실천하고 행동으로 옮기는 스님이 어디 법정스님뿐일까만 우리 사회의 냄비증상은 다른 사고를 차단하는—오로지 법정의 무소유가 전유물인 것처럼 야단스럽던 것도 기억한다. 왜냐하면 대부분의 스님들은 그런 삶을 위해 행동하고 실천하는 일을 오늘도 여행勵行의 덕목으로 삼고 정진하고 있기 때문이다. 그러나 법정스님과 여타스님과 다른 이유는 아무래도 글로써 자신의 생각을 말하는 가 아닌가의 차이에 있음이 아닐까. 또 어느 수녀가 시를 씀으로써 여타 수녀보다 더 많이 알려짐으로써 속세에 명망을 얻은 예를 거론할 수도 있기 때문이다. 솔직히 다른 수녀도 좋은 시를 쓰는 경우가 많이 있음을 안다. 그러나 속가俗家에 많이 알려짐으로써 얻은 일은 오히려 자신의 수양에 혹은 종교적인 목적에 부합하지 않고, 또 출가의 본의에 어긋나는 경우도 있을 것이다. 물론 법정스님의 수필이 최고의 수필이라는 뜻이라면 모르지만 그런 기준은 아닐 것이다. 다만 수필을 쓰되 혹은 시를 쓰지만 일반인들의 처지가 다른데서 오는 공명共鳴현상이지 뛰어난 글로써의 성가聲價는 아닐 것이다. 그러나 문자로써 속인들을 구제하는 보시布施의 경우로 본다면 매우 좋은 일이 될 것이다. 인간의 마음을 바르고 깨끗하게 정화하는 몫으로의 감동은 지고至高한 것이기 때문이다. 글의 몫이 그런 임무의 종교적인 목적으로 쓰인 경우라면 이 또한 좋은—우매한 인간을 위해서는 좋은 보시일 것이기 때문이다.

죽음을 놓고 줄다리기 하는 지도자들을 많이 보아왔다. 화려하고 현란한 유소流蘇보장寶帳의 장엄한 장례식을 치룬 후엔 무슨 말들이 따라붙는가를 보면 허망이 당연한 일로 돌아갔다. 그리고 봉분의 높이가 생전의 위엄처럼 보이는 일 또한 허무한 것을 망각이 명백하게 증명한다. 그러나 한 편의 글은 사후 더욱 빛나는 기억을 되살리는 촉매가 된다는 것은 한 편의 시로도 증명된다.

인생의 무거운 짐을 순수하게 내려놓고 세상을 떠나기란 지난至難한 일이다. 참다운 삶은 결국 자기를 돌아보면서 자정自淨의 수행을 글로 표현했을 때, 감동의 깊이는 더욱 아름다울 수 있다는 예를 종교인의 참된 손짓을 기억하는 것도 아름다운 일이다. 그러나 들끓은 현상이 지나고 나면 언제나 똑같은 일상으로 돌아오는 갈증현상은 아무래도 자기를 잃어버리는 망각증상이 현대인의 정신공황을 대변하는 일인 것 같다. 법정스님—청량淸凉한 삶이 던지는 글의 메시지는 많은 파문을 던졌다. 때문에 그분의 글이 던지는 파문은 어떤 것 보다 더 많은 여파를 가질 것이다. 왜냐하면 문자로 전달하는 효과는 돌에 새기는 것과 같이 영원성을 갖기 때문이다.

플래카드

작은 도시에 살기 시작하면서 여러 가지가 이상(?)하다는 느낌을 갖는 것 중에 플래카드일 것 같다. 자동차가 다니는 도로에 나부끼는 플래카드는 생각하기에도 너무 과한 자기 과시의 증상 같은 것들이 대부분이기 때문이다. 대학에 합격―일류대학이라 해도 첩첩산중의 4년이 남아있어 자중하는 일이 좋을 것이지만 신통치 않는 대학 또는 학과에 합격이라는 팻말로 바람에 나부끼는 글귀에는 실소가 난다. 어딘가 쑥스러울 일이지만 나무 자주 나부끼는 일이 입학철이면 등장하는 행사이다. 그것도 누구의 아들이니 딸이라는 명칭에는 가히 웃음이 난다. 더러는 건축사 합격이라느니 또는 무슨 뜻인지 모르는 연합 동문회장 당선에서 농협조합장 당선, 더러는 초등학교 동창회장 혹은 사시합격쯤이면 여기저기 플래카드의 등장이 부지기수가 된다. 오늘은 원두리 아무개 딸 국가 축구대표 발탁의 플래카드에는 생각의 정도가 너무 지나친 느낌을 갖는다. 내 돈 내고 길거리에 자랑하는 광고가 무슨 잘못이냐고 따질 수 있지만 생각하기 나름의 기준이 문제인 것 같다. 이런 일에 익숙해지려면 10년을 살아도 이해의 정도가 쉽게 누그러지지 않는다. 이는 자기를 현시現示하고 싶은 마음의 발동이 가져오는 과시욕이라는 점에서 씁쓸해진다. 하긴 많은 일들이 도시적인 사고로 풀어내기엔 이해하기 어려운 것들이 시골 사는 일에 어려움이 될 것이라면 쉽게 문을 열어주지 않는 마음이며, 소통의 문제는 아마 전원생활에 따른 대가가 될 것이라면 으레 서울인심은 야박하고 자기들의 마음은 넓다는 아집에 빠진 옹고집이 대화를 막는 문제일 것이다. 내세울 것이 없다는 마음이 일시에 나타나는 중상이 아마도 플래카드로 나타내는 심리적인 보상행위라면 이런 현상은 그대로 삶의 태도에 적용된다. 때문에 도시에서 이입한 사람과 이른바 고향 사람의 이분적인 사고로 벽을 만들어 자기주장의 기득권既得權을 지키려는 발상이 앞서는 행위라는 점이다.

아마도 생활이 낳은 편협성은 시골보다는 도시에서 적응한 사람이 훨씬 관대할 줄 모른다. 적어도 타인에 간섭함이 없는 일이 도시적 사고라면 시골은 이런 적응이 매우 한계적일 것이라는 점은 공통의 문제일 거 같다. 다시 말해서 속내를 보이지 않음으로 자기의 이득을 계산하는 점도 한몫을 거드는 요소가 된다면 시골생활은 인간과의 교분이 얼마나 지난至難한 가에 생각이 미치게 된다. 동네와는 상당히 외진 곳에 살고 있는 나의 전원생활은 항상 외톨이 모습이다. 다시 말해서 동네 입구에 느티나무가 있는 곳을 지나지 않아 좋은 일—가십거리가 없는 일이 오히려 다행이라는 뜻이다. 지나는 행인을 유심히 바라보면서 누구네 온 무슨 사람인가의 호기심과 멀리 있는 일은 시골생활에 가장 중요한 생활 조건에 하나일 것이기에 나의 시골생활에는 말이 없다. 어찌 알았는지 모르지만 교수라는 말이 따라붙고 있음이 정보의 모두라면 적당히 은신하는 신비주의는 내 삶의 편리와 같을지 모른다.

인간은 혼자 살 수 없다는 명제가 있는 한 어울려야 한다. 이런 일은 오랜 관습의 시간이 있어온 일이라면 도시에서 유입한 사람들에게는 숙명처럼 따라붙는 일이 교유交遊의 문제 앞에 선다는 일이다. 물론 교육정도와 교유의 정도에는 필연적으로 상관이 있기 마련이다. 이는 남을 어떻게 헤아리는가의 정도로 볼 수 있는 부분이다. 오늘도 플래카드는 어김없이 자랑처럼 펄럭이면서 눈을 현혹하는 일로 나부낀다. 탓할 일도 아니고 타매할 일도 아니지만 정도를 넘으면 안 된다는 것 때문에 눈이 자주 간다. 나 좋으면 그만이라는 체념으로 돌리고 오늘도 또 걸리는 뉴스를 바라보면 바람에 나부끼는 소식이 궁금해진다. 오늘은 누구의 자식이 무엇을 했는가라는 소식의 무게가 그 사람의 마음까지 들뜨게 할 것이라면 이를 사시로 바라보는 나는 모자란 심중을 갖고 있는 바보라는 자책을 앞세운다.

정보가 홍수를 이루는 시대에 아날로그의 광고판이 그리운 것은 체온이 들어있고 자기의 마음이 담겨서 펄럭이는 플래카드는 아무래도 인간의 저변에 닿아있는 마음의 일단이라는 생각이 미칠 때, 나를 돌아보는 일이 커진다. 도시와 시골의 어디에도 없는 경계인의 삶이 이기 때문이다. 소속이 미아로 등록된 씁쓸함은 내가 길을 나갈 때 마다 움츠러드는 이유라면 나는 흔들리는 플래카드의 글귀와는 멀리 떨어진 사람의 고독이 머물 뿐이다.

'12.2.17.

20미터의 거리

겨울이 오기 얼마 전 평소에 가까이지내는 분의 외동딸이 결혼식이 있었다. 재치 있고, 명랑하고, 다감한 그가 딸의 손을 잡고 식장에 들어서는 순간에도 그의 표정에는 즐거움이 보였다. 그러나 딸을 사위 손에 인계하고 돌아서는 순간에 눈자위가 붉어지는 모습을 감격스레 보았다. 10여 년 전 나 또한 딸을 시집보내고 그런 심사가 아니었을까를 회고했다. 딸을 시집보내고 울적하지 않는 부모는 없을 것이다. 아마도 아들과는 달리 딸에 대한 잔정이 유난한 경우 섭섭함이야 달리 말이 필요 없을 것이다. 그러나 무뚝뚝한 표정 짓는 아들에게는 그런 애틋함이 없는 것 또한 예외가 아닐 것이다.

세상이 변했다 한다. 과거와는 시집살이라는 말이 없는 것 같은 시대에 딸의 결혼을 바라보면서 애틋해 하는 일은 아마도 아버지만의 사랑법이라면 너무 거창한지 모르겠다. 각설하고 딸은 가슴에 있고 아들은 그냥 눈에 있는 것의 차이일까? 더구나 결혼하기 전엔 그래도 여유 있는 마음이 없었던 것도 사실이다. 그러나 정작 결혼식장에 들어가서 팔짱을 끼고 걸어가는 20여 미터의 거리에서는 만감이 교차하게 된다. 다시 말해서 실감을 갖는 순간의 짧음이 딸의 삶과 견주는 시간이 된다는 뜻이다. 20여 미터 걸음으로 치면 30보 쯤 될 것이지만 그 시간을 길고 아득한 추억이 되살아 날 것이다. 막상 사위에 게 딸의 팔을 건네는 순간에 긴 여정의 시간이 뒤덤벅이 되어 왈칵하는 울음을 불러오는 일이 된다. 기실 어머니는 그 순간에 다가오는 딸의 얼굴을 보면서 어쩌나의 염려가 앞장서겠지만 그 20여 미터의 거리에는 상반된 감성의 차이는 아버지와 어머니의 갈래를 만드는 서로 다른 사고의 폭이 존재한다. 애틋함에는 동질이겠지만 아버지 애틋에는 사랑의 맹목이 순수로 포장된 감성이라면 어머니의 애틋은 잘 살아주기를 바라는 일이 우선할 것이다. 물론 자식에 대한 사랑은 이성적이기 보다는 맹목이 더 가깝다면 이는 잘못이 아닌 어느 부모나 꼭 같은 감정이라는 뜻이 될 것이다.

우리 집 두 며느리 또한 결혼 전엔 그들 아버지로부터 똑같은 정감을 교환交驩했을 것이란 유추는 당연한 일이리라. 자식은 무조건 사랑스럽고 애절해 보이는 이런 마음은 어디를 가나 가슴 가득해지는 이유─조건 없는 사랑이라는 뜻이 좀 더 효과적인 느낌을 전달할 것 같다. 우리 집 며느리들의 차이는 크기로 따지면 굵기의 차이가 있다. 큰며느리는 매사에 낙관적이고 굵고 크다면 작은애는 작고 세심함에서 다르다. 어느 것에 경중을 두자는 말이 아니라 성품에서 차이가 난다는 뜻이다. 전자에는 거리낌이 없고 시원시원하다면 후자에는 매사를 검토하고 짜 맞추는 목적성에서 다를 것이다. 그러나 전자는 간과看過의 염려가 있고 후자에는 촘촘한 그물 때문에 맞게 되는 팍팍한 현실이 있게 된다. 아마도 이 둘의 성품을 한데 합하면 가장 이상적인 성격(?)─이런 요구는 무모한 일이다. 왜냐하면 인간은 누구나 한 가지의 염려가 있고 그것을 어떻게 극복하는가의 행동에서 미래를 결정하기 때문이다.

사람을 사귀다 보면 가장 중요한 것이 본질적인 성품이다. 위장하고 가장하면서 사회생활을 일시적으로는 가능할지 모르지만 항구적인 항심에서는 언젠가 나타나는 성미가 있기 때문이다. 때문에 본성을 고친다는 것은 거의 불가능─물론 자기를 알고 그것을 꾸준히 고치는 일이 진행한다면 얼마든지 변화의 모습으로 탄생할 수 있을 것이기 때문이다. 나는 두 며느리의 장단

(?)—사실 어리석은 판단의 일이지만 무조건 고맙고 사랑스러운 것은 사실이다. 왜냐하면 아이들 잘 키우고 남편 뒷바라지 잘하고 또 그들의 훌륭한 직장에서 제몫을 다하는 일이면 그 이상 무엇을 바램 한다는 것은 욕망의 덫에 걸린 노예일 것이기 때문이다. 오히려 감사하는 깊이 있는 마음이 당연한 것이지만 욕심의 길이가 길어지는 평범한 인간의 나 또한 어쩔 수 없는 속물이다.

사람의 일생은 변화를 시험하는 일일 것이다. 이는 자기를 알고 비로소 어떤 방향 어떤 삶의 목적을 지향하는가의 여부에 따라 얼마든지 환골탈태의 모습으로 나타날 수 있다고 믿는다. 결혼하여 아이들 둘을 낳았고 섬세하게 살림을 하는데도 딸을 바라보면 애틋함이 가득하다. 이런 현상은 역지사지易地思之—며느리의 경우도 내 딸과 같을 것이라는 생각에 미치면 좀 더 편하게 해 주어야 한다는 생각이 있지만 이도 생각뿐일 때 때로는 내가 미워진다.

'12.2.18.

공부

　오늘도 나는 공부를 한다. 남의 시를 읽고 쓰고의 일이 되풀이 날마다의 일과이다. 이를 공부라 한다면 나는 공부로 하루를 살고 하루를 보내는 일상을 지내고 있다. 그러나 주로 글을 쓰기 위한 몫으로의 할당이기 때문에 나의 공부는 고등학생들이 하는 공부와는 전혀 다른 갈래에 속하다. 다시 말해서 상식의 공부가 아니라 나의 몫에 대한 집중의 일이 나의 일과라는 점에서 다를 것이다.

　그러니까 나는 원고지의 키를 높이는 일에 주로 매진하는 일이기 때문에 하루 종일 그런 작업을 내 주요한 일상으로 처리한다. 아침을 먹으면 대체로 9시 무렵이 된다. 자연스레 양치질을 하고 이층으로 슬리퍼를 끌고 올라간다. 그러니까 다른 사람들의 일로 치면 출근인 셈이다. 사방이 유리라 겨울의 아침은 춥다. 밖에 온도가 −10여℃를 넘으면 이층은 10℃ 정도에 머물러 난로에 불을 켠다. 우선 시를 읽기 전에 신문을 검색하는 일이 30여 분이 걸린다. 메일을 점검하고─이 일이 끝나면 비로소 시를 읽고 다시 퇴고의 절차를 수행한다. 이런 일은 원고 청탁이 없을 때의 일상적인 일이지만 원고를 써야할 소명이 전달되면 오로지 그 일에 신명을 돋운다. 때문에 하루 10시간의 집필이면 웬만한 청탁의 글은 충분히 소화된다. 왜냐하면 나의 집중력은 일을 끝내야 비로소 안도의 마음으로 다음 일을 하는 성미이기 때문이다. 사실 모든 공부의 특징은 집중력에서 결판이 난다고 생각한다. 이제 만 5살의 은서는 무서운 집중력으로 그리스 신화와 이집트 신화를 완독하고 한국 설화를 읽는 것을 보면 혀를 내두른다. 칭찬이 부족한 손녀에게서 미래를 바라보는 것은 확실히 즐거운 일이다. 각설하고 집중은 곧 공부의 첫째 목록이고 둘째는 끈기라야 할 것이다. 머리를 따진다면 적당한 IQ일 때 무리 없이 목표를 달성할 수 있기 때문이다. 머리 좋고 게으르면 그 인생은 허무와 맞닥뜨리는 일이고 사기꾼의 소질을 갖는 잘못된 길로 가는 첩경捷徑일지 모른다. 적당히 부족하면 오히려 넘치는 것보다 나을 것이다. 왜냐하면 머리는 과신을 부추기지만 부족은 오히려 채움의 노력을 경주할 것이기 때문이다. 작은 구분이 모이면 큰 결과로 남는 것이 이치라면 의미가 작더라도 열심히 사는 모습에서는 커다란 의미를 획득하는 일이 인간사로 치면 '어떻게'의 자기 방법론이 확립되면 그 인생의 결말은 성공적인 이름을 갖게 된다.

공부는 선천적인 면이 있고 또 후천적인 면이 있을 것이다. 전자는 주로 머리를 이용하거나 과신하는 사람의 경우라면 후자는 노력이 배가되는 점에서 그 소득은 전자와는 다르다. 나는 후천적인 운명을 타고났다고 느낀다. 젊어서는 고생이 주된 일상이었고 후반 들어 내 인생은 편하고 또 하고 싶은 일을 모두 이룩하는 점에서 항상 늦게 소망을 달성하는 사람의 운명이라는 느낌을 갖는다. 글만 해도 그렇다 1962년 동아일보에 시조「환갑」─어머니의 환갑의 해였다. 치졸한 글을 뽑은 사람은 이태극 교수였으니 나의 글쓰기는 빠르다면 매우 빠르고 이를 무시한다 해도 1970년대 말이었으니 내 동문들과 비교하면 10년이 늦다. 그러나 이제 돌아보면 내 글쓰기의 소득은 추월의 키를 양으로 계산하는 도도함이 있다. 이제도 글쓰기의 맛이 더 할 수 없이 좋고 속도전의 쾌감을 느끼는 일은 나의 신명이 노년을 채찍질하는 속도다. 누구도 따라올 수 없는 늙은이의 원숙함이니 나를 내가 돌아봐도 대견한 늦깎이다. 이것이

내 운명이라는 계산은 나의 삶에 여러 정황으로 말할 수 있는 이유이기도 하다. 이제 나는 나를 돌아보아 정리로 전집을 엮고 있다. 3단 편집의 이광수 전집 20권을 부러워했지만 나 또한 거기엔 못 미치더라도 어느 정도 키를 맞추는 일에 희열을 느낀다. 남이 알아주던 모르던 그것은 예외이다. 내가 그만큼의 글을 써서 키를 높이고 있다는 사실 앞에 대견하기 때문이다. 이 자화자찬의 의상은 때로 너덜거리는 색깔일지라도 나는 자만심을 갖는다. 왜냐하면 남들은 나처럼 속도와 끈기를 갖지 못하는 것 같기 때문─이 자만심은 부끄러운 일이다. 왜냐하면 겸손의 표정이 아니라 비난의 화살 받이가 되기에 딱 알맞기 때문이다. 그러나 종심從心의 나이에 무어 두려움이 있어 할 말을 못하겠는가?

　세상에 공부를 즐거워 한다는 것은 참으로 따분한 일이다. 재미없고 답답하고 또 때로는 세상살이와는 떨어진 옹고집의 사고에 갇힐 수 있는 여지가 많은 사람의 속성이기 때문이다. 그러나 운명은 정해진 길을 만들고 있다는 아련한 속설에 마음을 기울인다. 내가 나를 어느 정도 깨닫고 살고 있다는 암연黯然함을 느끼기 때문이다. 오늘도 햇살을 받고 글을 쓰면서 햇살을 보내는─황혼의 그림자를 바라보면서 나의 공부는 종언을 바라보고 있다. 이 즐거움은 나의 운명이라는 생각에 더욱 찬란한 하루의 캔버스가 물들고 있다.

'12.2.18.

책 고민

취미가 무엇이냐고 물으면 거개가 독서 아니면 음악 감상 등이 대다수일 것이다. 그러나 실제로 독서의 양은 형편없고 음악 또한 천박함이 고작일 터이지만 마땅히 쓸 것이 없는—자기를 과대포장하기 위한 방편으로 쉽게 써지는 것이 독서와 음악 감상일 것이다. 기실 이 말은 크게 틀린 것은 아닐 것 같다. 만화를 읽는 것도 독서요, 뽕짝을 듣는 것도 필시 음악임이 분명하기 때문이다. 세상이 그만큼 헝클어졌고 이런 현상이 사회전반에 당연한 조류가 되었다.

얼마 전 딸아이와 새 학기 강의에 대한 이러저러한 말을 주고받게 되었다. 강좌 이름이 <대중문화와 창작>이었다. 과거 같으면 대중문화라는 이름이 대학의 강좌에 이름을 올릴 리가 없는 이른바 저속이라는 레벨이 이젠 당당한 등극을 한 셈이다. 시속이 변하는 것이야 당연한 일이지만 곰곰 생각해보면 대중문학이나 문화라는 어의에 미묘한 의문이 든다. 왜냐하면 인간사는 항상 높이로 오르는 희망에 초점을 맞추면서 살아가는 일이 당연하게 여겼던 가치가 혼란으로 구분이 모호해졌기 때문이다. 결론이 만화책이든 명작이든 공상 소설이든 많이 읽는 게 정답 같다는 말로 얼버무린 대화의 끝이 싱겁기 짝이 없었다. 안 읽히니 명작이라는 말이 있듯 요즘 사람들에게 명작을 읽으라면 당연히 인터넷에서 베껴오는 일 이외는 직접 읽는 경우는 희소하다. 대학재직 시에 문학을 전공하는 학생들에게 설문을 해봐도 셰익스피어의 작품이나 단테 혹은 톨스토이의 작품을 읽었는가를 질문하면 거의 모두가 도리질이라는 사실에 이르면 당연하게 명작은 사치요 높은 선반에 올려 져 있는 그냥 바라보는 대상이 명작이라는 의미에 한정하게 된다. 아마도 대중문화라는 강좌의 이름도 이런 세태를 반영하는 일이라면 당연한 변화이리라. 속단이지만 인터넷의 발달은 고급이라는 의미와 대중이라는 말에 구분을 없게 만든 원인이 될 듯하다. 어떻든 대중이라는 범주는 매우 광범하고 어디서 시작해서 어디까지라는 한계 앞에 모호한 것이 사실이다. 변화의 속도는 눈부시게 빠르고 이를 정리하는 기능 또한 더딜 수밖에 없기 때문에 고급문화와 저급으로 나누는 일은 명분이 모호하게 되었다는 뜻이다. 물론 독서의 경우 대부분 인터넷의 서핑으로 끝나는 경우가 대부분이고 정독으로 탐독하는 경우는 희소하다. 이러니 책을 출간해도 안 팔리는 일이 다반사이니 정신의 가벼움은 바람에 휘날리는 사고를 갖게 되었다. 아무리 인터넷이 세상을 뒤덮는다 해도 사고의 깊이를 갖추는 일은 필수요 이는 책이라는 벌판을 배회하는 고민에서 소득이 곧 정신의 양식으로 변모할 것이기 때문에 책을 읽어야 한다는 주장은 영원한 명제일 것이다. 옛날과 달리 체계적인 독서의 길은 이미 방법은 잃었기 때문이다.

요즘 책은 두통거리의 하나로 전락했다. 대학은 퇴직하는 친구들은 연구실에 가득했던 책들을 집으로 가져갈 수 없어 기증을 생각하지만 받아주는 도서관이 없다는 말을 듣고 실소했다. 장사는 돈을 불리는 일이고 학자는 책을 불리는 점에서 차이가 있다면 책의 욕심은 저급한 욕망의 이름이 아닐 것이다. 설혹 아무런 아무 쓸모가 없다하더라도 책을 버릴 수는 없는 것이 솔직한 욕심이다. 또한 책의 자리는 몇 권을 쌓아놓아도 방안에 일정한 크기를 점하는 부피는 근심인 것이 사실일 것이다. 그렇다고 버리지 못하는 일에 애착을 갖는 일을 나무랄 수는 없다. 월부로 꼬박꼬박 사 모았던 책들은 곧 나의 정신의 중추요 피와 같은 요인이기에 보내버릴 수 없는 고민에 잠기게 된다. 나 또한 그런 일에 답습을 외면할 수가 없다. 막상 버리면 다시 쓸 필요가 있게 되는 직업정신은 부질없다 치더라도 굳어진 습성이다. 그러나 내 만약 세상을 떠나면 이 많은 저서를 누가 소용으로 애착을 가질 것인가에 생각이 미치면 우울해진다. 자식들은 저마다 다른 학문의 길이 있고 애비의 책은 거추장스런 이름—이도 저도 못하는 물건으로 전락할 일이 아픔이다. 그렇다고 불태울 수도 없고 또 종이장사 할머니의 리어카에 실어주기도 양식이 허락하지 않는다. 다만 아픔으로 바라보는 운명의 존재—내 책을 바라보는 요즘 나는 망상의 숲을 방황하고 있다.

생전에 장서가藏書家 상을 받았던 최범훈 교수는 어학을 전공한 대학 선배였다. 연구실이나 그의 거소에는 많은 책이 넘쳐나는 수집광이었다. 그러나 아깝게도 어느 날 교통사고로 운명殞命을 달리했고 그 많은 책을 어떻게 처리했는지 참으로 궁금하다. 요즘은 망상의 길을 따라가는 일이 빈번해졌다.

'12.2.19.

낙조 바라보기

사람의 일생을 작품에서 보면 대체로 10년을 주기로 변화를 하는 것 같다. 20대의 청춘과 30대의 원숙한 청춘, 그리고 40대의 장년, 50대의 원숙한 장년, 60대의 노년 초기 그리고 70대의 원숙한 노년으로 구분을 하면 대체로 변화의 구획이 명확해지는 것 같다. 각 시기마다 저마다의 특성이 있고 그 특징은 변화의 결과로 나타난다. 가령 20대의 달리기와 60대의 달리기를 비교한다는 것은 어불성설이 되는 이치와 같을 것이다. 때문에 싹이 나오는 시기와 꽃이 피는 그리고 조락凋落으로 시들어가는 때가 각기 예정되어 있음을 인정해야 한다. 매듭은 변화하는 일이고 그 변화는 결국 또 다른 변화의 진행을 갖게 된다. 살아가는 일이 이런 진행의 중심에서 얼마나 진중한 자리를 차지할 수 있을 것인가의 진행에 맡겨진다.

내 20대는 불안과 서러움이 교차하는 진행이었다. 10대에 밀어닥친 전쟁의 참화는 가족사의 파괴에서 오는 여진은 내 운명의 긴 그림자를 끌고 가는 고달픈 호흡이었기 때문이다. 이 진행의 연장으로 20대는 대학을 마치는 일에서 나온 거친 호흡이 홀로 설 수 있을 것인가의 시련이었다. 그러나 나의 대

학시절은 궁핍과 가난이라는 황폐함이 오히려 뒷날 삶의 에너지를 강화하는
에너지의 축적이었다. 선생이라는 이름으로 살아갈 토대를 마련했고 이 토대
위에서 결혼이 20대의 마지막을 장식했고 무난히 30대로 진행했을 때, 나의
30대는 내 삶에 진공이었다. 자식을 낳고 집을 마련하여 옮기고 옮기면서 노
년의 기반을 다진 때였기 때문이다. 나의 40대는 무너지는 계기가 되었고 이
런 기간의 연장은 또 다른 준비의 계약이었으니 강사생활에 따른 늦깎이 공부
에 열을 올리면서도 절망과 만나는 슬픈 이력이 추가되었으니 후배들의 배반
이 절망의 농도를 짙게 만들었던 무렵이었다. 40대의 비극은 50대로의 진행
에 행운을 주었고 그 기반은 결국 하고 싶은 교수의 자리를 얻을 수 있는 운명
의 흐름과 연계되었던 나날이었다. 내 운명은 50대 이후 안정과 행복 그리고
가정의 중심이 바로잡히는 계기로 이어졌다. 물론 그 안에는 희비의 작은 일
들이 교직되었지만 나에게는 글쓰기의 찬란한 문이 열리면서 속도전에 돌입
하는 나날이 15년 머물던 대학 퇴임에까지 진행되었다. 하니 나의 60대 이후
의 삶은 안정과 평안 그리고 행복이라는 토대가 매우 공고하다는 결론에 이른
다. 퇴직에 대한 불안이 없고 하고 싶은 일을 선택하여 마음껏 진행하는 일은
노년에 가장 중요한 행복이기 때문이다. 자식들이 저마다 제 길을 무난히 갈
수 있고 또 타인으로부터 도움의 손을 벌리지 않고 무탈하게 살아가는 황혼의
아름다움은 행운이기 때문이다. 더구나 유명인의 설계로 내 인생의 마지막 새
집을 짓는다는 것은 누구나 가질 수 있는 일은 행복이 아닐 수 없다. 지금도
집을 구경하겠다고 찾아오는 학생이나 집을 지으려는 사람이 견학 오는 일이
가끔 있어 안내자가 되는 기분은 집에 자부심을 갖게 한다.

　인간은 황혼이 아름다워야 한다는 생각은 젊은 날의 고생과 그 토대가 기
반이 되어서 가능하다. 이를 이룩하기 위해서는 치밀한 삶의 진행이 있어야
하고 이 계획은 언제나 현실에 근거를 둔 성실성이 있어야 한다는 생각이다.
허랑하게 젊은 날을 허비하면 그 멍은 노년에 받게 되는 업보이기 때문이다.
낮춤의 삶이 있어야하고 지혜로 내일을 바라보는 통찰의 눈을 가질 때 비로소
인생의 길에는 행복을 만나게 된다는 생각이다.

하루 중에서 가장 아름다운 때는 사람에 따라 다르겠지만 여명의 찬란함과 황혼의 낙조를 꼽을 수 있다면, 떠나가는 준비의 낙조는 여명에 못지않을 만큼의 아름다움일 것이다. 내가 2층 서재에서 황혼을 즐기면서 글을 쓰는 이유도 운명적인 비유와 같을 것 같다. 행복은 떠돌아다니는 물결과 같아 이를 어떻게 붙잡을 수 있을 것인가는 자기의 능력에 따라 달라진다. 왜냐하면 똑같은 물살의 흐름이 여일如一할 때, 지혜로운 사람은 그 물살에 올라타는 능력을 얻어 올 수 있을 것이기 때문이다. 인생은 아름다운 풍경을 바라보는 것도 아니고 오로지 풍경 속으로 들어가는 길을 찾아 스스로 풍경이 되었을 때, 비로소 풍경으로 변하는 행운을 얻을 수 있기 때문이다. 때로는 투쟁하고 더러는 피 흘리는 전사의 모습이 되어야하고 혹은 너그러운 도사의 마음을 가지고 베풀고 받아들이는 정신을 가질 때 삶의 모습은 인간의 모습으로 변하는 풍경이 될 수 있다고 믿는다. 한 발자국도 생략해서는 안 되는 조심성과 치밀성이 결합하여 앞으로 나가는 모습은 아름다움이라면 자연 또한 그렇게 하루를 마감하는 낙조 앞에서 이를 바라보는 인간의 가슴에 붉은 물이 들어 풍경이 된다면 삶은 아름다운 수채화가 될 것이다. 나는 한껏 여유로운 모습으로 자연을 완상하면서 저녁별을 기다리고 있다. 누구나 떠나는 뒷모습을 남기는 필연에 살지만 여유 있는 자의 모습과 초라한 자의 뒷모습으로 구분되는 것은 그 앞에 있는 운명의 표정이 배경색으로 작용하는 것에서 구분되는 색채가 가장 중요하다고 생각하는 하늘의 채색—화가는 그것을 가장 중요시하여 그린다고 한다.

'12.2.21.

자동차

　새삼스럽게 장난감을 사야할 나이는 이미 지났다. 그러나 사람은 노소를 막론하고 갖고 싶은 것이나 먹고 싶은 욕망을 가지는 것은 예외 없이 똑같을 것이다. 젊다고 해서 욕심이 없고 또 늙었다 해서 욕망이 없는 일은 없다. 다만 자제하고 포기하는 일이 있을 뿐 실재로 노소에는 다름이 없을 것이다. 하기는 마음은 청춘이고 육신만이 따르지 못한다는 자조의 푸념은 옳은 말이다.

　젊은 나이엔 카메라에 심취한 적이 있었다. 으레 더 좋은 것으로 마음을 옮겨가는 진전은 결국 돈을 낭비하는 일로 나가게 된다면 사진 찍는 일은 당시로서는 푼돈이 너무 많이 들었다. 요즘은 디지털이라 필름 값이 없는 무한의 재주가 가능하지만 과거의 필름카메라는 곧 돈을 소비하는 일이었다. 그것도 흑백이면 몰라도 칼라는 여간 재정적인 부담이 아닐 수 없었다. 상명여고에서 선생을 할 때엔 암실을 만들어 직접 학생과 사진 작업에 재미를 가졌고 제주도에 무리지어 촬영 여행을 간적도 있었다. 그러나 사진기를 갖고 나가면 당연히 사진을 찍어주는 사람이 된다. 다시 말해서 피사체에서 빠진 사람이라는 역할—또 찍은 사진을 출력하여 인심 쓰 듯 나누어 주는 일은 푼돈이 아니라

큰돈이었다. 만약 사진을 찍고 인화를 해주지 않으면 짠돌이의 운명이 되기 때문이다. 이런 일은 오래 할 일이 아니었다. 그리하여 어느 순간부터 나는 사진기를 휴대하지 않고 외출하는 경우가 많아짐과 동시에 사진기는 자연 집안에 장식이 되었다. 지금도 필름 사진기―니콘은 고급이었고 망원렌즈까지 유물로 남아있다.

나이 70이 넘어 새 차를 샀다. 직장의 퇴직과 동시에 아이들 결혼 등으로 미루었고 또 돈을 모아보면 어김없이 써야할 돈의 용처가 나타났다. 이런 실기의 기회가 무려 5년이 경과하여 내 소망을 달성했다. 그러니까 소형차 그리고 중형차 또 4륜 지프차에 이어 내 생애의 마지막 4번째의 장난감을 구입했다. 그것도 퇴직한 사람이 무엇 때문에 고급 대형차를 구입하는가를 묻는 친구도 있지만 나는 나의 마지막을 장식하는 황혼의식이라는 간판을 내걸고 싶다. 내 인생은 나만의 인생은 아니라는 생각을 갖는다. 평생 고생한 아내와 나는 절약과 절약의 언덕을 쉴 새 없이 지나온 일생이었다. 욕망을 잠재우고 인내하면서 지나온 길이 너무 멀고 허무한 것도 한몫을 거드는 요인이었다면 틀린 말은 아니다. 어디까지 욕망의 절제를 해야 하는가를 자문하는 즈음에 편한 그리고 안락한 차를 타고 싶다는 생각을 사치라는 이름으로 타매唾罵하고 싶은 생각은 없다. 능력이 맞으면 그 능력에 어울릴 때, 오히려 더욱 건전함이라는 생각을 갖는다. 왜냐하면 써야 할 사람이 적당히 쓸 때, 그 소비의 흐름은 오히려 경제의 건강한 흐름에 일조한다는 생각이 경제의 편한 원리일 것이라는 사고이다. 왜냐하면 필요는 또 다른 필요와 어울리게 되고 이런 연결고리는 곧 막힌 경제의 구멍을 뚫어내는 이미지에 닿게 된다면 나의 소비는 타락된 이미지가 아닐 것이다. 빚을 내어서 과소비를 한다면 이는 응당 비난의 화살을 피할 수없는 일이지만 감당할 수 있을 만큼의 소비에는 균형의 사고가 들어있을 것이기 때문이다. 더구나 헛되이 바퀴를 굴리는 일이 없고 꼭 필요한 거리만큼 가야할 목적으로의 안전성이라는 변명이 비난의 경우는 아닐 것이라는 생각이 지금까지의 마음이다.

나이 70을 넘어 새 장난감을 가지고 노는 흐뭇함은 자식의 도움을 받지 않

고 내 능력으로 소화한다는 일—이제 자식을 모두 솔가率家시켰고 그 나름의
자리에서 몫들을 수행하는 안도감에 불편함이 없을 때—내 평생 헛된 일을 한
적이 없는 삶을 돌아보는 이제 아내와 둘이서 서울 가는 길에 호사를 누리는
일이 행복하다. 내 힘으로 내가 이룩한 행복이기 때문에 더욱 안도감을 갖는
이유가 있다. 그러나 겸손의 낮은 마음으로 곧게 뻗은 고속도로를 달리는 일—
내 운명에 감사하는 생각에는 변함이 없다. 열심히 살았고 열심히 글을 썼고,
곧게 살아온 길에 아름다운 황혼의 풍경화가 더욱 곱다는 생각을 손자들을 만
나기 위해 할아버지는 새 장난감을 굴리면서 신나게 달리고 있다. 뭐, 잘못 되
었는가?

'12.2.21.

제2부: 잡초 문단

잡초 문단

　은퇴이후 시골에서 살면서 가장 곤혹스러운 것이 잡초와의 싸움이다. 애지중지 키우는 꽃이나 작물에게는 위협적인 위세일 뿐만 아니라 왕성하게 자라는 잡초 앞에서는 누구도 속수무책이기 때문이다. 비만 오면 어느새 키를 훌쩍 넘는 위력을 갖고 있기 때문에 제거해도 다시 자라는 속도는 무서울 지경이다. 온 세상을 점령하는 점령군처럼 위세 등등하기 때문에 해결불가능처럼 여겨지는 비유의 대상일 것이다. 그렇다고 제초제로 고사 시킬 수도 없고 손으로 일일이 뽑아내는 일도 한계가 있기 마련이다.

　세상사 어느 방면이든 악화惡貨가 양화良貨를 구축하는 일은 다반사일 것이다. 글을 쓰는 세계 또한 이런 비유 속에 남고 있다. 기실 잡지 자유화이후 신인의 숫자와 잡지의 운명이 연계를 갖는 일―영세성 때문에 이런 현상을 부채질하는 일이 이젠 피할 수 없는 일로 굳어졌다. 많은 잡지에서 배출되는 시인의 숫자는 문학성과는 아무런 상관도 없이 양산되는 저급성은 필설로 정리하기엔 너무 늦었다. 심지어 한글도 제대로 구사驅使하지 못하는 사람일지라도 등단하겠다는 마음만 먹으면 어느 날 문인의 명칭을 패용하고 나타는 일은 비일비재한 현상이다.

　나는 대학의 총장과 문단의 수장을 선거로 뽑는 일은 좋은 방법이 아니라고 주장해왔다. 왜냐하면 정신세계의 리더를 표로 계산하여 선택하는 일—이 경우 민주라는 방식이 최선은 아니라는 뜻이다. 작금에 문인협회의 리더를 선거라는 절차로 선택한 이후 내홍內訌을 겪고 있는 현상을 뭐라 합법화할 것인가. 부끄럽다. 기실 문인협회의 직접 선거가 시행된 이후 그 결과는 항상 반목과 대립이라는 소용돌이를 겪어왔다. 철저하게 선배를 존경했고 후배와의 관계를 원만하게 조화를 갖추었던 지난시절이 오히려 돌아가고 싶은 기억이다. 필연적으로 선거 꾼이 장악하는 문단의 현상은 위계도 질서도 없어지는 풍토가 되었기 때문에 의식이 확립된 문인—정말로 문학을 위해 헌신하는 사람들은 구경조차 희소하여 마냥 부끄럽다. 친목과 화합은 물 건너 간 풍경이기 때문이다. 직장이 없는 사람들이 생활의 방편으로 리더가 되려는 발상을 선거에 이용하는 것 같고—또 다른 면은 잡지를 운영하는 사람이 세력 확장의 수단으로 문단의 리더가 되려는 의도 또한 잘못된 현상인 듯하다. 선거철만 되면 도토리 키 재기의 명망으로 리더 병이 들어 한국문학의 풍토를 흐리게 하고 있는 현상은 선거라는 제도를 간접의 방법으로 바꾸지 않으면 안 될 것 같다. 영달의 수단으로 문인들의 세계에 군림하려는 생각이나 판공비를 생활의 수단으로 삼기 위해 직접선거라는 소란스러운 제도를 지속한다면 한국문단은 오합지졸의 피폐한 표정이 고작일 것이다. 아울러 정신 가치를 추구하는 문인의 위상은 시정의 장사치보다 무가치한 집단—지금 한국문단은 잡초 밭이 되었다.

체험과 상상력

나는 시인이라는 이름을 가지고 평생을 살았지만 아직도 시라는 것이 어디서 오고 어떤 상태에서 나타나는 대상인가를 모른다. 때로는 신기루―순간에 영감이 떠오르다 이내 사라지는 바람으로 시를 말하기도 하지만 도무지 알 길이 없이 어느 순간에 왔다 가버리는 공허라는 이름으로 정의하기도 한다. 그러나 확실한 것은 지속적으로 시를 써왔고, 무려 1,800여 편의 졸작 시를 써왔다는 사실이다. 이는 일념으로 시를 향한 구애를 보내면 어느 순간에 한 편이 탄생되었지만, 여전히 시를 말하는 일은 아직도 오리무중이 모두일 뿐이다. 이런 고백을 앞세워 내가 어떻게 시를 쓰는가에 대한 소회―지극히 내 개인의 일방적인 고백을 적어갈 요량이다.

시 쓰는 일에 정답이 없다는 일은 새로운 말이 아니다. 이는 인간이 무엇인가를 정의하는 말이 다양하듯 시를 쓰는 일 또한 다양한 개성에 따라 다른 말로 나타낼 수 있다. 때문에 시인마다 시를 쓰는 관습은 다를 수밖에 없다. 때문에 시를 쓰는 일은 체험과 상상력이라는 요소가 시를 구성하는 일차적인 관건이라는 뜻에는 다름이 없을 것이다. 그러나 정작 시는 시론이나 학문적으로 시론詩論을 읽어서 쓰는 길은 절대로 아니다. 만약 시론을 읽어서 시를 쓴다면, 그것은 개성이 없는 화석화된 글에 불과할 것이고, 재미나 시의 맛은 애당초 찍어내는 포장지 같은 일이 될 것이다.

여기서 다양한 체험이 시를 이루는 요소의 일부는 될 수 있을 것이고 상상력의 작용이 지대至大한 요소로 작용하게 된다. 가령 시의 상상력은 90%정도라 하면 소설은 그와 반대로 10여 %의 상상력과 현실체험이 90%정도일 것이라는 비유가 성립될 수 있을 것이다. 체험이라는 요소가 시의 상상력을 촉발하는 재료가 된다는 것은 자명한 일이다. 물론 체험이 많다고 해서 시를 곧바로 쓸 수 있는 것은 아니다. 이 재료를 곰삭히는 과정이 필요하고 걸름에 따라 시적인 상상력을 촉발하는 직접적인 계기로 작용하기 때문에 체험은 상상력을 낳을 수 있는 구체적인 통로로의 역할이다. Platon은 시詩란 자석磁石과 같으며, 배워질 수 있는 기술이나 기법이 아니라 일종의 신성한 무아경無我境이라는 말에 대해 그의 제자인 아리스토텔레스는 그의 ≪시학≫에서 현대예술의 근간적인 정의인 모방模倣―있음직한 현실(pobability)이라는 뜻으로 원천적인 말을 했다. 아울러 셰익스피어의 ≪한여름 밤의 꿈≫에서 '광인과 연인과 시인의 마음은 완전히 상상력으로 채워져 있다'라는 유명한 말을 접하게 된다. 있음직한 현실일 경우는 상상력(Imagination)의 바탕이 된다면 공상(Fancy)은 이와는 반대로 있을 수 없는 공허한 의미에 접근하는 도로徒勞를 뜻한다.

상상력은 길이 없다. 그 때문에 상상력의 길은 한계가 없고 또 구속력이 없는 자유정신의 발현이어야 한다. 시인의 눈은 무한을 보는 능력이 있음도 상상력의 바유 때문에 가능한 일이고 무심한 돌이나 나무 한그루에서 생명의 신비를 노래하는 것은 자유정신에 있다. 이를 구체적으로 말하면 사물을 바라보는 자유정신은 있음 그대로가 아니라 날개를 퍼덕이며 솟아오르는 무한의 자유가 있어야 사물의 이면裏面―심안心眼으로 통찰하는 진면목이 나타나게 된다. 시인은 이런 면에 유다른 감각을 가진 사람―때로는 예지를 가진 예언자의 임무를 가질 수도 있고 또는 운명을 말하는 무당―신과 인간의 관계를 교류하는 영매자의 임무까지 수용하는 경지에 이를 수 있다.

　그렇다면 시는 상상의 숲을 어떻게 조성하고 그 숲을 찾아가는 방법은 누구도 알려주는 사람이 없고 또 그런 방법을 배울 수 있는 길은 없다. 오로지 시인 자신의 상상력의 훈련이라는 길을 만들어 찾아가는 일이 계속되어야 시의 이름을 만날 수 있을 뿐이다. 일차적인 방법은 사물을 바라보는 특이한 눈을 가지는 것—이는 특이한 생각으로 접근하는 일이 되어야 할 것이다. 시는 모두가 말하는 것을 따라가는 것이 아니라 나만의 생각을 가질 때, 사물조차도 살아나는 물활 적인 대상으로 다가올 수 있기 때문이다. 물론 나무를 바라보면 그냥 서있는 나무가 아니라 나무의 이면을 바라보는 시선의 독특성—요컨대 나무에 대한 철학적인 접근에까지 도달하는 사고의 깊이로 환치하면, 한 그루 나무는 우주의 섭리를 수용하고 포용하는 대상으로써 문을 열어주기 때문이다. 이 문門은 지성이면 감천이라는 속담처럼 항상 문을 열어주는 이름이 된다.

　물이라는 비유도 그렇다. 어떻게 표현의 심도를 가졌는지 예로 대신한다.

　물이 된다. 자기의 중량重量으로 물은 포복匍匐할 도리 밖에 없다. 한 사람에게서 50여 년은 긴 것이 아니라 무거운 것이다.

　땅에 배를 붙이고 낮은 곳으로 기어가는 붉은 눈이 없다. 그것은 순리順理. 채우면 넘쳐흐르고 차면 기우는 물의 진로進路. 눈이 없는 투명한 물의 머리는 온통 눈이다.

　물은 땅으로 스며든다. 흐르는 동안에 잦아져버리는 물줄기를 나는 알고 있다. 그 자연스러운 잠적潛跡은 배울만하다. 하지만 이튿날 아침에는 꽃잎에 현신現身하는 이슬방울.

　나의 시詩.

　나의 죽음.

　하늘로 피어오른다. 그 날개를 가진 현란한 비천飛天. 그것은 헤세의 시詩에서 은빛 빛나는 구름으로 인생의 무상을 현현顯現하고 안개로 화化하여 서울 거리를 덮는다. 이 전신轉身의 윤회輪廻를 나는 알지만 또는 모르지만.

하지만 나도, 내가 노래할 시(詩)도 물이 된다. 오늘은 자기의 무게로 기
어가는 물이지만 내일은 어떤 것의 눈썹에 맺히고 목마른 자의 가슴 속을
지나 당신의 처마에 궂은 가을 빗줄기로 걸리는 기나긴 역정(歷程)과 순회
(巡廻)에 나는 순리(順理)와 전신(轉身)을 깨달을 뿐이다.
　　　　　　　　　　박목월 「비유의 물」 시집 『경상도의 가랑잎』

　　물이 살아있는 의인擬人적 기교를 통해 철학의 깊이까지 이르고 있다. 잘
음미함으로써 상상의 넓이를 확장하기 위해 자세한 설명을 피한다. 시를 감상
하는 일은 결코 설명이 아니기 때문이다.

시를 잘 쓰는 법

만약 시를 잘 쓰는 법法이 있다면 이는 시를 위해 노력하고 또, 고민을 않아도 된다는 뜻이리라. 왜냐하면 지시에 따라가면 최종 목적지에서는 잘 쓴 시와 만날 수 있기 때문이다. 이런 이치는 잘 사는 법이라는 뜻으로 환치換置해도 똑 같은 일이 될 것이다. 교과서를 따라 하루하루를 지나면 행복의 환경과 삶의 완성도를 기대할 수 있을 것이란 말과 같기 때문이다. 이 황당한 두 가지의 예는 일종의 가정假定에 불과할 뿐, 실제로 시를 잘 쓰고 잘 사는 법과는 하등에 상관이 없는 말장난에 불과하다. 시를 잘 쓰는 법은 잘 사는 법과 같은 이치처럼 대답이 없고 오로지 땀과 노력과 이에 따른 지혜의 축적 혹은 공부가 선행될 때 비로소 '잘'이라는 부사가 성립될 수 있다는 뜻이다.

그 첫째의 문제는 남의 작품의 모방으로부터 출발한다는 점이다. 청마 유치환은 니체를 사숙했고, 서정주는 샤를르 보들레르를 사사했다는 말은 잘 알려져 있다. 물론 서정주의 첫 시집『화사』는 이런 영향 하에 쓴 시이지만 이내『신라초』나『동천』에서는 그런 냄새를 싹 제거하고 자기만의 목소리를 나타냈다. 한 가지 예를 들자면 서예를 배우기 위해 학원을 찾아가면 우선 운필법을 가르치고 그 다음에는 유명한 서예가의 글씨 체본을 따라서 연습하라고 할 것이다. 이는 흉내 내기라는 점이다. 다시 말해서 모방을 함으로써 비로소 일어서기를 시도하는 최초의 작업이다. 흔히 예술의 발생론은 모방론, 표현론, 효용론, 존재론으로 출발하는데, 모방은 그 맨 앞자리에 있는 가르침이다. 이는 인간이 태어나서 말하는 것이나 행동하는 모든 양상이 어버이나 형제들의 행동거지를 보고 배우는 모방으로 출발하는 이치와 같기 때문이다. 물론 모방은 시종 모방으로 이어지면 안 된다. 일어설 줄 알면 자기만의 발걸음을 갖고 걸을 때, 비록 뒤떨어지는 결과가 우선은 있을 지라도 자기만의 보폭과 행동 양식으로 걸어야 한다. 계속 어머니나 선생님의 모습을 따라하면 그는 바보라는 말로 조소거리가 된다. 글쓰기도 이와 같다. 우선은 자기와 감성이 맞는 글이 있을 것이다. 그를 참으로 좋아하면 어느새 그의 모든 체취가 스며드는 것을 느낄 수 있고. 이런 느낌이 확실할 때, 재빨리 결별하는 순서를 가져야 한다. 미적 미적거리면—어느 사이 굳어져 버리고 결국 헤어 나오지 못하는 결말이 될 수 있기 때문이다. 모방은 가는 길을 안내받는 일이지 남에 의지해서 실려 가는 일은 아니다. 때문에 끝까지 자기 것을 자기가 책임지는 마음의 중심을 잡고 길을 가야 한다.

두 번째는 버릴 줄 알아야 한다. 초보자의 글쓰기는 모든 걸 끌어 모으는 일에서 파탄이 난다. 버린 다는 것을 알면 그 사람의 글은 이미 상당한 수준이 될 수 있다. 이는 안목—사물을 얼마의 거리에서 어떻게 바라볼 줄 아는가에 따라 사물의 실상을 바라보는 훈련과 같을 것이다. 가령 사진을 찍을 때, 거리 조정은 실물을 실물로 바로 볼 수 있는 요인이다. 너무 멀어도 안 되고 너무 가까워도 안 되는 이 거리距離의 문제는 삶에서나 글 쓰는 일이나 실상과 마주하는 일에서 가장 중요한 문제일 것이다. 기실 사는 일에의 거리를 어떻게 조정하는가의 문제 앞에 있는 일이라면 시를 쓰는 일은 특히 사물과의 거리조정이 필수라야 한다. 대체로 버리는 일은 시 쓰기가 수도修道적인 의미와 상통하는 일도 될 수 있다. 버리는 일—욕심이나 욕망은 추하고 또 거추장스럽기 때문에 버리는 일은 곧 아름다움을 보여주는 일이 되기 때문에 시를 잘 쓰는 일은 곧 군더더기를 버리는 마음일 때, 좋은 시를 쓰기위한 요건이 된다.

세 번째는 감수성의 문제다. 좋은 시를 쓰기위해서는 끝없이 에너지를 충전하는 자기노력이 우선해야 한다. 이는 시적 상상력이 쇠퇴하는 노년이 되면 앙상한 자기 감성의 성城에 갇혀서 같은 시어를 되풀이하는 경향이 대부분이다. 나는 이를 일러 감수성의 노예 혹은 포로라는 말을 쓴다. 이를 불식하기 위해서는 끝없이 시적 에너지를 충전하는 작동의 원리가 있어야 한다. 직설적으로 말하면 시에 대한 공부다. 영감은 어떤 촉매 혹은 자극에서 나오기 때문이다. 시적 상상력이 발동하는 것은 순간에 자극을 받거나 책을 읽을 때 혹은 삶의 현장을 보는 체험 등에서 받게 된다면 살아있는 동안 많은 체험은 그만큼 다양한 시적 에너지를 충전하는 일이 될 것이다. 때로는 감수성은 훈련으로 상상력을 자극하고 고양하는 길을 만들 수도 있다. 때문에 적극적으로 살아가고 경험하는 일 등은 시적인 에너지의 충전에 필요한 이름이 될 것이다.

네 번째는 과학적인 사고다. I.A.Richard는 <시와 과학>이라는 논문을 써서 시가 과학의 산물이라는 의도를 설파했다. 시는 엄정하게 과학이다. 그렇다면 시적허용(Poetic License)이라는 말은 무엇인가 방해요소가 될 것이다. 이는 시가 새로운 의미창출을 위한 말에서 나온 뜻이지 시가 논리를 갖추지 말라는 의미는 아니다. 시는 이미지와 이미지의 결합에서 의미意味를 낳고 이는 논리적인 격식이 갖추어질 때 비로소 독자에 감동을 주는 길을 만들게 된다. 정치精緻—언어와 언어의 결합이 빈틈이 없을 때, 비로소 치밀한 시인의 의도를 드러낼 수 있기 때문이다. 설왕설래나 혹은 수식의 노예 혹은 감상感傷의 질 낮은 언어의 결합에서는 헷갈리는 길만 노중 된다. 한 편의 시로 예를 든다. 이른바 한국 명시 100편에 들어있는 김수영의 「풀」이다.

    풀이 눕는다
    비를 몰아오는 동풍에 나부껴
    풀은 눕고
    드디어 울었다

날이 흐려서 더 울다가
다시 누웠다

풀이 눕는다
바람보다 더 빨리 눕는다
바람보다 더 빨리 울고
바람보다 먼저 일어난다

날이 흐리고 풀이 눕는다
발목까지
발밑까지 눕는다
바람보다 늦게 누워도
바람보다 먼저 일어나고
바람보다 늦게 울어도
바람보다 먼저 웃는다
날이 흐리고 풀뿌리가 눕는다

김수영「풀」1968년 5월 29일 작(作)

김수영은 6월 15일 밤 11시 10분경 귀가 길에 마포구 구수동 집근처에서 버스에 치어 머리를 다쳐 의식을 잃고 적십자병원에서 응급치료를 받았으나 6월 16일 아침 8시 50분에 48세로 숨을 거둔다.

명작이라 불리는「풀」은 마지막 구절이 없어야 정작 명작이 된다. 왜냐하면 '날이 흐리고 풀뿌리가 눕는다'라는 구절이 없을 때, 참된 생명력의 풀의 가치가 나타나기 때문이다. 다시 말해서 시를 정말로 찬찬이 읽어본 사람이라면 왜 마지막 구절이 췌사贅辭인가는 금시 알 수 있는 문제이지만, 서울대의 모 교수가 명작이라는 말을 한 이후 이 시는 그냥 명작으로 아무런 비판도 없이 함정 빠지기로 지금에 이르렀다. 죽기 18일여 전에 쓴 이 시는 최종 퇴고를 하지 않은 작품이라는 판단이 가능해진다. 그러나 당시의 박정희 철권시대의 이 시는 참으로 민중의 끈질긴 생명을 나타내는 좋은 이미지였던 것과 시의

완성도와는 다른 점을 말해야 옳았을 것이다. 민중 문학의 원조―김수영은 이
시로 그런 명칭을 얻었고 심지어 도봉동 수유리의 묘에서 후배들의 추모행사
까지 제한을 받았던 난센스의 출발이 되었던 이 시는 박정희정권의 탄압에서
더욱 상승하는 성가를 올렸을지라도, 과학적인 기준 다시 말해서 논리적인 시
쓰기의 길에서는 잘못 전달된 명성이었음을 알아야 한다. 시는 설사 어느 한
구절만의 요소가 전달에의 중요한 의미가 되는 것이 아니라 이미지와 이미지
의 결합 전체를 모아 의미의 성城을 이루는 작업이기 때문이다. 풀뿌리는 절
대로 누워서는 안 된다. 이는 죽음이기 때문이다.

시 쓰기 - 첫 행이 성패를 좌우한다

1. 신기루 잡기의 첫 행 쓰기

시인마다 시 쓰기의 습관이 각기 다를 것이다. 「군도」를 쓴 프리드리히 실러는 다 썩은 사과를 서랍 속에 넣어두었다가 서랍을 조금 열어놓고 그 속에서 새어나오는 썩은 사과 향기를 맡으면서 시를 썼고, 어린이 시를 많이 쓴 월터 데 라메어는 줄담배를 피워 물고 시를 썼고, W.H. 오든은 홍차를 연거푸 마시면서 집필, 괴테는 등받이가 없는 의자에 앉아 집필했다면 버지니아 울프는 아침 2시간 서서 쓰는 책상에서 글을 썼다. 이외에도 워어즈 워드나 실러. 발자크, 발레리 등도 그들만의 독특한 방법으로 글을 창작했다.

이런 예는 글을 쓰는 방법이 매우 독특함을 의미할 뿐 실제로 시를 쓰는 영감은 어떻게 포착하는가에 이르면 예를 들 수 있는 경우가 없다. 가령 폴 발레리는 이른 새벽에 블랙커피를 마시면서 글을 썼으며, 시의 첫 행은 신에게서 받는다고 했다. 물론 그 다음 행은 시인이 쓰는 일과 같다는 의미일 것이다. 오래전 1980년대 대구의 원로시인 신동집도 이런 말을 필자에게 했던 기억이 난다. 나의 경험으로도 시의 첫 행은 시의 성패와 관건이 되는 영감이라야 한다는 뜻에 동감한다. 다시 말해서 첫 행이 잘되면 그 다음은 무난하게 이루어진다는 뜻이다. 그렇다면 첫 행을 위해 시인의 노력은 어떤 경험을 해야 하는가에 대한 몫은 각각의 시인마다 시 쓰기에 대한 습관이 있을 것이다. 어떤 사람은 음악을 들으면서 혹은 책을 읽으면서 또는 숲을 배회하면서도 시의 영감을 얻을 수 있을 것이다.

나는 시의 첫 행은 신기루라는 말을 자주 한다. 다시 말해서 시의 첫 행—일상을 살아가면서 시에 집중하는 순간에 나타났다 이내 사라지는 점이 신기루와 같음이다. 재빨리 이를 포착하는 기회가 늦어진다면 그 시의 영감은 영영 포착하지 못하는 후회가 된다는 뜻이다.

일상을 시로 생각하고 시로 생활하는 일은 곧 시에 대한 집중을 뜻한다. 이런 생활은 자연 비교적 많은 시를 창작할 수 있게 된다. 초점이 맞는 생활이란 시로 생각하고 시로 길을 만들려는 노력이 배가되면 그럴수록 시의 신은 얼굴을 보여주는 빈도가 많아지기 때문이다. 그러나 시를 사치품으로 생각하는 한 시는 절대로 나타나지 않을 뿐만 아니라 그런 시는 조립組立의 운명이 될 뿐이다. 조립은 언젠가 컴퓨터에 같은 조건이나 상황을 입력하면 대량으로 만들어내는 그런 일에 해딩된다. 시는 오로지 인간만이 쓸 수 있다는 점에서 독창적인 역할이다. 가령 신神조차도 영감을 줄 수는 있지만 시의 완성을 기대할 수는 없다는 점에서 복제품이 될 수가 없다.

집중력과 시 쓰기의 일상화를 가진다면 시는 항상 다가온다는 약속을 한다. 그러나 사치품목록이나 기다림만으로 시를 쓴다는 것은 결코 시의 얼굴은 만나 볼 수 없다는 점에서—금시 왔다가 사라지는 얼굴이라는 말로 신기루 만나기란 말이 적당할 것이다.

2. 행과 연은 호흡이다.

산문시의 경우는 행과 연의 중요성보다는 의미를 강조하기위한 의도라면

행과 연은 호흡 혹은 휴지에서 강조의 의미가 나오는 일은 자연스러운 일이
다. 그러나 작금에 질 낮은 시에서는 행과 연을 나누면 무조건 시가 되는 걸로
착각하는 경우를 많이 본다. 가령 가, 갸, 거, 겨, 고, 교, 구, 규, 그, 기와 라, 랴,
러, 려, 로, 료, 루, 류, 르, 리는 한글 가 자 줄과 라 자 줄의 한글 배열이다. 그
러나 '가갸 거겨.고교 구규.그기가..라랴 러려.로료루류.르리라'로 행(line)과
연(stanza)으로 나누면 시가 된다. 아울러 제목—「개구리」(한하운)라는 말을
더하면 한 편의 시로 탄생된다. 음악적과 회화적 성과를 위해 시의 행과 연은
필요하다면 이를 지키는 일은 곧 시의 중요한 요소가 된다. 심지어 맞춤법에
서술형 종결어미에 마침표를 찍느냐 아니냐에 따라 의미는 달라진다. 점을 찍
으면 시인의 확신을 나타내고, 없다면 여백의 묘미를 강조하는 효과를 나타낼
수 있기 때문이다.

시는 실험의 다양성이 때로는 필요하다. 왜냐하면 새로운 것은 항상 파격
이나 현실을 넘어 서는 고독한 실험에서 미지의 세계는 다가오기 때문이다.
가장 보수적인 문학 그 중에서도 시의 경우에도 새로운 것을 찾으려는 노력이
형식과 내용에서 검토되어야 신선하고 새로운 시의 싱싱한 표정을 만날 수 있
기 때문이다.

본인의 졸시 「바람 또 바람」을 소개한다.

아 아
사랑 바람
사랑아 바람아
마음속에 바람속에
멀어멀어도 바람을위해
헤어날길먼먼 바람의뜻으로
사랑으로살까나 바람으로살까나
해기운저문날 바람에취해서
어둠은길어 바람을안고
가슴속에 바람깊은
어룽진 바람아

사랑 바람
아 아

채수영「바람 또 바람」

　이런 유의 시는 의도적으로 언어의 배열을 가한 시가 되지만 실험으로 필요할 뿐 정작 성공의 경우가 많은 것은 아니다. 그러나 시인은 항상 새로운 언어 새로운 형태를 찾아 방황하는 사람이기에 때로는 파격을 위해 모든 것을 투척하는 일도 필요할 것이다.

　어떤 실험을 하던 시 쓰기는 오로지 신선한 바람을 불어넣으려는 노력이 항상 시적이어야 한다는 조건이 지켜져야 한다. 포말리즘적인 실험조차도 시의 영토를 확장하는 일이 되기 때문—시는 자유적 정신을 나타내는 문학의 땅이기 때문이다.

시인이라는 이름을 위해

우리나라 독립운동가 중에 한용운이나 이육사 등은 있으나 소설가가 없는 이유는 무엇일까(한용운이 소설가라 우기는 사람도 있지만, 이는 서정주가 1973년『현대문학』에 2년에 걸쳐 소설「석사 장이소의 산책」을 발표했다 해서 소설가라 칭할까). 이에 대한 분석은 여러 가지겠지만 그리고 딱히 33인이라는 이름을 거론하면서 독립운동가라는 이름을 한정할 필요는 없을 것이지만, 시인과 산문을 쓰는 사람의 성품 혹은 정신에 대한 거론은 가능할 것 같다. 물론 poetry의 의미는 내용으로 시정신이라는 의미가 된다. 그러나 소설가를 그렇게 부르지는 않는다. 물론 시는 언어를 수축적일 때 오히려 시적인 언어장치를 동원하여 의미를 생산하는 것이라면 소설은 리얼리티가 있어야하기 때문에 굳이 소설가의 정신을 운위하지는 않는다. 그러나 시인은 시인의 정신의 중요성이 무엇보다 앞서야할 조건들을 필요로 한다.

정신이라는 말에는 곧음 혹은 깨끗하고 담백함 또는 투명한 인간의 모습을 투영하게 된다. 공자도 무엇보다 시의 중요성을 강조했음은 시가 인격의 중심 요체가 될 수 있다는 의미가 된다. 그렇다 시인은 정신으로 시를 제작하기 때문에 불운한 시대 앞에서는 때로는 투사로 살아야했고 과감히 자기일신을 버리는 일을 마다하지 않았다. 이는 조국이 풍전등화의 위기에 처하면 올곧은 정신의 명령을 수행하는 일이 최선의 시가 된다는 생각을 가졌기 때문이다. 이때 시와 행동은 분리되는 것이 아니라 하나로 통합되기 때문에 감동을 잉태할 수 있게 된다면 이육사의 작품에서는 그런 기백과 사랑의 마음이 시적으로 승화된다. 그러나 어느 작품을 읽어도 설익은 토로의 조악한 정서가 아니라 섬세하고 아름다운 시적 언어의 의상을 걸치고 다가온다. 그의 33편 여의 작품 중 「편복」한 편을 제하면 참으로 승화된 우수성의 작품－17번이나 감옥을 들락거린 분노의 흔적이 아니다. 1980년대 민중타령을 일삼은 사람들의 배설과는 엄연히 다른 위상을 볼 수 있다. 모두 시적으로 표현된 백미의 작품들이라는 사실이다. 즉 감정을 절제할 줄 알았고, 언어의 탄력을 위해 어떻게 표현미로 승화할 것인가를 터득한 고상한 정신의 소유자였다는 뜻이다.

첫째, 시인은 때로 오만傲慢해야 한다. 이는 자기로 향하는 정신이 엄격하고 신중해야 함을 의미한다. 물론 대인에게 오만하라는 의미는 아니다. 적어도 자기 시詩의 성주城主라는 자긍심과 자기를 수호하려는 의도는 명확해야 한다는 뜻이다. 내가 쓴 시를 본인이 지키지 않으면 누가 지켜줄 것인가. 적어도 시인이라는 명찰을 달고 살아가기 위해서는 정신의 줄기를 위해 목숨을 버릴 각오로 비겁과는 담을 쌓아야 한다. 때문에 시인은 때로 독불장군이 될 수도 있고 때로는 유연한 사람－인심 좋은 이웃 아저씨나 아줌마와 같은 이미지도 지킬 줄 알아야한다. 그러나 너도 좋고 또 너도 좋은 식의 이현령비현령耳懸鈴鼻懸鈴의 삶의 모습은 저질스러운 시인이 될 수밖에 없다.

둘째, 시인은 시를 써야한다. 물론 많은 시를 쓰는 일이 대수는 아니지만 평생 한 편의 명작을 기다린다면 그는 이미 시인이 아니다. 명작을 누구나 갖고 싶어 하지만 그런 소망은 많은 꽃을 피움으로써 다만 한 편의 작품이 생산한다는 일은 자명한 이치일 것이다.

나 자신도 많은 시집을 발간했지만 이런 방법이 좋은 것만은 아니지만 성격 혹은 생활의 자세에 따라 시집이 생산되는 점을 볼 수 있다. 대체로 첫 시집을 발간하는 일은 용기가 있어야 한다. 좋은가 아닌가 등 망설임이 지나치면 결국 지금까지의 작품은 낡은 외투 같은 모습으로 초라해지기 때문에 일단 흘려보내야 한다. 그러면 새로운 물이 차오르는 것 같은 일이 계속 꼬리를 물고 다가온다. 특히 시대적인 이미지의 시들을 많이 썼다면 이는(10여 년의) 시간이 지남과 같이 모두 외면하고 싶은 얼굴이 된다는 뜻이다. 마치 신문이 아닌 구문으로 취급받으면 독자는 이를 예민하게 알기 때문이다.

문학의 에피소드 (1)

시를 잘 쓰는 방법이 따로 있다면 아마도 시인이라는 말은 불필요한 이름일 것이다. 마치 기계에서 튀어 나오는 똑같은 얼굴 또 같은 맛 그리고 모두가 균일한 하나로의 통일성을 가질 것이기 때문이다. 여기서 시라는 의미는 절대로 복제할 수없는 개성을 갖는다는 점에서 인간 복제와는 또 다른 의미를 가실 것이다. 다시 말해서 인간은 복제가 가능한 일이래도 시는 그런 염려를 가질 수 없다는 사실이다. 왜냐하면 개성을 복제할 수는 없기 때문이다. 그렇다면 개성이라는 말은 곧 문학의 원천이고 또 시의 본질이라는 사실로 정리된다.

시의 개성은 곧 시의 특징을 이루는 말로 환치換置 될 것이다. 시를 쓰면서 항상 염려스러운 것은 어제와 같은 시 그리고 변함없는 토운을 유지하는 일에 괴로움이다. 이런 현상을 벗어나기 위해 시인의 일상은 항상 변화를 꿈꾸고 그런 행동이 때로 범인凡人의 궤도를 벗어나는 일이 다반사일 수도 있다. 이를 평범한 사람의 눈으로 보면 괴짜 혹은 이상한 사람으로 치부될 수 있지만 내면으로는 변화를 위한 행동으로 합리화된다는 점이다. 이점에서 문인의 습벽은 글쓰기의 참고가 될 수 있을 것이다. 두 번째의 에피소드로 들어간다.

가을날 비올롱의
기나긴 흐느낌
사랑에 지친 마음
사뭇 서러워
종소리 울려오면
가슴은 막혀
옛날을 그리우며 눈물짓노라
나는 가리라
모진 바람에 불려
이리저리로 굴러다니는
낙엽과 같이

폴. 베를레느 「가을의 노래」

데카당이라 불린 폴 베를레느는 술 없이는 하루도 살 수 없었던 퇴폐 생활의 늪에서 마띨르드라는 처녀가 나타나자 단번에 사랑에 빠져 구혼을 청하면서 물기어린 삶으로 돌아간 베를레느는 「흰달」을 창작하여 빅톨. 유고로 부터 전쟁 중에 '포탄속의 꽃'이라는 찬사를 받았다. 이어 젊은 아내 마띨르드를 버리고 A.랭보와 동성애에 빠져 1873년 브룻셀에서 랭보를 권총으로 쏘아 2년의 형기를 살아야 했고, 시집『예지』를 썼고, 화려한 문명文名에도 불구하고 파리의 빈민가에서 비참한 생을 마감했던 일화는 잘 알려진 일이다.

시를 쓰는 일은 진정성이 곧 시로 나타난다는 점에서『시경』305수를 일러 사무사思無邪라 칭한다. 그렇다면 도둑이 시를 쓸 수 있을 것인가?

노래하는 이여
내 말한 그 사람의 간 곳
꿈에도 묻지 말아다오
그 뒷날에

이 노래 생각나지 않으면
물어다오 지난해의 눈은 지금
어디 있느냐고

『유언(遺言)시집』

　도둑 시인 뷔용은 파리의 서민庶民의 집에서 태어나 사제 기욤. 드. 뷔용에게 양육되어 그의 이름이 되었다. 파리 대학에 들어가(1451년) 문학사가 되었지만 백년전쟁 직후 점차 방탕하게 되어 1455년 연애사건으로 살상사건을 일으켜 도주, 이어 파리로 돌아와 나봐르대신학교에 떼를 지어 침입한 이후 유랑의 길로 들어서 굶주림과 도둑질, 투옥의 연속이 시작되었다. 이후 그의 명석한 뇌수는 야유와 해학의 시를 창작하여 프랑스 서정시의 개척자 혹은 도둑 시인이라는 명칭을 얻었다. 사형선고, 사면, 추방의 과정을 거치면서 어디서 죽었는지조차 알 수없는 슬픈 운명의 소유자였다. 그러나 1461년 천재성을 유감없이 발휘한『유언시집』은 죽음을 예감하고 쓴 무상의 시집이다.

　'도둑이며 거짓말쟁이요 변태성욕자인 동시에 성자聖者요, 순교자'로 장.폴 사르트르가 격찬한 쟝 쥬네는 태어날 때부터 저주받은 운명이었다. 창부娼婦의 애비 없는 자식으로 태어나 이내 버려졌고, 어느 시골 농가의 집으로 보내셨지만 열 살에 도둑질로 감화원에 보내졌고, 그 후 20여 년 동안 감옥을 전전했고, 유럽각지를 방랑하면서 남창男娼 혹은 거지로 전전하면서,『도둑일기』를 감옥 안에서 썼다. 그는 책 도둑질의 전문가였고 이로 인해 종신형이 내려졌고, 쟝 콕토. 사르트르. 피카소 등이 탄원서를 제출할 만큼 저명한 작가였다. 그러나 1948년 감옥소를 나온 이후 일체의 창작도 멈추어 버린 채 슬픈 생애를 마치게 된다. 그러나 어떤 문학적인 공부도 받은 적 없는 그의 문재文才는 화려하고도 환상적인 문체로 "프랑스 역사상 전무후무한 시인으로서 프랑스어를 마음껏 자유자재로 구사한 사람으로 예전에도 없었고 앞으로도 없을 것이다"라는 말로 장 콕토의 찬사를 받았다. "사회는 타락을 방해한다. 때문에 타락은 나를 감싸준다"는 고백이 오히려 서러운 그의 문명文名을 자학적으로 변호하는 말이었다.

문학은 공부만으로 완성되는 것은 아니다. 특히 시의 경우엔 영감과 천재성이 솟구치는 미지未知의 경우로 치부되는 경우가 뷔용이나 쥬네의 경우라면 태생적인 혹은 환경에서 영감을 끌어올리는 빌미가 될 수 있음을 알게 해준다. 좋은 대학에서 좋은 교육을 받았다고 좋은 시를 쓰는 일이 아니라는 점은 분명하다. 그러나 끊임없는 노력과 습작을 계속했을 때 비로소 유려한 글을 쓸 수 있다는 경우만은 분명한 사실이다. 때문에 좋은 글 한 편을 쓰기위해서는 땀과 노력이 우선되어야 함이 명백한 일이 될 것이다. 이런 기준에서 보면 나는 초라하다.

문학의 에피소드 (2)

　누구나 시(글)를 잘 쓰는 방법이 무엇인가에 대한 물음을 가진 경우는 있을 것이다. 그러나 시를 잘 쓴다는 것은 아무런 해답이 없는—절망 앞에 선 사람이라야 알 수 있을 것이다. 왜냐하면 절망 앞에서 희망을 건져 올릴 수 있고, 꿈을 만나는 일은 고통이라는 숲을 지나야 얻을 수 있을 것이기 때문이다. 이런 상반된 암시를 앞세우는 것은 시라는 대상이 곧 삶의 진수를 만나는 일에 우선하기 때문일 것이다. 인간의 다양한 체험에는 운명 앞으로 다가오는 고통이 가장 커다란 교훈을 주기 때문이다. 다시 말해서 다가오는 운명에 어떻게 대응하고 적응하고 또 예지를 발휘하는 데는 고난과 고통이 가장 빠른 스승이 되기 때문이다.

　작품을 창작하는 시인이나 작가는 작품과 만나는 통로가 저마다 다른 것은 삶의 체험이 다른데서 나오는 양상일 것이다. 이글을 쓰는 본인도 가장 힘들고 어려운 고통의 시기에 가장 많은 시를 창작했음을 고백할 수 있다. 이로 보면 예술의 창작은 고통을 지불하고 미적美的 소산을 얻는 역설의 미학일 것이다. 창조에는 저마다의 습관이 있고 이런 특성에서 자기만의 창작을 분출하는 통로가 될 수도 있음이다.

유명한 작가나 시인들이 어떻게 그들의 작품을 만들기 위해 고심에 찬 모습을 보였는가 창조에 따른 에피소드를 통해 고심에 찬 또 다른 일면을 알게 될 것이다.

* 1938년 노벨상을 받은 펄벅의 『대지』는 무려 12개 출판사에서 출판거절을 당했다고 한다. 요컨대 베스트셀러가 베스트 북이 아니라는 말은 사실일지라도 항상 진지하게 최선을 다하는 창작의 태도는 빛을 발하게 된다는 교훈을 새길 필요가 있다. 오늘보다 내일을 믿는 자기 신념의 글을 쓸 때, 그 가치는 변함이 없을 것이란 사실이다.

* 20세기 최대의 소설은 멜빌이 쓴 『모비 딕』(1885년)을 꼽는다. 그러나 이 소설은 창작이후 70여 년 동안 무명의 신세를 지고 있었다. 즉, 70년이 지난 1921년 레이먼드 위버에 의해 작품의 진가를 인정받았으니 이는 사후 30년만의 일이었고, 그가 죽었을 때 신문에 부고訃告 한 줄도 실리지 않는 무명의 슬픔—독자들의 냉담한 충격을 받아 절필했었고 그는 만년에 거의 굶어 죽다시피 했다. 진정한 작품을 모르고 외면하는 일은 예나 지금이나 같을 것 이라는 데서 주변을 둘러보는 눈이 필요한 이유가 이런 에피소드에서 깨달음을 가져야 할 것이다. 좋은 작품은 항상 숨어있고 독자는 이를 찾아나서는 노력이 필요할 것이다.

* 독립운동의 33인 중 한 분인 한용운은 3년의 옥고를 치른 후에 모두가 변절함을 보고 백담사 오세암으로 들어간다. 이후 1926년 그의 시집 『님의 침묵』을 발간했지만 아무도 알아주지 않는 무명의 시집이었다. 이후 한용운은 『박명』이나 『죽음』 등 소설로 그의 글의 명맥을 유지했으니, 이는 1940년 『문장』에 실린 문인주소록엔 소설가로 등재되었을 만큼 한용운의 시는 존재를 찾기 어려웠다. 그러나 1965년 박노순, 인권한의 『한용운 연구』는 새로운 시인으로 각광을 받는 계기가 되었음을 알아야 한다. 이런 경우는 윤동주도

같은 경우일 것이다. 윤동주는 살아생전에 동시 몇 편 외에 시를 거의 발표하지 않았고 해방이후 유고시집을 발간한 이후 각광을 받았기 때문이다.

　* E.훼밍웨이의 『무기여 잘 있거라』는 마지막 페이지를 무려 39번이나 썼다고 한다. 어지간한 인내가 아니면 참아내기 어려운 일이지만, 39번까지 되풀이 고치는 행위야 말로 지난至難한 일이다. 두어 번 고치는 것도 힘겨운 일이지만 많이 수정할수록 좋은 글이 탄생된다는 예가 좋은 귀감이 될 것이다. 또한 퓨리쳐 상이나 노벨상을 획득한 『노인과 바다』에서 "인간은 살해당할지는 몰라도 패배하지 않는다"는 말은 곧 헤밍웨이 자신을 나타낸 말로 권투, 수렵, 모험, 전쟁과 애욕의 광장을 배회한 사람의 목소리는 곧 자신의 고백이었다. 그의 하드보일의 문체는 간결하면서도 다이내믹한 삶의 응집이었다.

　* M.미첼은 평범한 주부였다. 『바람과 함께 사라지다』의 첫 장을 무려 70번이나 다시 썼다는 말에는 아연해진다. 이 소설은 기껏 약 5천 권이나 팔릴까하는 의문으로 출판되었지만 30여 개국에서 800만 권이 팔렸다한다. 그녀는 뺑소니 운전에 죄책감을 느껴 49세에 자살로 생을 마감했으니 애석한 노릇이다.

　* 이광수의 신앙은 3가지로 집약된다. 만년에 불교와 도산 안창호 그리고 톨스토이를 꼽는다. 러시아의 대 귀족으로 많은 토지를 소유한 톨스토이는 농민생활을 자청한 삶을 살면서 휴머니즘을 실천한 사상가이다. 그의 『전쟁과 평화』는 나폴레옹이 러시아 침공을 소재로 장장 6년이라는 세월이 걸려서 완성한 소설로−그는 유명한 악필의 소유자였다. 오로지 그의 부인만이 그의 필체를 알아볼 정도였고−7번이나 부인이 청서淸書를 했다 한다. 그는 그가 신봉하는 사상을 실천하기위해 어느 시골 역장실에서 딸이 지켜보는 가운데 쓸쓸하게 세상을 하직했고, 그의 마부 이스보스체크는 주인의 묘 앞에서 동맥을 끊고 자살했을 때 러시아 사람들은 슬픈 하인의 충성심에 감동했다고 한다.

좋은 주인에 충실한 하인의 삶이었지만 감동을 주는 일화임에 틀림없다.

  * 유명한 『두이노의 비가(悲歌)』를 쓴 라이너 마리아 릴케는 칠삭둥이로 9살까지 여장을 하고 살았다 한다. 니체의 연인인 루 안드레아와의 연애 사건은 유명하다. 아마도 백혈병인 그는 장미꽃 가시에 찔려 죽었다는 말은 시인의 삶을 더욱 아름답게 장식한다.

  * 가난과 간질병과 싸우면서 빚을 갚기 위해 소설을 쓴 도스토예프스키의 삶은 슬픈 기록이었다. 빚더미에서 『카라마조프의 형제』와 『죄와 벌』을 썼다는 일은 아이러니이자 역설적인 기록이 아닐 수 없다. 왜냐하면 인간에게 비극은 희망을 불러오고 희망은 꿈을 동반한다는 이치를 여기서 배울 수 있기 때문이다.

  글을 쓰는 일도 항상 실패 앞에 있다. 누구나 명작의 글을 쓰고 싶기 때문에 스스로 자기의 잘못된 원인을 일찍 알면 알수록 진보의 길을 확보할 수 있기 때문이다. 넘어져야 일어나는 법을 깨우치기 때문이다. 그렇기에 일찍 넘어(실패)지는 것은 행운이다. 늦게 넘어지는 것보다 일찍 넘어지면 일찍 일어나는 법을 배울 수 있기 때문이다. 하여 넘어지는 것을-실패-두려워하는 것은 일어나는 법을 배울 수 없다는 이유로 불행이다. 고치고 다시 고치는 것을 외면하면 그 글은 결국 불구가 된다는 교훈을 앞선 선배문인에게서 깨달을 수 있을 때 글의 참된 성가聲價를 올릴 수 있을 것이다.

교정보기

　지금까지의 책을 묶기 위해 초기의 책들을 모아 워드를 출판사에서 치고 그 원고를 교정보기 시작했을 때만 해도 간단하려니라는 마음을 가지고 있었다. 왜냐하면 컴퓨터를 사용하기 전에 책들은 내게 요즘 같은 파일 원고가 없었기에 어쩔 수 없이 출판사에서 한사람이 어려운 책들의 워드를 쳤다. 그렇지만 한문은 엉망이었고 영어로 된 문장은 그런대로 합격이었다. 더구나 석사논문과 박사논문은 도표와 그림 등에 이르면 나 역시 자신이 없고 워드를 치는 사람도 시간상 지나치고 말 일이었다.

　나는 하루에 많은 원고를 쓰는 일에 이젠 자칭 달인達人의 경지에 이르렀다. 80~90매의 초고를 치는 속도를 자랑하는 수준에 이르렀기 때문이다. 그러나 교정─원문과 대조하고 고치고 심지어 맞춤법이나 작품 혹은 논문, 논문집의 구분의 기호에 이르면 더욱 어지럽다. 하루에 진행속도는 책 40~50페이지에 이르니 그 속도는 지루하고 까다로운 신경을 자극하기에 적당한 진척이었다. 그렇더라도 마쳐야할 일이니 짜증을 소화하면서 앞으로 나가는 교정의 일은 하루가 훌쩍 넘어가는 시간의 속도에 실리는 장점도 있지만 이런 일은 괴롭고

험난한 정신과의 싸움 같았다. 첫 저서『한국문학의 거리론』을 위시해서 박
사논문『한국문학의 색채의식연구』등은 너무 힘든 작업이었으니 워드를 치
는 사람에겐 얼마나 고통이었을까를 생각하면 미안한 마음이 앞선다. 기실
책을 쓰는 사람의 정신 상태는 몰아沒我의 경지에서 작업을 하는 것 때문에
어려운 줄을 모른다. 그러나 이를 보고 치는 워드의 경우는 남의 것을 단순
히 직업의식으로 일하는 것 때문에 아무래도 몰입의 '잊음'이 있을 리 만무할
것이다. 심지어『창조문학론』은 3,308매의 방대한 원고였고 이어,『한국현대
시인 연구』는 2,934매,『해금시인의 정신지리』는 2,038매,『신동집시연구』는
1,799매에 이르면 나 스스로 놀람을 주는 일이었다. 도합 10권에 19,552매의
원고를 점검하는 일은 인내와 끈기가 따라와야 하는 일이었다. 저서 22권을
다 모으면 4만 매 정도의 원고를 썼다는 계산에 이르면 열심히 살았다는 결론
이 나온다. 물론 수필집 2권을 첨가하면 계산의 숫자는 더 늘어날 즐거움이지
만 혼자 쓰고 자료를 찾았고 등등—초기에 박사논문과 신동집 등의 책은 아내
의 마지막 원고는 대필이 있었을지라도, 철저하게 내 손으로 초고를 작성했고
완성했다는 내 정신의 엑기스라는 결론에 이른다.

전임교수를 하노라면 원만한 일들은 조교에게 부탁하는 일이 있어 수월하
지만 이런 행운을 누리지 못한 나의 습관은 오히려 퇴직이후에도 내일은 내가
하는 것으로 습관이 들어서 그침이 없는 원고 늘리기의 행운이 된 셈이다.

인간은 자기 팔자를 생각한다. 다시 말해서 삶의 궤적이 일정하게 정해진
궤도를 따라서 결말을 맺는다는 생각—결국 이는 자기 스스로가 자기의 운명
을 만드는 일이기에 자기만큼 결론을 만들게 된다는 뜻이다. 인생 저무는 황
혼기에 나는 글을 쓰지 않았다면 무엇이 되어 어떻게 살고 있을까를 생각하는
시간이 가끔 찾아온다. 장사를 했다면 어떨까 혹은 정치에 쏠렸다면 어떨까라
는 생각의 종점에서는 웃고 만다. 왜냐하면 허무한 일에 나를 함몰陷沒하는
허망에 들어 있을 일이 당연하기 때문이다.

자화상을 보면 어떨까? 나르시스의 신화적인 답안이 아니라 만족하는 경우
는 별로 없을 것이다. 왜냐하면 자책의 일부분이다 흠결이 누구에게나 치명적

인 아킬레스의 경우가 되는 일은 다반사이기 때문이다. 30여 년을 거슬러 무엇을 생각했고 어떤 각도로 사물을 관찰했는가를 회상하는 나와의 대면-내가 쓴 글을 읽으면서 잘 썼구나 그리고 발상이 좋았구나의 탄성도 교정보기 중에 나온 고백이다. 물론 초창기의 글은 단문식이거나 '이다'식의 짧은 문장 연결이 거슬리는 것도 있지만 발상에 이르면-신라 역사라거나 색채로 시를 바라본 시선의 독특성 그리고 사회를 바라보는 비판의 안목에 무리가 없다는 사기 추임새에서는 새로운 인식을 가질 수 있는 계기가 되었다.

나는 글 쓰는 운명을 즐긴다. 때문에 원고 분량이 늘어나는 일은 곧 내 삶의 가치가 상승하는 일이고 새로운 의상을 걸치는 일로 치부하기 때문이다. 쓰고, 쓰고 그리고 고치고 다시 쓰는 이 일이 내 삶의 운명이고 내가 살아온 역사의 전부라는 가치에서 나는 내 운명을 사랑한다. 비록 고통스러웠고 아픔을 대신하는 일이었다 하더라도 후회 없는 글 쓰기였음을 고백한다.

고통은 새로운 세계를 알려주고 변화를 재촉한다면 지루하고 지겹고 힘겨운 교정 작업은 또 다른 소득을 더해준 결말이다. 물론 이제 1차작업의 마무리에서 두 번째의 지루함은 무슨 소득을 전달할 것인지 즐거움으로 기대하는 일이 되어야 한다는 교훈일 뿐이다.

'12.5.19.

문학 공부하기

　이천에 문사원을 연 것은 학교를 그만두고 만나는 사람들과의 공부의 필요성 때문이었다. 서울에서는 느끼지 못했던 일이지만 너무 엉터리의 경우가 심했기에 함께 공부하면 좋겠다는 필요를 위해 우리집 제2 書齋 청조헌을 열고 공부를 시작했다. 물론 그 전에 이곳 예총에서 3개월을 강의했고 그 사람들의 모태로 청조헌에서 공부가 재미로 들어가는 때였다. 오전 10시부터 진지하게 일주일 만에 써온 시와 수필을 번갈아－숙제였다－다시 읽고 지적하고 토론하는 작업이 반년이 안 되어 만족－자기만족의 길에서 등단이라는 절차를 마치고 공부의 길은 진전을 맛으로 삼았다. 이는 자연스레 공부의 결과에 얼마나 진척을 보이는 가를 스스로 아는 일에 재미였고 또 시간이 경과함으로써 더욱 재미의 상승을 가져왔던 것이다. 처음엔 40대의 나이가 주류를 이루었고 이어 60대 심지어 70의 나이까지 다양했고 조화로웠다. 이런 작업이 약 3년여를 지나가 시 콘서트를 위한 매달 행사에 다시 또 다른 재미가 다가왔다. 벌써 시낭송 18여회는 이천에서 처음이자 가장 오래된 역사로 진행하고 있다. 마치 호화로운 잔칫날처럼 행복하고 넉넉한 시낭송회가 과거와는 다른 면

모로 진행되고 있다. 다시 말해서 평면적인 시 만이 아니라 노래가 있고 또 웃음을 말하는 사람도 있고 또 음악 등 다양한 레퍼토리가 있어 재미가 있다. 모든 일에는 재미가 우선이고 그 다음에 정감의 교류가 있게 된다고 믿는다. 이 일을 주선하는 회원들의 정성이 고맙고 반갑다. 뒤로 물러난 나이에 내 인생에 자랑을 심을 일도 아니고 금전적인 도움이 될 턱도 없는 일이지만 사람을 만나서 이야기를 나누다보면 즐거움을 주는 일에 행복해지는 이유로 모임을 위해 힘을 보태는 일도 즐거움의 하나가 되었다.

사람이 사람을 만나는 일은 일단 좋은 일이다. 왜냐하면 자기의 부족을 타인에게서 교훈을 삼을 수 있을 뿐만 아니라 삶의 길에서 더불어 동행의 보조를 맞추는 일이라면 만남은 진실이 기둥을 가져야하고 변함이 없을 때 가치가 있다고 생각하는 일은 유별난 일은 아니다. 그러나 어디서나 자기 돌출형의 인간은 있다. 사소하고 작은 것으로 자기의 개성(?)을 발휘하는 일은 시간이 경과하면 자연스레 나타난다. 어느 정도 친숙해지고 성품의 껍질이 벗겨지면 이기심의 사태는 꼭 일어난다. 무슨 큰일이라면 또 심각하게 음해를 했거나가 아니라면 이해하고 넘어갈 일도 밝히고 따지는 습성에서는 사태의 발단이 확산되고 급기야 끝을 바라보는 일이 된다. 첫 번째의 경우에 직면했고―이런 충격은 인간을 불신하는 아픔이 따른다. 일 년 여를 이런 일로 심란했다면 내가 너무 소심한 걸까?

두 번째는 줄을 바꾸는―자기 이익을 위해 길을 맘대로 선택하는 지조 없는 사람처럼―그런 일을 겪었을 때는 씁쓸해지고 인간에 대한 혐오가 떠오른다. 줄은 도道와 같다. 자기의 길을 선택하고 그 길만을 위해 갈 수 있는 사람이었을 때 결국 한 줄로 가는 여일함이 인간의 평가를 높이는 계기가 될 수 있을 것이기 때문이다. 결국 변함없는 인간이었을 때 한 길로 가는 믿음이 있고 한 줄로의 변함없는 생의 지조를 지키는 삶이 될 것인데……. 내가 본 그리고 경험한 사람에게서는 슬픔의 강물이 흐르고 있음을 본다.

짧은 공부 모임에서 겪은 일들을 모두 밝히고 따지면 무얼 할까를 생각하면서 덮는 마음과 망각으로 지나가는 일이 다행이라 생각한다. 변절을 하는 사람은 언젠가 후회의 목록을 들고 돌아가는 길을 갈 것이고 자기 과시의 병에 걸린 사람 또한 변명의 강물에 빠져 언젠가는 허우적이는 인생의 모습을 바라보면서 시간의 뒤편에서 서성이는 초라함을 생각한다. 행사를 진행하면서 나타난 삐걱은 결국 적당한 시간에는 멈추라는 신호처럼 다가올 때 관망의 머뭇거림이 경험했던 지난 시간에서 얻은 교훈이다. 영속하는 것은 없기 때문이다.

상상력의 길을 찾아가는 일

누구나 잘난 사람으로 살고 싶은 마음이 앞설 것이다. 다시 말해서 화려한 각광을 받는 스타처럼 살기를 소망하는 일은 장삼이사張三李四라 해서 다를 바 없을 것이다. 인간은 본질적으로 자기 과시의 병이 누구에게나 있기 미련이기 때문이다. 다만 얼마나 균형과 절제 속에 살아가는가의 여부가 있을 뿐 허영의 풍선은 부풀리는 일—복어가 바람을 잔뜩 넣고 몸통을 크게 만드는 일이나 위협적인 몸짓으로 깃털을 세우는 수탉에 이르기까지 동일한 형상을 많이 볼 수 있는 일이다. 물론 그래봤자 닭은 닭이고 복어는 복어일 뿐 달라지는 일은 없다. 다만 허세와 부풀리기가 일시적인 위압의 수단에 불과하다는 뜻에서 보면 오히려 진실이 더욱 크게 보이는 이치일 것이다.

사람 사는 일은 언제나 자기를 어떻게 타인에게 보일 것인가를 표현하는 일이 곧 하루의 일이고 한 달 혹은 일 년의 시간처리일 것이다. 그러나 올바른 정도를 걸으면서 자기를 나타내는 일이야 좋은 일이겠지만 대부분의 경우 과장과 부풀리기가 고작인 경우가 많다. 때문에 후회의 강물을 타고 흐르는 대로 삶의 길이 전개되는 일이 다반사이다.

이제 무거운 나이에서 나는 나를 돌아보는 일로 자아를 찾아나서는 일에 명상적인 시간이 많다. 나무그늘아래서 지금까지 만났던 사람들의 추억을 되새기기도 하고 세상을 떠난 사람의 추억을 되짚어가지만 이내 실바람이 나무 곁을 지나는 소리에 홀로 있는 나를 발견하게 된다. 결국 모든 것들은 떠나고 남아있는 것들조차 돌아가는 길에 선 대기자 명단일 뿐이다. 그러나 초조라거나 불안이 다가오는 그림자가 느껴지는 것은 아니다. 햇살을 피해 녹음의 그늘이 오히려 위안을 주는 손길처럼 느껴지는 것은 초여름의 날씨가 눈짓하는 소식 같아 졸음이 온다.

내 정원은 화려하다. 저마다의 표정―어떤 나무는 붉게 그리고 어떤 표정은 꽃을 감추는 듯 수줍음이 주인을 닮지 못해 안달하는 것 같아 다가가 보고 싶어진다. 마치 잘난 사람은 감추면서 보여주는 일이 제몫인 듯 정원의 모습이 오연傲然하다. 자부심으로 고개를 들고 사는 사람과 그렇지 못한 사람의 차이를 구분하는 일은 별로 의미가 크지 않을 듯하다. 왜냐하면 모두 제자리에서 삶의 원리에 충실하려는 듯이 하루의 일과를 수행하기 때문이다.

인간은 자기 앞에 있는 일을 보지 못하고 멀리 있는 일에 눈을 주기 때문에 자기를 망각하는 일이 될 것이다. 때문에 자기라는 실체를 알고 살아가는 사람의 그림자는 선명하고 확실히 믿음을 준다.

나는 지금까지 얼마나 어긋난 행위로 살아왔는가를 계산할 줄 모른다. 때로는 타인의 그림자를 밟으려는 아집에 검은 구름을 만들기도 했었고 더러는 뒤로 물러나 공격의 칼날을 갈아 가면서 불만으로 가득한 세상을 향해 종주먹을 휘두르는 젊음이 있었다. 그러나 이제 지나가는 일로 되돌아보면 허무하다. 때로 잘났다는 자화상에서 보이는 슬픔의 의상이 초라할 지라도 잘 끌고 왔다는 생각이다. 왜냐하면 큰 과오 없이 그리고 욕망에 포로가 되지 않고 나를 끌고 다시 이끌고 왔다는 결론이 도출되기 때문이다.

나의 상상여행은 언제나 칸막이가 없다는데서 즐겁다. 홀로 서있는 나무들을 볼 때마다 말을 걸어보지만 내 말은 이해 불가의 딱지가 너덜거린다. 비가 내리는 날은 더욱 쓸쓸하지만 기다리는 자식들은 제 즐거움을 찾아 여행을 떠났고—나의 젊은 날은 어뗘했을까? 내 부모는 어떤 마음을 가졌을까를 이제 생각하는 후회의 마음이 무겁다. 주말이면 기다림을 심어놓고 눈을 주지만 '바쁘다는 일'로 끝내 답신이 없는 하루가 묻어간다. 아득히 세월을 지나고 나면 나의 전철前轍에 놀람을 가질까? 글의 진로가 막히면 2층 서재를 내려가 뜰을 거닐고 돌아오는 일상—나의 글쓰기는 항상 이런 되풀이를 계속한다. 뻐꾸기가 울고 가늘게 내리는 비는 차근히 젖어지는 땅을 밟고 안부를 묻는 내 일상의 하루가 지나가고 있다. 나는 누구이고 무엇을 위해 오늘을 지나고 있을까.

은서의 기억

　내 손녀 은서는 가히 언어의 천재라는 느낌을 갖는다. 그리고 상상력을 발동하는 일이 만 5년의 아이 같지 않고 탁월하기 때문이다. 유치원 3년차의 아이라곤 믿기지 않는다. 만화로 읽었지만 그리스 신화에서는 누구보다 앞서고 누구보다 신들의 계보에 훤하다. 12간지를 한번 숙지했더니 그대로 따라 말하는 기억의 비상함이나 쓸모도 별로 없는 조선 왕의 순서인 태정태세문단세를 외우는 일이 아이의 싱싱한 기억에 소산이기 때문이다. 기억의 투명을 보는 것 같고 행동하는 아이의 모습에서 즐거움을 갖는다. 시 낭송회에 두 번(첫 번째와 12번째) 참석했지만 시를 지어야 참석한다는 조건의 내 말에 즉석 시를 지은 일―'할아버지 집. 풍경은 화장을 했을까'라는데 이르면 어른다운 시인이다. 풍경風景과 화장化粧의 절묘한 표현미는 어른이 지었다 해도 불가한 시어가 곧 화장이기 때문이다. 그러나 3＋4와 4＋3의 차이를 쉽게 이해하지 못하고 손가락으로 점검하는 데서는 웃음이 난다. 그 어미 또한 숫자에는 지금도 약하지만 그래도 고등학교에서는 잘했는데……. 아무튼 손녀만 보면 즐겁고 웃음이 나는 일이 살아가는 즐거움이다.

나는 학창생활에 수학은 외면하고 싶었다. 아마도 기초 공부—피난생활에 전학의 여파로 기초를 획득하는 일에서 누적된 기초가 실종되었다는 편이 옳을 것 같다. 어린이의 상상력은 그대로 창작의 신선한 재료가 되는 것도 순수와 순진이 주는 재료에 있는 것 같다.하루가 그토록 무사하고 그토록 즐겁고 또 하고 싶은 대로 방향을 잡아 즐겁게 살고 있는 손자들앞에서 행복에 전염되는 즐거움이 빨리 가는 일이 아깝다.

아이들은 풀과 같다. 멋대로 자라는 일에서나 엄정한 질서를 가지고 행동하는 무의식의 깊이에서나 모두 자연의 섭리 앞에 있는 완벽한 질서의 나열을 보는 것 같다. 국립 스리랑카 무용단의 공연을 바라보면서 그대로 따라하는 놀라운 모방의 리듬 감각에서는 감탄이 앞섰고 자기를 나타내는 당당함에서 아이의 순진함을 바라보게 된다.

그러나 뛰어난 아이에게 부모는 고민이 깊어지게 된다. 특히 요즘의 부모들은 자식을 억지로 뽑아 올리는 사교육의 문제 앞에 따라갈 수도 그렇다고 주저앉아 바라만 볼 수도 없는 일에서의 고민일 것이다. "그냥 따라가도록 두어라"가 내가하는 말의 전부라면 실감이 안 나는 말이다. 왜냐하면 누군들 놓아두고 싶은 마음이 없을까만 남들이 뛰어가는 것 같은 모습인데도 무작정 앉아있는 것 같은 감각에는 불안이 따라붙기 때문이다. 그러나 멀리 가는 길이기에 끈기가 필요하다면 그런 조언은 아마도 자식 교육에 절대 필요한 덕목일 것이다. 이른바 머리와 끈기를 갖추면 누구든 이길 수 있다는 내 판단이 사실일 것이라는 생각은 늙은이의 잔소리에 그칠 때 입을 다물어야 한다. 어린 날의 기억은 평생을 좌우한다는 사실이라면 아마도 내 손녀는 문학의 영향을 외면할 수없는 미래를 생각하는 내 계산은 이 또한 아집이고 망발일시 분명하다. 왜냐하면 은서의 부모는 모두 나와 다른 생각을 갖고 있기 때문이다. 수입좋은 의사를 만들고 싶을 것이고 그 아비처럼 변호사나 그런 부류의 직업을 갖기를 원하는 눈치를 느끼기 때문이다. 그 어미가 희곡작가이면서도 문학을 본업으로 하는 일에는 시큰둥한 표정을 감지하는 일은 쉬운 일이다. 하기는 자고로 먹고 사는 일이 인간사의 우선인 바에야 의사나 법관—옛날 말이지 지금은 의사도 집세를 못내는 형편이고 변호사 또한 유사한 처지라는 것은 뉴스라는 매체에서는 쉽게 알게 되는 정보다. 그렇다면 인문학의 운명은 운명에 맡겨두어야 하는가의 질문에 누구도 답할 수 있는 사람은 없다. 의학이나 공학 등은 결국 인문학의 바탕에서 출발한다는 의미에서 중요성이 있지만 언제나 실용 학문에 뒤 밀리는 일은 오늘날이라 해서 다를 바 없는 일이고 미래 또한 그런 처지에 있을 것이다. 아무튼 손녀는 내 영향을 받을 것이고 이런 영향은 정신의 밑바탕에 중요한 에너지원으로 뒷날 싹으로 나타날 것을 예상하면 은근하게 미소가 앞선다. 문학은 좋은 것이고 또 필요한 정신의 산물이기 때문이다.

국화마을

　　이천에서 살면서 안 가던 문학기행을 자주가게 된다. 물론 문창과에 근무할 때는 교육상 학생을 인솔하고 먼 곳은 전라도 끝 강진 그리고 내륙의 안동 등 많은 곳을 다녔다. 부안의 신석정문학관―옛날에는 문학관이 아니라 단순히 생가라는 이름으로 이름을 알리던 곳이 거대한 건물로 변모하여 대대적인 지방자치단체의 지원을 받는 명소로 자리 잡고 있음은 문학하는 사람으로는 좋은 일이다. 허소라가 관장으로 있는 부안의 신석정 문학관은 그런 의미에서 대단한 일이 아닐 수 없다. 군郡의 예산으로 그런 일을 할 수 있다는 것은 문학의 위상이 그만큼 부가가치를 창출하는 계산으로 접근 되는 것 같다. 하기야 이효석의 생가는 온통 메밀밭으로 마을이 조성되었으며, 강진의 경우 김영랑 또한 버금갈 수 없을 만큼 비등한 사례일 것이다. 물론 이육사의 경우나 조지훈, 멀리 경주의 동리나 목월 문학관은 모두 지방자치단체의 지원 하에 대단한 자부심으로 선전하는 일은 문학의 위상이 그만큼 변모되었다는 관점에서는 매우 즐거운 일이 아닐 수 없다. 시와 소설이 위력을 발휘하는 현상은 정신문화의 에너지를 제고提高하는데 더없이 좋은 일이라면 그만큼 삶의 여유가 있다는 말과 같다. 가난에 찌들어 진 상태에서 문화라는 말은 사치 품목으로 취급된 예는 우리의 과거가 증명한다.

고창에 미당은 내 스승이다. 여러 번 선운사에 문학행사가 있어 방문한 적도 있어 변화가 없으려니 하고 찾아간 마을의 이름이 선운리에서 국화마을로 바꾸어 졌다. 2001년에 폐교를 개조하여 완성한 문학관을 겉으로 보기에는 작은 초등학교라는 인상이 여전했다. 이천의 문인 24명이 달려간 문학관은 전에 보던 것과는 달리 내부를 배치했다. 초기엔 사모님이 쓰시던 자게장롱이 2층에 있었고 맨 입구에 친일시의 전시위치가 옮겨 진 것 등 새로운 느낌을 생성하려는 의도가 보였다. 대리석의 위용도 아니고 낡고 허름하면서도 옛 것의 체취가 풍기는 것은 미당의 정서와 알맞은 인상이었다. 국화마을—아마도 「국화 옆에서」가 미당의 시 정신을 압도하는 이미지로 대표된다는 것이 반론도 있을 수 있지만 그런대로 대중성을 나타내는 일로는 알맞은 이름인 듯했다.

그의 아우 서정태를 만난 것은—풍편으로 일산에 산다 했더니만 미당생가 옆에 90살의 노구를 이끌고 혼자 살고 있다니—안쓰러운 생각이 앞섰고—누군가 격자 창문 한 쪽을 열어보니 옆에 주방기구를 놓고 책상을 놓아 기거하고 있다니 서글픈 생각이 앞섰다. 내가 열어본 창문은 분명 책상이 보이고 전화가 있었지만 한 쪽은 일부러 닫아둔 문—그 의도가 서럽다. 초라함을 감추려는 뜻이 슬퍼 보이는 이유도 되었다. 작은 툇마루 앞에 회전의자(낡은)에 앉아 건너편에 미당의 무덤을 바라보면서 앞에 국화 밭이 있다는 말을 힘없이 전달한다. 질마제가 어떻고 시정신이 어떻고의 말보다는 고독한 현실이 얼마나 초라한가는 내 생각이다. 자식들이 외지에서 일주일에 한 번 온다하지만 이 말은 립 서비스의 뜻임을 모를 리 없다. 말도 힘 없는 90 노구의 아버지를 애처로이 생각하면서 찾아오려는 자식들의 마음이겠지만 실제로 찾아 올리는 없을 것이라는 내 판단이 틀리기를 소망했다. 이런 일이 오늘날 늙은 부모들이 감내해야만 하는 현상이고 또 감내하면서 죽음으로 나아가는 노년의 현실이기 때문이다.

그러나 형의 집 옆을 지키는 의도는 생전에 형제간 정이 깊어서일까 아니

면 형을 찾아오는 많은 애호가들에게 지주支柱역할을 하고 있다는 소망을 전
달하기 위함일 까는 모를 일이다. 다만 미당이 가고 난 이후에 그의 흔적을 바
라보는 것으로 동생의 역할을 다하는 일은 아름다운 뜻이 될 것이다.

　　　선운사를 지나 미당을 보러갔더니
　　　국화마을에 혼자 사는
　　　90살 아우 정태시인을 만나
　　　이저런 이야기를 나누는데
　　　건너 산 국화밭 뒤
　　　형의 무덤을 가리키는 눈자위
　　　가올 날을 기다리는 힘겨운 목소리에
　　　강이 흐르는 깊이
　　　초여름 햇살이 마구 뒹구는 길 섶 따라
　　　꽃들 깔깔거리는 무심 유월
　　　향기들이 아우성하는 그림자를 두고
　　　돌아오는 길이 애섧다

　　　　　　　　　　　　　　　　　　　　　　「국화마을에 갔더니」

　　　* 선운리가 국화마을로 개명했다

　　가는 일은 순리이고 그 길에서 바라본 일들이 추억으로 묻혀간다. 결국 사
는 길에 보았던 일이 부피를 더할수록 슬프고 외롭다는 인간사의 모습이 초라
함이 없기를 소망하면서 선운리가 국화마을로 변해버린 시골길에 햇살들이
뛰어오르고 있었다. 유월은 그렇게 햇살을 토하느라 바쁜 모습이었다.

문학과 기술

문학이 기술이냐 예술이냐를 말하는 일은 표면적으로는 불경스러운 말일지 모른다. 물론 어떤 논리를 앞세운다 해도 문학은 예술이면서 기술(기능)이라는 말에 기울 경우는 없을지 모른다. 그러나 굳이 영어로 art와 skill로 가름한다 해도 두 사이를 왕래하는 것만은 틀림없을 것 같다. 숙련된 기술일 경우 장인의 경지로 들어간다면 예술 또한 그런 경지를 방문하는 일이 될 것이기 때문이다. 그러나 전자에서는 정신의 요소가 앞서야하고 후자에는 기능적인 면이 앞선다면 출발에서는 약간 다를지 모르지만, 궁극의 정점에 이르면 둘 중 어느 것이나 정신의 깊이에서 비로소 작품의 면모를 영생시킬 수 있을 것이기 때문이다. 결국 살아가는 일은 정신의 올바름이 있을 때 비로소 가치로 평가를 득할 수 있을 것이기에 올바른 삶의 지표가 기능이나 예술에 적용되는 점에서는 다름이 없을 것이다.

말할 수 있는 세계와 침묵의 세계―전자를 과학 즉, 보이는 세계라면 후자는 정신의 가치를 앞세우는 형이상학적인 불가시의 세계로 나누어질 때 문학의 땅은 후자를 바탕으로 전자의 세계를 묘사하고 설명할 때 산문의 깊이에 이르고 후자에 더 많은 비중을 가질 때는 운문의 세계로 구성된다. 그러나 둘은 분리되는 것이 아니라 하나로 통합되면서 각기의 특성이 어느 쪽으로 머리를 두느냐에 따라 이름이 달라진다.

각설하고 오늘의 한국문학은 기능 즉 재치와 기교에서 허화虛華의 꽃잎이 바람에 나부끼는 모양—그런 판단이 우선할 것 같다. 다시 말해서 향기의 깊이가 부족하고 이런 현상은 가치의 깊이를 발굴하는 사고의 경박성을 지적하게 된다. 물론 오늘의 사회는 깊이 있게 생각하고 넓게 사상의 나무를 키우기엔 너무 급박한 변화를 수용할 수 있는 시간의 촉박성에 변명을 내세울 수 있을 것이다.

변명은 결국 변명의 무덤에 이르게 된다면 자기를 돌아보는 시선의 확정이 중요할 것이다. 왜냐하면 정확한 자기위치의 판별은 미래로 연결하는 좋은 길을 만날 수 있기 때문이다.

우리문학은 휴면상태의 시간이 길다. 이는 자기 자극이 없는데서 오는 나른함이고 이로 하여 또 다른 권태를 불러오는 일이 다반사이기 때문이다. 이는 문학을 기능공으로 전락시킨 조류의 일면도 있을 수 있고 또 자기발견에 대한 치열성의 결핍에서 오는 원인도 제시할 수 있을 것이다. 그렇다면 문학은 기술의 범주에서 완언하게 벗어난 것일까? 이는 천부적인 재능에 앞서 노력으로 돌려야 할 명분일 것이다. 왜냐하면 문학의 길은 약간의 재능에 오랜 노력의 결과에 따라 문장의 완성은 길을 마련할 수 있기 때문이다. 그러나 정신이 곧게 서 있지 않는 기능은 값싼 비지떡이 될 수밖에 없다. 물론 정신에는 사랑이라는 무장이 공고해야하고 또 자기 일에 애정을 가질 수 있을 때 참된 정신의 문학을 구축할 수 있을 것이라는 점이다. 기술은 숙달이 될 때 기능공의 소임을 무사하게 정리된다면 예술로서의 기술은 결국 목표와 정신의 요소가 결합하여 신선함을 남기는 업적으로 승화될 것이기 때문에 가치 있는 산물로 영향을 남기게 된다.

나는 내 문학에 변명의 넓이를 채우기 위해 오늘도 두리번거리는 방랑을 계속하고 있다. 그러나 목적을 앞세우면 앞이 막히는 것 같은 이 두려움은 백지위에 높은 성벽이 있는 것 같은 강박증—누구나 이런 강박증은 가지고 글을 쓸 것이다. 그러나 가고 가는 보폭에서 나의 문학은 점차 미개척의 땅에 발을 내딛는 느낌을 항상 갖는다.

'12.6.15.

길을 찾는 나비 한 마리

나의 직업은 평생 선생이라는 간판이 당연한 것이다. 중학교 선생 6개월을 끝으로 고등학교에 그리고 마지막은 대학에서 젊은 아이들과 살았기 때문이다. 그러나 강사 7년의 경험은 나에게 새로운 경험 하나를 추가했다. 그땐 여기저기 강의로 지방을 순회하듯 ─안동, 경주 ,인천, 서울 등을 오락가락하면서 분수했을 때 시인 윤 모의 소개로 당시 5공화국과 연결이 깊었던 고대 정치학과 모교수가 운영하는 보수 우익 잡지사에 한 달여를 무슨 직책인지도 모르게 다닌 추억이 있다. 아마 2학기 무렵 안암동 고대 근처에 출근했을 때였다. 이른바 5공화국이 물러나고 노태우가 집권 했을 때이니 5공화국의 여세는 아직도 출렁이는 때였다. 문학잡지가 아니고 정치와 문화 등 보수의 이론을 대변하는 잡지이다 보니 아무래도 정치적인 색채가 우세했었다. 내가 하는 일이란 월요일이면 편집회의를 하는 일로 시작해서 문학 쪽에 주로 원고를 처리하는 임무였다. 솔직히 적성과는 거리가 멀었고 또 내 성격과는 다른 업무라 아예 관심을 접고 언제 나갈 것인가를 생각하는 편이 옳은 표현일 것이다. 그러나 월급─한 달이 지난 급료는 형편없는 일이라─추석을 지나고 사표를

낼 수밖에 없었다. 그 짧은 한 달 사이에 근무 중 편집부에 한 마리의 나비가
날아들어 하늘하늘 춤추는 모습이 여간 대조적이었다. 바쁜 편집부의 책상위
로 누굴 가리지 않고 앉았다 다시 날아가는 모습이 어쩌면 갈 곳을 모르는 나
의 처지와 같았다. 하여 초고의 원고는 그 자리에서 작성되었다.

허덕이는 마감
활자가 실종된 편집부에
종이 틈새로 비좁게 들어온 햇살은
낯선 이방인이 되어 서성거리고
앉을 수 없는 나비가 잘못 든 길에
행로를 묻는다
기억의 꼬투리가 나뭇가지에 걸리고
목소리들이 바람에 나부끼는
아무래도 섣달 같은 파장에 사람들은
햇빛과 불빛 사이의
긴 강을 무시로 건너면서
가끔은 잊었듯이
손짓하는 바람에 끌려
구부러진 활자 하나가
운명의 노래를 부르며
나비처럼 날아간다
어쩔 수 없다
잡을 길 없는 세상
거리는 점점 멀어지고
안타까움에 사는 일이 흔들리는 날마다
달아난 활자를 찾으러 떠나는 일상은
발아픈 고백을 어둠에 새기고
길 못 찾아 헤매는 햇살 한 줌을
화병에 꽂아두면
꽃과 꽃 사이에 나비는
떠도는 것을 일상으로 알고

바람에 젖는다
「편집부에 들어온 나비」, 제5시집 『그림자로 가는 여행』 중

　인간은 길을 떠도는 나그네일지라도 잘못 들어간 길에서는 당혹스럽고 초조할 것이다. 이런 현상은 당시 여기저기 대학에 출강하는 나와 어쩌면 같을 것인가를 생각하면 답답함이 내 인생의 흐름이었고 닫힌 창문으로 들어온 갈 길을 잃은 나비의 모습은 회화적이었고 슬픈 비상飛翔이 안타까웠다. 여기서 저기로 다시 저기서 여기로 날기를 반복하던 나비는—제 철도 훨씬 지나 떠도는 나비의 출현이 슬픈 일이었지만 어떻게 외부로 나갈 것인가는 나의 시야에서 떠나지 않는 짧은 관심의 행로였다. 물론 나만의 관심이 아니고 당시 편집부 동료들의 불난 호떡집에 구경처럼 흥미로웠을 것이다.

　운명을 탓하기 전에 날 수 있을 때 까지 찾아 헤매는 일은 아름다운 모습이다. 주저앉아 탄식하는 것 보다 무모하더라도 도전하면서 차라리 꺾어지는 일은 장렬하기 때문에 선택의 목록에 들어갈 것이다. 모든 슬픔이 주저앉아 눈을 감는 일이라면 넘어지고 깨어지면서 마침내 밖으로 나가는 모습의 비상은 아름다웠다. 물론 편집부 안에 탁한 공기와 연결된 시원한 바람을 감지하고 따르노라면 나비의 행로는 누구의 도움이 없어도 밖으로의 길을 재촉할 수 있었을 것이라는 과학적인 추론은 현실에 적용되는 옳음일지라도 나비는 밖으로 나갈 수 있음을 바라보는 내 눈은 희열이었다. 결국 한 달여의 근무의 경험 중에 유일한 흔적의 시 한편이다. 결국 나의 처지를 빗댄 표현의 의도는 내 삶의 도정에 하나의 예라는 뜻이다. 아울러 안암동 잡지사를 걸어 나오는 내 손에는 다시 강사의 무거운 가방이 따라오고 있었지만, 이 운명의 조짐은 뒷날 나비처럼 상승의 기류가 기다리고 있었음은 뒷날에 바라본 추억의 장면이다. 결국 아름다운 추억의 일부라는 뜻일 때 소중한 한 편의 시가 곧 내 삶의 살점과 같다는 체험의 의미가 새겨진다.

'12.7.16.

책을 상재(上梓)할 때마다

　아마도 '80년 이후 첫 시집 이후 40여 년 만에 41권의 저서를 출간했다 하면 많은 업적임에 틀림없을 것이다. 그리고 부지런한 이름을 붙여도 별로 손색이 없을 것이다. 거의 1년에 한 권 꼴의 저서 출간은 내 삶의 표정이고 내 생의 진솔함을 나타내는 징표가 될 것이다. 기실 문학의 출발 무렵엔 적어도 생애 20권만 채우면 좋겠다는 목표였지만 이를 훨씬 상회하는 오늘에 돌아보면 감회가 새롭다. 그리고 또 더 높은 언덕을 목표로 삼아 부지런을 떠는 나는 얼마의 숫자 앞에 머물 것인지 초점이 모아진다.

　첫 번째 책 발간이후 몇 권째 까지는 부모 영전에 책을 펴놓고 인사를 올리는 행사도 있었지만 점차 많아지는 책의 발간에 이젠 그런 절차도 시들해지고 가족 또한 관심이 없이 그러려니 하면서 넘어가는 일이 약간은 아쉽다. 모든 게 많아지면 관심의 농도가 얕아지는 일은 당연한 인간사이기 때문이다. 그렇더라도 어디 한권의 책을 출간하는 일이―쉽게 책 한권을 만들어 출간하는 세상이래도―책은 정신의 정수精髓임이 사실이기 때문이다. 설혹 만화책이란들 상상력의 집중과 줄거리와 노동이 합하여 탄생되는 일인 데서야 책의 가치가 소중한 이유가 될 것이니 말이다. 물론 시집 한 권을 아무리 빨리 쓴다 해도 1년이 걸리고 수필집 또한 그렇고 설사 소설을 날려서 쓴 다해도 1년에 한 권의 소산은 드문 일이 아닐 수 없다.

각설하고 1년 만에 5권 넘는 책을 상재했다. 2011년 9월에 시집 『슬픔의 학교』와 11월에 수필집 『변명』, 12월엔 비평집 『시의 이미지 구축술』, 2012년 5월엔 시집 『오는 향기를 가로막지 말라』, 역시 7월엔 비평집 『문학의 정신적 가치』 등 도합 5권의 저서를 연거푸 발행했다. 아마도 현란한 일이고 어지러운 일이라 해도 과언이 아닐 것이다. 그 사이 수필집 원고 400매(2012년 7월 현재)가 축적되었고 시는 15편이 눈을 껌뻑거리고 있음을 감안할 때 내 창작열은 폭포가 아닐 수 없다. 이 거만한 과시는 무엇인가? 나로서도 해답을 마련하는 일이 주저스럽다.

재미가 있어야 한다. 모든 일에는 재미가 있을 때 왕성한 에너지의 방사는 가능할 것이라는 뜻이다. 나는 여기에 미친 듯 초점이 맞고 있다는 과신過信 앞에 서성인다. 나의 글쓰기는 재미이면서 숙업이라는 생각으로 정면 대결의 자세가 있다. 두려움 없는 길을 가는 일이고 또 이런 일에 나는 당당함을 키우고 있기 때문이다. 내가 글을 쓰는 이유를 단순성으로 포장하는 일이 나의 필연적인 녕제라 생각할 때 나의 서재는 항상 분주하고 때로는 심각하다. 막상 1년이 안되어 5권의 저서를 출간한다 해도 축하 케이크 하나도 없는—아내가 해주었지만 이젠 너무 빈번하고 많으니 잊고 산다.

할 일이 없으니 나의 글은 자연스레 고독의 함정에 들어있는 물건을 꺼내는 심심풀이가 될지 모른다. 물론 대학에서도 연구실에 완전히 처박혀 15년 동안에 20권을 썼다는 기록도 나에게 자랑일 뿐이다. 누구도 나를 주목하지 않았고 또 그럴 것을 기대하지도 않고 근무했던 결과는 온통 책으로 남았을 뿐이다. 그리고 자유로운 오늘날에도 그런 속도를 유지하는 일은 내 내면으로만 향하는 성미의 탓이 될 것 같다. 더불어 재미가 있고 또 그 재미를 유희하면서 하루하루를 사는 내 몫의 길이 오로지 글쓰기라는 뜻이다.

나는 앞으로 얼마의 글을 남길지는 모르겠다. 이런 추세가 지속하는 길이 넓을 것이냐 아니면 어딘가에서 멈출 것인가는 내 운명의 시간표가 말해줄 것이기 때문이다. 다만 쓰고 쓰고의 일에서 나의 사상이나 나의 모습은 점차 사그라지는 순서가 엄정하게 다가올 것이기 때문이다. 이젠 몸에서 삐걱거리는 소리가 밤이면 신음으로 들리는 일이 속도를 빨리 할 것이라는 현실은 인정할 수밖에 없기 때문이다. 운명에 순종하면서 다만 하루를 기록하는 심정으로 길을 가는 일이면 된다. 축하의 말이 있건 없건 그건 아무런 의미도 아니다. 다만 쓰는 재미 그리다보니 책이 쌓이는 일이 세월의 켜와 닮아진다.

아무튼 더 많은 책을 남기고 싶다. 그리고 더 많은 나의 생각을 높이로 치솟게 하고 싶다. 이런 욕망은 지금도 변함없는 물살로 다가오고 또 이를 즐기는 일이 나의 숙제라 생각하기 때문이다.

'12.7.17.

냉장고와 화장실

일류 최대의 발명은 화장실이라 한다. 그러나 역설적으로 인간과 자연을 격리시키는 역할 또한 간과할 수없는 발명품일 것이다. 다시 말해서 깨끗함을 얻은 대신에 물이라는 흐름을 이용하여 인간과 자연의 접촉을 차단하는 막을 형성하여 분리하는 결과 온갖 질병을 가져오는 근원으로 작용하는 일은 없을까? 이 의문은 때로 우둔한 질문으로 처리될 것이다. 그러나 어린애 똥을 받아 먹고 자란 똥개는 친근하고 서민적인 개였다면 이젠 그런 풍경을 바라볼 수없는 동물과 인간의 교감이 냉정하게 사라졌다. 깨끗하다는 점에서는 좋을지 모르지만 동물과 인간의 교감이 사라진 장벽이 새롭게 생겼다. 비근한 예로 채소밭에 인분을 주면 이른바 그 채소를 먹은 인간은 채독菜毒이라는 고약한 병에 걸려 고생하던 시절이 있었지만—당시엔 인분이 주요한 비료의 목록이었다면 이른바 금비—화학비료 때문에 얼마나 많은 부작용을 겸하고 있는가 오히려 인분의 해독보다 화학비료의 해독이 더 심각한 수준이라면 얻은 것은 깨끗하다는 이름 하나뿐인 결말이 될 것 같다. 물론 그렇다고 다시 옛날로 돌아가자는 말은 아니다. 인간의 문명이라는 것이 얼마나 공소하고 공허한가를 계산해 볼 필요가 있다는 주장이다. 터벅거리면서 길을 돌아돌아 인정에 취한 나그네의 행로가 불행하다고 처리할 수는 없다. 다시 말해서 천리 길을 괴나리봇짐을 지고 산길, 들길, 강물 길을 휘돌아 목적지에 도달하는 것을 불행이라 말할 수없는 것처럼 KTX라는 스피드 기차로 3시간여에 가는 속도와의 비교는 행복과 아무런 상관이 없다는 뜻이다. 고약한 냄새가 나는 인간의 배설물을 다시 이용하여 생산에 도움이 되는 것과 물로 깨끗하게 흘려보내는 것과의 비교 또한 무모한 노릇이다. 어느 것이든 그것대로의 공과가 있고 또 필요가 있을 뿐 선택의 여지는 다양해야 한다.

이른바 IT라는 정보의 혁신에 의해 인간의 필요 물목은 초단위로 변모하면서 버리고 다시 취택하는 도정을 되풀이하고 있다. 새로운 것이 정말 좋은가라는 의문이 드는 것과 낡은 것이 정말로 불필요한 것인가의 단안도 결국 무의미한 노릇이다. 그렇다고 자급자족의 소로우처럼 웰든 숲속에서 혼자 산다는 것도 권할 일이 아닌 변화를 수용하는 절제의 묘미가 있어야 할 것이다.인간이 달이나 화성에 발길을 옮겼다 해서 행복한 얼굴이 될 것인가는 다른 경우이다. 과학은 편리를 주지만 행복과는 거리가 멀기 때문이다.

냉장고—참으로 편리하다. 그러나 냉장고가 탄생함으로써 얼마나 인간과 인간의 관계를 단절하게 했고, 이웃과의 친밀한 관계를 소원疏遠하게 했고 인간의 욕망을 더 부풀게 했는가를 생각해볼 필요가 있다. 다시 말해서 갈무리의 편리에 따라—냉장고가 없던 시절에 물고기를 잡는다면 자기 먹을 만큼만뿐이지만 냉장고에 저장하는 수단이 생김으로 인해 이웃에 나누어 줄 필요가 없는 대신 더 많은 육식고기나 물고기 어획량을 축적하는 요망의 비대증상이 냉장고의 용량만큼 커졌다. 이웃을 단절하는 일은 나누어 줄 인정의 고갈을 불러왔고 결국 삭막한 자기존재만을 생각하는 일이 되었다. 물건의 관리와 보관의 편리성이 결국 자기 고립의 성을 높게 축조하는 일이 문명의 이름으로 대신하고 있다. 결국 문명의 발달은 개인의 성을 공고히 구축하는 일이라면 이웃이나 타인과의 관계는 점차 냉각되는 처지를 감내해야만 한다면 무심코 꺼내먹는 냉장고의 편리는 결코 인정人情과는 무관한 물건일 뿐이다. 이런 예는 원두막이 사라지는 일은 TV의 편리성과도 연결이 된다. 저녁을 먹고 나면 자연스레 이웃과 어울렸던 인간의 정들이 사라지는 결말로 들어갔고 때로는 고독이라는 가벼운 의상이 무거운 슬픔으로 둔갑하는 일이 되었으니 인간에 따라붙는 고독은 자기 삶의 폐쇄성과 고리를 형성하고 있기 때문이다.

사람은 홀로 살 수는 없다. 그러나 오늘의 문명은 홀로 사는 것을 조장하는―아무런 불편이 없는 생활의 편리가 나쁜 것은 아니다. 문화는 문화의 키만큼 인간에 의해 조종되는 노력이 뒤따라야 한다. 왜냐하면 과학은 변통할 수 없는 길만을 강요하지만 이를 따라가면 필연적으로 자기 함정의 폐칩성에 빠지게 된다. 다시 말해서 인간의 편리에 앞서 인간성의 고양高揚은 곧 문화의 편리성과 상쇄할 수 있는 여지를 만들게 된다는 뜻이다. 행복이라는 이름에 다가가려는 일이 삶의 목표 혹은 지표가 될 때 더욱 필요한 것이라면 이는 조화라는 뜻과도 상통할 것 같다. 오늘도 나는 냉장고의 문을 몇 번 열었고, 수세식 화장실을 몇 번 다녀오면서도 여전히 무심한 마음이 평행을 이루고 있을까?

'12.7.22.

글 도둑

모든 일에 바름이 있을 것이고 이를 위해 살아야 한다는 명제는 보편성의 진리일 것이다. 왜냐하면 삶에는 자기 정립의 길이 있고 이를 위해 노력하면서 살아가는 일이 생의 모습이기 때문이다. 그러나 세상을 한 가지 코에 꿰어 살아가는 것보다 여유가 있고 때로는 작은 일탈에서 생의 활력을 맛볼 수 있다면—단 공익이라는 점에서의 일탈은 안 된다. 물론 배고픈 잔발 잔이 빵을 훔쳐 먹고 중대 범죄자가 되었다는 것도 생각해볼 여지가 있다는 뜻이다.

책 도둑이라는 말이 있다. 아마도 가난하고 어려운 시절에 지적욕구를 충족하는 일로 갈증이 났을 때 지인의 집에서 원하던 책이 서가에 꽂혀 있다면……. 이 가정假定 앞에 슬픈 선택이 일렁일 것이다. 아마도 책을 주인 몰래 가져가 모조리 읽고 다시 반환한다면 그 결말은 좋은 선택으로도 치부할 수 있을 것이다. 왜냐하면 책 주인도 충분히 이해할 수 있을 만큼 지적 수준이 비슷할 것이기 때문이다. 그러나 엄정한 법률의 잣대는 이 또한 잘못이라 할 것이지만……. 여기엔 인간의 정감이 내재되면 이해의 정도는 당연함이 될 수도 있을 것이다. 그러나 아끼던 책이 어느 날 손님의 왕래에 따라 없어졌다는 사실을 간파하면 그 속상함은 두고두고 검은 구름처럼 우울해진다. 나는 이런 경우를 많이 겪었다. 시골로 이사 온 후 자주 문학행사를 치르다보니 내 서가書架는 때로 음식을 제공하는 장소로 둔갑하는 때가 많았기에 꽂혀 있는 책이 어느 날 빈 공간으로 보일 때 그 속상함은 경험한 사람만이 알 것이다. 책은 장시간 꽂혀 있다 해도 잠시의 필요에 따라 꺼내보는 일이기에 더 많은 책의 욕심을 갖는 것은 부끄러운 일이 아니다. 더구나 나의 경우는 인용을 위해 서가를 가득 채우는 욕망의 길을 지나왔다. 때로는 가져가서 잘 읽고 그 사람의 지식에 도움이 된다면 이라는 체념으로 마무리하지만 속상한 기분은 오래간다.

그러나 글 도둑을 맞았을 때는 이런 기분과는 엄정히 다르다. 어려운 강사 시절에 겪은 일이지만 부산의 모교수가 내 논문을 인용 없이 무단으로 사용한 논문을 우연히 조교 방에서 읽고 그날로 전화한 적이 있었다. 그의 답장은 신속했고 매우 정중했을 때, 용서의 장면으로 넘어갔던 일이 있었다. 책 도둑보다 글 도둑은 더 나쁘다는 결론은 당연할 것이다. 왜냐하면 남의 생각을 가져가는 심사이기에 음험하고 강도의 검은 의도로 보인다. 단 석 줄이라도 따로 표시하여 인용의 각주를 다는 일이나 한 줄이라도 각주로 표시하는 일은 학자의 양심을 나타내는 일이기 때문에 지키는 관례이다.

어느 문학신문을 보내수기에 무심결에 시 창작 강의를 읽은 적이 있다. 물론 그 저자를 잘 아는 일이기에 관심이 있어 훑어보는 중─내가 과거에 강의했던 글이 보이길 레 자세히 읽어보니 완전히 남의 글을 베꼈다. 돌아가신 이형기의 글을, 일본의 어느 시인이라는 말로 바꾸었고 미국시인 킬머의 「나무」를 베끼고도 그냥 미국시인이라 얼버무린 글이었지만 너무했다. 그도 시를 쓰는 사람이 이토록 위선의 모습을 보인다는 것이 용납되지 않는 처지로 보였다. 아마도 지적 현시顯示욕으로 그런 연재를 시작하는 것 같았지만 도무지 이해의 정도가 지나쳤다. 비단 지적 재산을 넘봤다는 정도가 아니라 4페이지에 걸친 글을 조합하여 혹은 똑같게 표절한 현상은 도둑의 명칭에도 지나친 강도라 할까. 무슨 검증의 청문회에 으레 나오는 교수들의 논문 표절 혹은 국회의원에 당선된 체육교수의 논문 표절 등이 이슈화된 일은 한 두 번이 아니다. 관용의 도가 지나치게 관대한 사회는 기준이 없는 불행의 사회일 것이다. 이젠 선진국 이름을 듣는 처지에 법의 잣대를 곧게 세우는 정신작업이 없다면 무너지는 일은 순간이 될 것이라면 글 도둑 또한 죄목도 큰 죄라야 한다.

시를 쓰면 시인이라 하지만 시인은 정신으로 사는 사람이다. 배고프면 도둑질하는 것이 시인이 아니라 오히려 배고플 때 노래를 부르면서 배고픔을 잊어야하는 역설의 사람이 시인일지 모른다. 유명해지고 싶어 남의 것을 훔친다면 이는 시인의 이름을 쓴 초라한 사람이 된다. 이런 부류의 사람들이 횡행하는 풍토에서 오골병을 앓아야하는 사람도 있을 것이니 잡초 속에서 꿋꿋해지는 작은 꽃들을 보면서 희망의 노래를 부르는 시인이 있을 것이란 생각은 항상 당당하다. 하기야 공자의 10명 제자보다 300배의 제자를 갖고 당대를 풍미했던 도둑인 도척을 따르는 현상이 선택 목록으로 들어가는 순위가 변하기엔 시간이 많이 걸릴 것이다.

'12.7.24.

꿈

　꿈을 꾸지 않는 사람은 없을 것이다. 그만큼 일상적일 수 있고 또 무의식적으로 찾아오는 꿈의 진행은 프로이드라고 별다르게 받아들인 것은 아니다. 물론 꿈은 의식적으로 생각하는 것과 무의식적으로 다가오는 것에 대한 차이는 엄존한다. 가령 전자에서는 획득하고자하는―현실과 미래가 상충적이고 거리가 있을 때 그것을 좁히려는 행동이 전제되고 후자는 수면 속에서 나타나는 추체험이거나 과거적인 것들이 나타나는 점에서 과거지향적일 것이다. 꿈의 아름다움을 노래하는 것은 미래지향이라는 점에서 생산적일 것이다.

　어린 시절에 잠이 들면 키득거리는 일이나 싸움질에 지치면 오줌을 지린 재미의 기억이 얼마나 달콤한 어둠의 잔치였던가? 때로는 사랑에 싹을 찾아 마음 졸이는 일들이 교직交織되면서 긴 밤은 오히려 짧은 아침을 맞이하는 아쉬움이 눈뜨는 것과 동시에 찾아왔었을 때 허무한 현실은 오히려 활력의 에너지였다면 약동하는 에너지의 방출과 비례했었다.

　나이를 먹으면 꿈조차 나타나지 않고―아마도 기억의 흐림이라는 신체적인 요소와 상관이 있을 것이란 추측이다. 어떻게 하든 수면睡眠을 불러들이는 노력조차 허무해지는 노년의 경우 꿈이란 이름도 사치한 노릇처럼 인식된다. 불면의 터널이 길수록 꿈은 사막을 헤매는 것처럼 신기루로 작동하기 때문이다.

각설하고 잠들어 꿈을 꾸는 것이든 아니면 불모의 꿈 없는 밤이든 그것은 과거지향이라는 점에서 정리의 목록일 뿐이다.

그러나 살아가면서 힘겹고 팍팍한 일상의 언덕을 넘어갈 때 미래를 생각하는 일이 없다면 삶의 벌판은 삭막하고 쓸쓸할 것이다. 근사한 매력의 인간과 사랑을 나눈다던가 돈을 혹은 명예를 얻는 소망은 희망목록의 앞자리일 것이다. 이것들은 꿈의 소재가 되면서 생의 약동을 가져오는 힘이 될 것이라면 이런 생각을 높게 가지는 것이야말로 생의 매력일 것이다. 이는 나이와 상관이 없고 또 일상을 희망으로 채우는 풍경화가 될 것이다.

돌아보면 내 일생은 글쓰기의 일에 매달린 꿈의 장면 연출이었다. 처음 책을 상재上梓했을 때는 언제 등신대의 저서를 가져볼 것인가를 생각했지만 쌓이고 쌓여 어느새 반신대半身大의 높이쯤에 이르렀으니 돌아보면 대견하고 흐뭇하다. 이를 위해서 나의 일상은 오로지 글에 대한 집착이었고—어찌 보면 바보스런 모습이기도 할 것이다. 왜냐하면 여행을 즐겨 다녔는가 아니면 놀이를 제대로 했던가 등등 후회의 목록이 많은 것도 따지자면 모자란 일상의 채움이 오로지 글을 쓰면서 살아가는 이유가 모두를 잡아가는 노릇이었다. 이제 종심의 나이에 이르러 모든 것들이 허무해지는 이제—하얀 백지위해 홀로 서 있는 것 같은 그림자 하나—마주한 모습이 허허할지라도 지금까지의 꿈을 소중히 간직하면서 일생을 마치고 싶다. 금력의 화려함도 권력의 높이도 돌아보면 한 권의 책만큼 의미를 갖지 못하는 일이라 정리한 마음이다.

꿈은 노소가 없다. 다만 얼마나 소중하게 키우고 건사하면서 키울 수 있는가의 여부가 좌우하는 이름일 뿐이다. 꿈은 일상이 짓눌리는 이름이 아니라 일상을 짊어지고 일어나는 원인의 이름이기 때문에 힘의 에너지를 간직하게 된다면 그 꿈의 높이를 항상 상향으로 조정하면서 살아야 할 것이다. 꿈을 갖지 못한 젊은이가 있다면 소모적이고 허무한 가치의 생애가 될 뿐이다. 반면에 힘겨운 노인일지라도 내일을 향해 형형炎炎한 눈을 자질 수 있다면 꿈과 비례하는 가치의 삶이 되리라. 문학의 힘은 이런 꿈을 갖게 하는 에너지가 내포되기 때문에 가치와 소용所用을 갖는다.

　다시 출간된 한 권의 책 앞에 앉아 있다. 이제 41번째 이름에서 숫자의 증가도 즐겁지만 내가 쓴 말들의 생생함이 더욱 즐겁다. 무심결에 펼치는 페이지에 기록된 글에서 "아, 잘 썼구나"의 소감이 묻어날 때의 기분은 참으로 즐거운 일이기 때문이다. 세상의 무엇과도 바꿀 수 없는 행복의 순간이기에 다시 자판을 두드리는 일에 신명을 부추긴다. 아무리 힘겹더라도 '넘어가려 하면 다시 넘어 가게 된다.'는 이치에 확인을 하는 일이 나의 글쓰기이다. 술술 풀리기보다는 항상 가로막힌 벽과 싸움하는 일이 일상이라면 나의 일상은 결국 높이로 향하는 꿈의 실현에 내 일상은 지금 빛나고 있다.

'12.7.27.

제3부: 오골성의 성주

문인 선거방법

1. 직접선거는 형통(亨通)인가?

본인은 대학의 총장과 문인의 장을 직접선거로 선출하는 일에 대해 반대를 해왔다. 그 이유는 정신세계의 핵심인 학문의 세계와 궤를 같이하는 정신문화의 핵인 문인의 경우 정치가의 선출과는 같을 수 없기 때문이다. 물론 민주절차를 수행하는 적절한 이유가 선거라는 방법을 통해 최선의 인물을 선택하는 다수 원칙이 민주적인 방법으로 시행될 때 새로운 인물의 등장이나 시대의 변화를 선도하는 일이 정치세계에서는 취택된다. 그러나 정신문화를 선도하는 경우엔 정치판과는 다를 수밖에 없다. 김영삼 정부가 들어섰을 때, 대학가에 총장직선제가 시행되면서 사실상 기형적인 세계가 연출되는 우려는 이제 38개 국립대학 중에 거의 모든 대학이 부작용 많은 총장 직선제를 폐지함으로써 정신문화를 다루는 곳엔 직접선거가 부적합하다는 사실을 증명하게 되었다. 제자나 아들 뻘 되는 교수에게 한 표를 달라고 고개를 주억거려야 하고 더러는 패거리를 만들어 묵시적인 약속으로 자격 없는 사람에게 보직을 남발하는 일-엄격한 질서의 세계가 학문의 세계인데도 당선을 위해서는 세력을 규합하기 위한 무질서가 암묵적으로 횡행했다. 이런 폐해弊害 때문에 민주적인 절차를 강조하면서 출발한 직선제 총장의 이름은 서서히 사라지는 당위성을 획득하고 있다. 덕망과 학식 있는 학자는 절대로 선거판에 끼일 수도 성공할 수도 없는 현실이 증명되었기 때문이다.

학문의 세계는 정치 세계와는 확연히 다르다. 엄격한 절차에 따라야하고, 때로는 선배교수의 학문적인 줄기가 도제徒弟라는 학풍으로 이어질 수도 있고, 학문의 업적을 위해서는 스승의 뒤를 따라야하는 줄서기조차 당연한 일이 될 수도 있다. 학문의 세계에 평등이나 민주적인 연구는 난센스일 것이라면 학문하는 장소에서 위계질서가 없는 총장선거는 말이 안 된다. 왜냐하면 정신세계의 주축인 학문의 세계엔 덕망 있고 존경받는 사람이 지도자로 추대推戴되어야 하기 때문이다. 교육감선거 또한 직접선거의 후유증으로 법의 심판대에서 흔들리는 일이 오늘의 실정이다. 이런 교훈은 한국문인협회나 국제 펜클럽도 예외가 아니라는 판단이 정당성을 얻을 수밖에 없다.

2. 도토리 문인들 협회

초창기 문인들 협회가 출발한 이후 중량감 있는 분들이 추대되어왔다는 일은 주지하는 바다. 그러나 이른바 직접선거로 바꾼 이후 선거꾼들에 의해 선출된 협회이사장들은 거개가 무직이거나 문학잡지를 운영하는 자들의 판세로 변모되었다. 아마도 조병화 시인 이후 선출된 문인협회 이사장들의 대부분이 앞에서 말한 조건에 들어맞는 일이었다 해도 과언이 아니다. 선거꾼들이 이사장에 당선된 이후 한국문인들 위상이나 대사회적인 인식의 전환보다는 주졸走卒들이 연합하는 형세를 이루어 도토리 키 재기의 현상을 연출하는 일이 다반사 일뿐만 아니라 마구잡이 회원 늘리기로 협회수입의 증가를 가져온 일 이외에 무엇이 있는가.

또 선거에 출마하는 주인공들의 거개가 자기 잡지를 운영하는 현상은 숫자 놀음의 직접적인 계기가 되었고 이를 위해서는 수단과 방법을 가리지 않고—마치 한글도 모르는 사람이 행과 연을 끊어서 시라는 이름으로 당선의 팻말을 수여하는 악습을 되풀이하고 있음은 기가 찰 노릇이다. 이런 현상은 친목단체인 협회를 외면하는 요인이 될 뿐만 아니라 스스로 3류로 전락하는 원인을 제공하는 빌미가 될 것이다. 지금까지 직선제하에서 거개의 출마자들이 이름에 걸맞은 중량감이기보다는 도토리 키 재기 같은 난장이들이라는 편이 옳은 판단일 것이다. 왜냐하면 선거꾼들이 설치는 판에서는 결코 훌륭한 그리고 덕망 있는 문인이 소용돌이에 휩쓸릴 수가 없기 때문이다. 때문에 직접선거는 선거꾼들을 위한 싸움이지 문인의 위상을 제고하는 일은 애당초 될 수 없었다.

지금까지 문인들의 직접 선거는 혼탁의 소용돌이였다. 우선 과도한 선거비용이 어디서 나오는 것인지 의문이 들 정도로 어지러운 정치판 선거와 같았다. 이는 필연적으로 패거리의 전횡을 야기하는 원인이 될 것이고 끼리끼리의 집단을 만들어 문인들 단체의 위상을 나약하게 만드는 이유로 작동되어 왔다. 두 번째는 양식 있는 문인에게는 흥미 없는 외면의 대상으로 전락했을 뿐만 아니라 상식이하의 문인이 이사장이나 부이사장 등의 명찰을 패용하는 위상 격하의 문제기 심각하다.

세 번째는 질서의 파괴—문인의 서열은 비교적 엄격하고 등단의 순서에 따르는 일이 관례화였다면 선거로 뽑힌 부류들은 문학 행사장에서 오래된 선배보다 앞자리에 좌정하는 경우를 많이 보았다. 이런 현상은 문인이 정치가의 버릇을 당연함으로 받아들이는 질서파괴의 행위가 된다. 마치 제자가 선생님보다 상석에 앉아 있는 난센스를 뭐라 칭해야 할까? 이런 일이 친목이라는 협회의 제일차적인 목적과 부합되는 일인가 묻고 싶다.

또한 선거 무렵이면 회원들의 핸드폰에는 시도 때도 없이 벨이 울리고, 더불어 진지함이 없는 저서가 뿌려지지만 간장병마개로 버려지는 일이 다반사이고 또 패거리 모으기에 혈안이 된 선거꾼들의 작품은 언제나 지나가는 바람 같은 작품집이기에 외면의 초라함을 면할 길이 없을 것이다. 진정으로 단체를 위해 희생하려는 사람이기보다는 다른 목적이 있어 빈약한 리더십으로 망상을 꿈꾸는 일은 문학자체를 어지럽히는 일이고 또 문학의 배신이라는 점―한 줄의 작품보다 못한 가치에 열을 올리는 우둔은 변해야 한다.

3. 정신의 세계는 계급이나 자리가 아니다

문인의 세계는 질서의 엄격성을 특징으로 하지만 작품의 내면은 매우 평등한 세계일 것이다. 다시 말해서 우수한 작품을 쓰면 설혹 문단의 등단이 늦다 하더라도 당연히 평가의 앞자리에 위치할 것이고 찬사를 누리는 점에서 정치의 세계와는 다르다. 학문도 이런 이치에 따르는 일이 당연함이라면 문인 또한 자리에 집착하기보다는 오히려 뛰어난 작품의 창작에 몰두하는 이유가 여기에 있다.

선거과열은 필연적으로 후유증을 낳고 여기서 작당作黨의 횡포는 패거리의식을 가져올 때 결국 협회를 외면하는 일로 이어진다. 설혹 선거에 승리한다 해도 문인을 위한 혹은 미래를 향한 콘텐츠 없는 점령자의 행세가 현실이었다면 이젠 그런 일에 변혁을 가져올 필연성이 있다.

한국의 문인들 단체가 직접선거로 전환한 이후 존경을 팽개친 근인近因이라면 적절한 방법으로 바꾸는 일이 시급한 현실일 것 같다.

종북(從北) 묜인

　작금에 종북從北이라는 말이 이른바 진보를 표방하는 세력—세상 깨끗한 줄로 알았던 떼거리가 가장 못된 부정을 저지르고도 일구월심 북쪽으로 고개를 돌리는 생각을 바꿀 줄 모르고 대한민국 국회의원을 하겠다고 욕심껏 이념의 끈을 놓지 못하는 소용돌이를 연출하고 있다. 그것도 젊은—똑똑하고 머리 좋은 젊은이들이 이성적 사태판단을 시궁창에 매몰하는 불행한 억지를 자행하고 있다. 이에 대한 역사적 연원을 소급해서 살필 필요가 있다.

　조선공산당 역사는 러시아의 붉은 혁명의 역사와 우리의 처지를 대입함으로써 이해의 문을 열 수 있을 것이다. 1910년 일본에 의한 국권침탈로부터 우리민족의 양심세력은 무산자가 되었고 가진 자는 일본과 친일세력이라면 거개의 우리민족은 프롤레타리아의 참혹하고 곤궁한 처지가 되었을 때, 1917년 10월 볼셰비키 혁명의 등장은 당시 국권을 회복하려는 우리의 양심세력과 당시의 지식인들에게는 복음처럼 끌리는 이념이었기에 독립운동의 세력은 거의 민족 자립과 독립운동이라는 정신의 근간根幹을 혁명의 이념으로부터 공급받았으니, 1945년 해방까지 이런 조류는 이어져왔다. 일제치하에서 남북

정부수립인 1948년까지의 공산주의운동은 민족독립과 연결된 이른바 토착
공산주의-old communism이라면 1948년 북에서의 김일성이 집권한 세력을
new communism이라 부른다면, 미국의 지원 하에 집권한 이승만은 김일성과
의 대치에서 '때려잡자 공산당'으로 정권을 유지하다보니 과거 토착공산주의
와 김일성의 공산을 한데 묶어 '나쁜 공산당'이라는 세뇌로 10년의 세월을 보
냈고, 이어 등장한 박정희 또한 혁명으로 취약한 정권을 유지하는 방편으로
역시 이념의 '빨간 공산당'은 죄악이라는 통치술로 18년, 이어 전두환 7년과
노태우 등-무려 40여 년 동안 두 개의 공산이념을 구분하는 교육敎育이 없이
맹목적으로 공산주의는 모조리 나쁜 이념이라는 무지의 세월을 보냈던 결과
가 오늘의 종북從北의 역반응을 키운 시발이 된다. 다시 말해서 일제치하에
독립운동과 공산주의 이념의 결합을 함께 했던 애국자들조차 김일성의 공산
굴레에 포함되는 '나쁜 빨갱이'의 어둠에 나포된 결과가 오늘의 이념 혼란의
단초端初가 되었다. 이런 결말은 1948년에서 1950년 한국 전쟁까지 서울에
거주 문인이 165명 중 111명이 북으로 갔지만 김일성의 야욕의 덫에 걸려 모
조리 숙청당했다는 사실은 한국 문학사를 우울하게 하는 일이었다. 111명의
거개가 이념과는 아무 상관이 없는 순수한 문인이었기 때문이다. 분명히
1948년 이후의 김일성과 그 아들 그리고 손자의 세습은 죄악일 수밖에 없다.

　40여 년 동안 나쁜 공산당이라는 일방적 교육은 곧 김일성 일가에게 돌아
가는 독설이어야 하지만 교육의 부재는 상해나 블라디보스토크에서 순수하
게 독립운동을 했던 애국자들조차 김일성 일가의 붉은 함정 속에 넣어버리는
오류를 오늘에 무지한 종북주의자들은 알아야 한다. 아울러 북한의 문학은 항
상 웃고 있는 '치약광고'라는 것도 깨달아야 한다. 종북 세력의 원로처럼 행세
하는 이른바 문인 몇 명-철없는 그들의 지난 업적은 한국문학을 혼란의 와중
渦中으로 점철했다는 사실을 알 때, 비로소 한국문학은 밝은 미래를 보장 받
을 수 있을 것이다. 문학은 휴머니즘을-북한에 인간의 대접 그리고 민주주의
가 있는가?-실현하려는 목표에서 예외가 있을 수 없다면 문학하는 지혜는
가치판단의 문제와 결부된다. 이는 인간의 가치와 존엄에 소속되는 기준에서

벗어나서는 안 된다는 까닭이다. 때문에 북한 3대 세습을 용인하고 박수치는 종북은 죄악이다. 또한 그런 문인은 무뇌無腦의 장님일 것이다.

시골살이, 그리고 ……

　　농촌에서 살면서 많은 생각을 하게 된다. 흔히 농민들을 순박하다느니 순진하다는 등의 말로 좋게 넘어가는 경향이 대부분이다. 그러나 칭찬의 이면에는 말 못할 고통이 담겨있고 도시체질이 겪어야하는 일이 한 둘이 아닐 것이다. 경치 좋고, 인심 좋은 말은 참으로 좋은 수식사로 어쩌면 선망이지만 실제 내용으로 들어가면 역겨움이나 불합리가 정 떨어지게 한다. 대도시와 달리 이동이 없는 붙박이 생활이다 보니 끼리끼리 문화에 익숙하고 자연 배타적인 사고가 지배하는 것도 특징이다. 내가 겪은 시골생활의 문제는 아마도 문제 중에 일부일지도 모른다. 물론 좋게 생각하고 좋게 바라보려는 생각이야 당연한 일이지만 막상 문제 앞에 당혹은 좀처럼 사그라지지 않는 고통이 되기 때문이다. 이런 현상은 십 수 년을 넘게 살고 있는 지금도 역시 같은 생각이 지배한다. 우선 서울 사람을 본질적으로 이기집단이나 혹은 돈이 많은 사람들로 이해하는 경향이 대부분이다. 어렵게 돈을 모아 노년에 시골에 집을 지을라치면 행정적인 관의 절차에서 고민이 아니라 주변의 마을사람들의 괴롭힘이 한둘이 아니라는 점이다. 몇 백만 원을 마을 기금으로 달라는 일도 예사이고 만약 거절하면 온갖 방해와 맞서야 한다는 것—공사차량의 통행에 불편을 주는 트랙터나 경운기로 길을 가로막는 현상에 직면해야 한다. 이런 현상을 거절하는 일이란 아예 살지 않겠다는 말과 같을 뿐이기 때문에 종내는 응하는 방법이 될 거라는 답안을 알고 있는 영악한 사람들의 요구를 거부하기란 어렵다.

또 한 가지는 마을의 입구엔 으레 당산나무나 느티나무가 있고 그 아래 노인들이 앉아서 쉬는 곳을 통과하는 곳에 집을 지으려면 무한한 시련과 고통을 지불해야 한다. 왜냐하면 뉘 집에 숟가락 숫자까지 모두 알고 있는 노인들이기에 새로운 사람들이 들어오면 무조건 의문을 앞세우는 누굴까?와 더불어 따르는 득실이 계산되기 때문이다. 아마도 여기서 시험을 통과하기 위해서는 마을 혹은 노인정이나 부녀회에 헌금이나 술 혹은 깍듯한 예의를 차리지 않으면 유형무형의 압력이 다가온다. 때문에 우람한 느티나무를 통과해서 집을 짓는다는 것은 고통이 따르는 첩로捷路라는 사실이다.

한 번은 지인이 퇴직 후에 한가한 시골에 살기위해 어느 마을에 집을 구경하러 간적이 있었다. 햇살이 강해 느티나무가 있는 응달에 주차를 하고 집 구경을 하러 들어갔다 오니 그 사이에 노인 둘이 나무아래서 물끄러미 바라보면서 차를 빼라고 재촉이었다. 먼저 나온 나는 내차가 아니기에 "잠시 후에 갑니다" 했더니 역정으로 막무가내였다. 채 10분이 안된 시간에 그 노인의 말투는 '너 같은 것들이 왜 우리 마을에 오느냐'는 투가 심했다. 그들이 앉아 있는 그늘을 방해 한 것도 아니고 또 소음으로 청각을 방해 한 것도 아닌데 노인들의 역정은 그 마을의 인상을 단박에 나쁘다는 감정을 치우치게 했다. 설혹 구경한 집이 좋고 뛰어난 경치의 집이라 해도 돌아보기도 싫은 마을이었다. 외지인 자동차는 적개심이고 또 낯선 사람이 오는 것 자체를 거부하려는 마음의 발로일 때, 그들의 자식들 또한 타지에서 살고 있음을 망각한 좁은 생각이라면, 포용력 없는 노인들의 한가함이 오히려 불행 같았다. 어쩌다 그 마을을 지칠 때마다 그 일이 뇌리를 점령하는 우울한 인상—그때 타고 간 자동차는 큰 차가 아니었다.

인심이 좋다는 말은 네 것과 내 것이 없다는 말과 같다. 과거엔 편한 쪽으로 우마차가 다니면 길이었고 또 그렇게 용인하면서 누대를 살아왔다. 그러나 점차 도시인이 시골로 들어옴으로 측량이라는 절차를 통해 명확한 경계를 확정하고 집을 짓기 때문에 눈대중으로 내 것이라는 경계에 혼란이 생긴다. 측량 후에 내 땅에 표지를 세우면 으레 항의의 말이 나온다. 왜 과거에 길이었는데 야박하게 하느냐는 항의 아닌 항의를 한다. 타인의 재산을 명확하게 구획하는 일에 야박하다는 딱지를 붙이는 감정의 골은 깊을 수밖에 없다. 이때 나오는 말이 서울 사람은 까다롭고 이기적이라는 레테르가 돌아온다. 이 경우 무슨 말이 설득력을 가질 수 있을 것인가?

시골살이는 조용하고 좋은 경치에 비해 참아야하는 이웃 간의 보이지 않는 강이 많이 흐른다. 한 번은 지인과 음식점에서 가족들과 즐겁게 식사하는 장소에 담배냄새가 역하기에 주인을 불러 담배를 자제 해주면 좋겠다는 말을 전달받은 담배꾼―그도 며느리와 손자와 식사하는 중이었다. 그러나 단번에 돌아오는 말은 '아, 어디 이장'이었는데 담배 좀 피우면 안 되겠느냐는 투로 나와 함께 온 지인에게 은근한 협박성 말이 돌아온다. 그 친구는 관직을 그만두고 선출직이 되고자 하는 지인에게는 미래에 한 표가 아쉬운 실상을 알고 대드는 담배 꾼의 모몰한 염치는 전형적으로 비례非禮의 사례일 것이다. 그의 며느리와 손자에게 어떻게 비칠 것인가는 차치하고라도 어느 마을 이장을 했다는 거드름은 결국 우리가 "좋습니다. 피우십시오!"라는 말로 얼버무린 에피소드는 씁쓸한 마음에 맛있던 음식을 역하게 하는 기억이었다.

오래 전 강원도에 사는 친구 집을 찾아 먼 길을 아내와 함께 갔을 때였다. 좁은 시골길에서 마주 오는 여자 운전의 차와 내 차가 스친 일이 있었다. 누구의 잘못을 구분하기에도 어려움이 있는 좁은 도로로, 따지자면 쌍방의 잘못으로 넘어갈 도로 사정이었지만 모아든 주변 사람들이 "아, 서울차로구먼"이 이구동성일 때 나의 잘못은 당연함이 되었다. 파출소에서도 내 말은 안통하고 묵시적으로 일방 편을 드는 것은 정당함이 아니라 어서 돈 주고 떠나라는 경찰의 모호한 태도였다. 결국 잘못은 몽땅 내가 한 것이 되어 돈으로 해결한 기억이 돌아보면 씁쓸하다. 서울 사람은 무엇인가?

　어디서 사는 가는 맹모의 삼천지교三遷之敎로 시사示唆하는 바가 크다. 좋은 공기 좋은 경치 좋은 사람들과 어울려 산다면 그처럼 좋은 일은 없을 것이다. 물론 어디를 가든 인간의 삶에는 모순과 불합리가 버무려진 공간임을 모르는 바는 아니지만 소통이 안 되는 공간에서 산다는 것은 우울한 일이다. 아마도 살기에 가장 속편한 공간은 서울 일 것 같다. 공해와 소음만 들끓지 않는다면 간섭 없이 살기에나 타인을 의식하지 않고 속박 없이 사는 가장 좋은 곳은 서울이라는 생각이 자주 찾아온다. 하여 말은 제주도로 보내고 사람은 서울로 보내라했던가.

'12.8.10.

사람 인연

문예창작과 시절에서나 이곳 시골에서 내손으로 등단시킨 사람이 상당하다. 그러나 등단이후 조금 공부의 맛을 알만하면 어김없이 돌아서는 일이 다반사일 때 허망해진다. 그렇다고 내 곁에 붙잡아 놓으려는 생각도 아니고 부드러운 인간관계나 유지하기를 바라지만 떠나가면 깊고 넓은 강물이 흐르는 일이 너무 아프다. 서로 간에 특별히 하자瑕疵가 있어서나 잘못이 있어서도 아닌—나는 음식을 먹어도 내가 돈을 먼저 내는 일을 잘한다. 어려운 시절에 용돈이 없으면 아예 모임장소에 안 나가는 일이 비일비재했지만 이제 노년의 여유는 인색함을 벗어난 행동을 하게 된다. 물론 이런 일은 성미 탓이라는 편이 좋을 것이다. 굳이 내가 서두르지 않아도 될 일인 경우에도 빈번한 행동은 상대를 아끼는 편한 마음쯤으로 여기면 좋을 것이다. 그렇다고 술이나 밥을 많이 얻어먹은 것도 아니지만—인간을 만나 인연을 맺는 일은 대단히 망설임이 앞서는 일이다. 더러는 오래 살아야 한다는 말을 하는 경우는 아직 문학의 완성도가 떨어진 사람이 하는 말이고 어느 정도 문학의 맛을 알 때쯤이면 어김없이 소식을 단절하는 일이 이젠 면역이 되었다. 물론 아직 인생의 준비를 갖추지 못한 나이 탓도 있을 것이고 또 생활의 안정을 마련하지 못한 후배들도 있을 것이다. 그러나 문제는 마음이 강이 멀어지는 일이다. 항상 시간은 그렇게 매정하고 혹독하지만 다시 돌아가는 길은 멀다는 생각이 들면 더욱 애설어진다.

필요란 일종의 갈증일 것이다. 상대가 갈증으로 보일 경우 도움을 주는 일은 좋은 일이 분명할 것이다. 그러나 그 갈증을 면하면 어김없이 사막의 추억을 내팽개치는 것이 인간사의 보편성 같을 때 허무를 만나는 셈이다.

나이가 들면 사람을 새로 사귀기보다는 정리 쪽에 가까운 생각으로 행동한다. 또 새로 인간관계를 맺는다 해도 돈독한 관계로 발전하는 시간의 부족을 탓하게 되고 행동의 양이 줄어드는 관계를 상정想定하면 사람을 만나는 일이 두려운 것만을 사실이다. 평균 연령이 높아지는 것을 감안하면 고독의 그림자는 더욱 길어지고 초라한 노년의 모습이 오버랩되는 그림이 가엾다. 떠나는 이름들이 수첩에서 지워지고 빈 공간이 넓어지는 생의 여백 또한 서글픈 일이지만 소식을 끊고 살아가는 제자들이나 후배들의 모습이 가끔 떠오르는 일은 일상이 되었다. 때문에 서재에 앉아서 망상의 줄기를 이어가는 일이 가장 편안하다. 행동반경이 극히 좁아진 모습일 것이다. 그렇더라도 하루는 어차피 지나고 있으니 그나마 다행일 뿐이다. 내 생애의 먼 여정이 마무리를 향하는 고갯짓이라면 이 또한 행복함으로 생각을 바꾸고 싶다. 왜냐하면 수유須臾의 인생살이에서 하고 싶은 일들을 충분히 하고 가는 길은 행복이기 때문이다. 나는 원 없이 글을 쓰고 살아왔다는 내 모습에 만족하면 된다.

문학으로 만나 인연을 맺은 사람들이 왕성한 필력으로 자아를 나타내는 이름을 만나면 반가움이 앞서지만 소식이 돈절頓絶된 이름 앞에 서성이는 생각의 그림자는 점차 인내를 요구하는 시간이 빈번해진다.

'12.8.11.

비가 오는 날이면

덥고 무더운 시련이 끝 모르게 펼쳐졌다. 호흡하는 일조차 귀찮고 산다는 게 아비규환의 이름에 걸맞게 고통의 연속이 무더위에 포장되었다. 사지가 나른하고 그러다 보니 정신조차 흐린 날이 모두였다. 또 불면의 밤이 너무 길었고 오락가락하는 수면의 길조차 어긋난 곡선이 지배한 더위―생각조차 잊고 싶고 번거롭다.

햇빛과 비는 전혀 상반된 공간에 존재하는 이름인 것 같다. 새삼스러운 것도 아니지만 어둠이나 빛 혹은 여자나 남자로 구분되는 사이에 조정을 하는 공간이 인간에겐 성품을 나타내는 이미지가 될 것 같다.다시 말해서 이질적인 둘 사이를 어떻게 결합하는가의 문제가 곧 중간공간이라는 뜻―이를 합리적으로 말하면 대상을 얼마나 잘 이해할 수 있을 것인가의 여부가 되기 때문이다. 부부라는 이름도 가장 잘 아는 것 같지만 실상은 엄중하게 따로 노는 이름이지만 부부의 이름으로 결합되었을 때부터 이해라는 이름이 중간에 끼지 않는다면 살아갈 수가 없을 것이다. 아마도 자식은 이런 역할을 수행하는 매개의 중간 기능을 담당하는 점이리라 다소 기능적인 말이지만 자식이 있는 부부

사이와 그렇지 않는 부부 사이엔 차이가 있다. 왜냐하면 서로가 항상 유연하고 부드럽게 살아가는 것이 아니라 서로 이견이 노출될 때 하나로 묶어주는 이름이 곧 자식의 존재 그 자체로 기능을 한다는 뜻이다.

유난히 더운 여름은 살아갈수록 맞게 되는 이름이다. 왜냐하면 적응하는 인간 스스로의 체력에 변화가 내재하기 때문이다. 섭씨 35℃를 넘는 여름은 에어컨의 도움을 받지 않는다면 헉헉거리는 숨소리가 고통 그 자체일 수밖에 없다. 더구나 열대야의 후텁함은 인내의 한계를 넘어 지옥도가 다름이 없을 지경이라면 과장이 될까?

그러나 그렇게 혹독한 더위도 날이 가면 서서히 사라지는 이치 앞에 지난 날이 된다. 잔디가 누렇게 시들어 초라한 모습으로 긴 밤을 지내노라면—한 방울의 이슬에 살아나는 풀들의 아침 모습이 다시 충전되는 푸름이 대견했다. 소낙비도 귀한 여름 남새밭에 물주는 일조차 갈증으로 변하는 가뭄은 살벌하다는 표현이 옳은 이름일 것이다. 물의 기운을 받기위해 뿌리를 길게 늘어뜨린 잡초는 여간해서 손으로 뽑을 수 있는 기운이 아니다. 그만큼 생존을 위한 에너지를 땅속으로 내리민 경우라 한편으로는 미안하기도 하다. 잡초와 익초가 무엇인지는 인간의 기준일 뿐, 풀 자체로는 모두 귀한 생명의 이름일 테니 말이다.

혹독한 여름을 보내고 비가 오는 날이다. 물론 아직 남아있는 기력이 다시 위력을 발휘할 날이 더 남아 있을지라도 이젠 한줄기의 비에는 강한 햇빛조차도 낯선 방문객으로 돌아갈 길을 모색할 것이라는 생각에서는 상념의 길이 넓어진다.

인간은 본질적으로 변화에 서성이는 특징이 있고 변화에서 다시 길을 모색하는 일로 일생을 산다. 설혹 면벽面壁 9년을 산 달마조차도 변화를 위해 자기의 마음을 정화하려는 노력이 아니었을까. 더불어 마음이 있고 없음을 떠나는 공간—그것을 깨달음의 장소라 한다면—깨달음조차 무엇인가? 부질없음이고 무료한 일상 속에 지나는 노릇이라면 삶이란 또 무슨 무게를 찾아 헤매는 방랑일까? 빗소리가 노래로 들리는 이유는 더위에 익어진 마음이 도피하려는 반가움일 것이고 또 장마나 홍수에 지질린 사람에게는 악마의 소리처럼 발길이 무거움으로 들릴 것이다. 또 같은 여름이라는 이름 속에서 달라진 인간의 표정을 감지하는 일이란 지난至難 그 자체의 의미일 것 같다. 올 해 여름은 그렇게 두 가지를 경험하는 소식들이 번다히 들려왔다. 그러나 입추가 지나고 밤이면 풀벌레의 소리가 들려오는 청아함은 반가움이고 변화하는 날이 다가온다는 가벼운 발걸음의 신화 같아 반갑다.

　새벽 어스름에 일어나 대여섯 평의 밭에 풀을 뜯고 삽으로 갈아엎어 심어야 할 명제를 실천한 아침이다. 그 일이 다 끝난 아침에도 잠이 들어있는 아내의 숨소리가 시원해 보이고 점차 빗방울을 크게 하는 가락이 나의 이층 창문을 두드리는 소리 따라 나의 글쓰기도 길을 떠나고 있다. 내 일상은 매일이 이렇다.

'12.8.12.

고개 넘기

글을 쓰는 일은 목표만큼 고개를 넘는 일이다. 가령 한 편의 수필을 쓰기로 했다면 수필의 분량만큼을 쓰기위해 머리를 쥐어짠다는 뜻이다. 기껏해야 10여 매의 글일지라도 어디 장강이 술술 풀려나는 것처럼 쉽게 나온다면야 누군들 글에 자신이 없을까만 10매는 10매대로 첩첩 산이 가로막는 것이 글 사이다. 그러나 원숙의 경지에 이르면 이런 고통은 다소 완화될 것이고 쉽게 목표를 달성할 수 있다 해도 글의 재료에서 완성까지는 쉬운 일이 아니다. 아마도 글의 재료를 찾아내는 일이 가장 어려울 것이다. 왜냐하면 소재란 무궁할 수도 있지만 쓰는 사람과의 정서情緖가 균형을 맞추면서 내 것으로 화하는 일은 지난至難 그 자체라는 뜻이다. 때문에 나는 글의 한 꼭지를 완성하는데도 일필휘지의 속도가 아닌 쉬었다 가는 고개 넘기라는 뜻이다. 고개란 숨찬 일이고 또 인간을 시험하는 점에서 벽의 개념일지라도 내리막보다는 어려움이 따라오는 일이 당연하다. 당연히 내리막과 반대의 오르막이 있을 때 삶의 고비는 하나의 매듭을 형성하면서 미래로 징검다리를 놓게 된다.

시詩만 해도 그렇다. 짧은 몇 줄의 글이지만 정작 이미지를 포착하고 그것을 완성하는 단계는 적어도 산문의 몇 배의 심사숙고가 더하지 않으면 만족할 만한 작품이 나오지 않는다. 어느 시인이나 작가들은 좋은 글을 쓰고 싶고 명작을 탄생하고 싶은 마음이 있지만 좋은 이미지의 포착에서 완성까지의 길은 어둡고 아득함이 사실이다. 더러는 책을 읽다가 떠오르는 생각을 붙잡고 희희낙락 해 보지만 어느 날 바라보면 만족의 표현이기 보다는 불만으로 내팽개치는 일이 다반사가 된다.

각설하고 사는 일이나 글을 쓰는 일이나 모두 같다. 이 정확한 판단의 근거는 고달프면 쉬어가야 하고 또 바쁘면 속도를 내면서 때로는 잠을 줄여가면서 목표에 도달하기 위한 정서의 집중이나 삶에의 희망을 달성하려는 의지에서 글과 삶은 다름이 아니라는 생각이다.

고개를 넘는 일은 더 많은 속도전을 위한 일이고 그러기위해 가파른 호흡을 고르는 일이 따라 온다. 이는 균형을 맞추는 일에 비견할 수 있을 것이고 꿈의 길을 넘기 위한 도정이라면 의당 고개 넘기는 피할 것이 아니라 오히려 정면으로 맞서는 당당함이 필요할지 모른다.

사람에 따라 정면의 승부보다 회피하면서 지나가려는 선택이 제 1의 목록일수도 있을 것이지만 장렬하게 전사하는 당당함이 인생의 의미를 승勝하게 하는 의미일 것이다. 인생에서 한 걸음을 빼면 한 걸음만큼 빨라지는 것이 아니라 언젠가는 갚아야 할 부채라는 뜻으로 치부하면 근면하고 의젓하게 다가오는 시련과 맞서는 일야말로 선택의 목록일 것이다.

가령 글을 많이 쓰는 사람과 그렇지 못한 사람의 경우 후자가 더 명작을 만든다고 평할 수는 없을 것이다. 오히려 후자의 사람은 고개 넘기를 회피하려는 게으름이라면 끊임없이 넘어지고 다시 일어나는 편이 오히려 현명할지 모른다. 왜냐하면 그만큼 소득이 쌓이기 때문이다.

빨리 넘어지는 편이 오히려 늦게 넘어지는 사람보다 지혜를 발굴하는 면에서는 빠른 길 찾기라면 젊어서 실패를 두려워하는 일이야말로 비겁함일 것이다. 한 번으로 지나가는 인생살이에 넘어야 할 고개를 많이 넘을수록 내성을 다지는 성품의 인간이 된다면 그것이 바르게 목표점에 도달하는 지혜로운 방법일 줄도 모른다. 두려움을 버리는 일이 용기일 것이고 그 단계를 지나면 후회 없는 생각이 자리하는 일은 번지점프를 하면 알게 될 것이다. 아슬아슬한 높이를 내려 뛰라는 일이 처음엔 그만두고 싶을 지라도, 뛰고 난 다음엔 다시 하고 싶은 일로 내성이 길러지기 때문이다. 나의 글쓰기는 언제나 절망 앞에 펼쳐지는 도전의 연속이기 때문에 처음과 이젠 일상화된 만성이 오히려 두려울 때가 있다. 용기는 앞서지만 만용으로 나타나는 허접한 글의 결과에서는 아픔이 따라오기 십상이기 때문이다.

오늘도 나는 글의 목표를 정해놓고 스스로 나를 채찍질하는 일이 일과이다. 이 또한 고개를 넘어가면 시원한 한 잔의 목마름이 나를 유혹할 때 그 속에 빠지는 일에 주저가 없다. 성취 뒤에는 보상이 따라야 하기 때문이다.

'12.8.12.

아버지의 몫?

　신사임당을 말하면 율곡 이이를 키운 어머니로 존경을 받는다. 그러나 나는 이 말에 이견을 말한다. 어머니의 교육이 아니라 아버지의 훈육이나 중심 잡기가―알려지지 않았지만―없었다면 아마도 율곡의 지혜는 나타나지 않았을 것으로 생각한다. 이 단정은 내가 자식을 교육 시킨 경험의 일단과 소통하는 점에도 아버지의 역할이 없다면 불가능할 것이기 때문이다. 자식의 교육은 예외는 있지만 어머니만의 교육으로는 달성의 목표를 완성할 수 없다는 뜻이다. 만약 내가 7년의 강사생활이 없었다면 내 자식들의 훌륭함은 나타나지 않았을 것이라는 생각을 가끔 한다. 맞벌이 부부의 경우 집이 텅 비는 일은 아이들에게는 치명적인 문제점으로 부각되는 나이가 되기 때문이다. 즉, 하교에서 집에 오면 맨 먼저 찾는 "어머니!"를 내가 채웠음은 강사생활의 덕분으로 여기는 아이러니가 있기 때문이다. 이 무렵은 잦은 이사를 멈추고 오로지 아이들 위주로 안정을 찾아야 할 예민할 때의 채움이 필요한 때였기에 언제나 집에 있는 나의 역할은 말없는 기둥 기능도 했을 것이다.

　자식 교육은 정서의 안정감이 우선이다. 어머니가 있든 아버지가 있든 집에 오면 누군가 기둥을 지키고 있다는 안심이 들 때 숙제를 편하게 할 수 있고 친구들과 골목에 나가놀아도 기둥을 세우면서 당당해질 수 있다는 점이다. 아마도 첫 시집에 소재한 「내 딸 새미는」 이 무렵의 초등학교 저학년의 모습을 시로 적은 작품이다. 하면 경제적으로는 궁핍했을 지로도 소득은 자식들의 평정심을 갖게 하는 리듬에서는 완전한 소득이었을 것이다. 아마도 청파동에서 관악구 남현동으로의 이사는 강사시절의 중간에 고등학교 교사직을 청산해야겠다는 생각이었고 결국 남현동의 시절에 나는 동대의 한국문학연구원과 대학의 강사 생활로 바빠지는 때였다면 전임으로의 시기엔 고등학교 중학교의 시절이 아이들에게는 가장 민감한 때가 되는 시기에 나의 역할은 무난하게 어둠의 터널을 통과할 수 있었다. 강사 7년여는 나에게 글의 길이 열리는 시절이었고 글이 궤도를 타고 운명을 안착하는 중요의 시기였을 때 아이들의 마음은 흔들릴 여지가 없는 그런 무렵으로 생각된다. 기실 아내와 나의 교육관은 차이가 있다. 나는 간섭과 치밀 이라면 아내는 보다 느슨하고 완만하다. 그 간격은 때로 절묘한 조화를 이룩할 수가 있을 것이다. 왜냐하면 모두 강하면 결국 강强강强이 되어 보편성을 상실하는 결말에 이르는 일은 아이들에게 영향으로 남는 필연이기 때문이다.

교육은 아버지의 중심을 삽는 중요성만큼 자식들이 성장한다고 믿는다. 물론 여기에는 기교가 있어야하고 또 필요성만큼의 적당한 간섭이 있어야 할 것이다. 나 몰라라 하는 방관도 때로 필요하지만 적당한 간섭은 자극을 주는 요인일 것이라면 방관과 간섭의 조화에 접점이 있을 것이다. 나는 운 좋게도 강사생활의 경우 집안에서 아이들과 체온을 나누는 일들이 모두 성장에 필요한 시기의 에너지가 되었음을 내 아들이나 딸들은 그들의 자식을 키우면서 알까 모를까? 밥상머리 교육이든 무관심이든 아버지의 '있음'은 아이들의 의식 속에 민감하게 작용한다는 의미에서 존재 그 자체라는 뜻이다. 다시 말해서 무슨 큰 역할을 수치로 계산하기 보다는 아버지의 존재는 그 자체로 산이 되고 어머니는 강이 되는 조화의 교육—가정교육의 하모니일 것이다.

이제 내 손자들의 공부를 바라보면서 나의 경우와 비교하는 마음에는 안타까움도 있지만 입을 다무는 것이 나의 처신이라는 생각으로 "잘한다", "잘한다"의 노래를 작사하고 있다. 어떻든 아버지의 교육은 중심 잡기의 중요한 덕목임이 확실하다.

'12.8.12.

나이 먹는 일

왜 하필이면 나이를 먹는다 혹은 잡숫는다는 말을 했을까. 어떻든 많아지는 일이 먹는다와 결부되면 결과는 이상한 배부름현상이 공허하고 쓸쓸해지는 이유도 함께 따라온다. 왜냐하면 나이가 많아지는 것은-젊은 날엔 많은 척하고 싶었고 나이가 들어가니 아쉽게도 많아지는 일이 서글퍼진다. 아마두 40세 이후에 나이를 셈하는 일은 번개처럼 한 해가 지나는 것 같고 50세쯤에서는 환갑이라는 한계를 생각하면서 사노라면 어느새 당도한 60세였고 막상 70은 눈 깜짝할 새에 당도했고 또 지나버린다. 과체중의 시련도 없고 무작정 지나는 속도에 잠겨버리는 일이 막상 직장을 물러난 후엔 더욱 기승을 부리는 속도로 압박해 온다. 1월이 오면 봄을 기다리고 다시 여름의 시련 그리고 가을을 맞을라치면 다시 겨울 섣달의 손가락을 셈하는 작별을 보내는 시간도 그렇다. 초등학교 1학년인가 하면 2에서 금시 건너뛰는 고학년 그리고 중학교 입학, 이내 고등학교, 대학 진학 등 시련에 익숙해지면 그 속에 파묻히는 세월이나 시간은 자연스레 반복의 언덕을 넘고 있음을 발견하는 나이-이미 사뭇 높아지는 일에 익숙해지는 무렵이 된다. 자식들의 결혼 혹은 손자를 돌보는 일이 성큼 다가와 머리를 주억거린다. 아등바등하는 시간을 셈하는 일은 의도가 아닐지라도 무언중에 다가오는 다시 소식도 없이 가고 오는 일에는 무의식이 흐를 뿐이다. 어쩌다 시간이나 세월을 의식하면 많이 지나왔다는 의식을 갖게 되고 허무도 함께 따라와 동무가 되자는 손짓을 보낸다. 이런 일들을 모아 나이를 먹는다는 말로 정리하기엔 속수무책이고 감당의 목록이 없어진다.

공자의 지학志學에서 입立,~ 종심從心까지─공자가 팔십을 살았다면 연결고리가 있으련만 마치 계속되는 길에 다리가 끊어진 것 같은 팔십을 이름 짓기엔 나 또한 주저스럽다. 그러나 순식간에 80의 역에 도착하는 일은 예약되었는데 목적지의 역명을 알지 못하는 오늘은 비가 내리는 일조차 망연스럽다. 더구나 세찬 빗줄기에 묻히는 먼 산들의 물안개로 흐린 모습은 마치 내가 가고 있는 목적지의 역명이 없는 호기심이 무한 아득함처럼 느껴진다. 설혹 가고 싶지 않다하더라도 갈 수밖에 없는 일─왜 세월의 시간은 고장조차 없는가를 생각하는 마음에 쓸쓸한 웃음이 흘러내린다. 혹시 "먹어라" 아니면 쌍스럽게 "처먹어라"라고 말하면 세월은 토라질 수 있을까를 생각하는 마음에 비는 줄기로 흐른다. 이럴 때면 텔레비전엔 자막이 수신불가의 메시지가 뜨고 빗줄기는 더욱 맹렬한 기세로 시간을 잡아갈 듯 쏟아지지만 어두워지는 세상은 여전히 늦여름을 데리고 가겠다는 듯 먼 마을이 흐릿한 운무에 잠긴다. 다만 속력을 내는 자동차 한 대가 안개등의 빛을 날리면서 질주하는 곁으로 물방울이 튄다.

밥을 먹는다와 나이를 먹는 다와의 사이에는 생존의 이름이 들어있고 또는 시간의 층이 쌓이는 일로는 비슷할 수도 있을 것 같지만 배가 고프면 기다림이 있지 않아도 세월은 기다림보다는 다가오는 이름에서 차이가 있기 때문이다.

이제 자식들은 저마다의 길로 갔고 손자들의 목소리를 반가워하는 오늘은 빗속에 무료를 달래느라 전화를 걸었다. 3~4살쯤엔 먼저 전화를 걸어오더니 유치원의 고학년이 되니 전화를 걸면 으레 나는 퉁박을 받는 말이 할아버지 "지금, 바빠요!"라는 말에 애걸한다. 이도 즐거워 조금만 더 길게 통화하면 안 될까를 묻는 마음엔 쓸쓸한 물살이 흐르고 있다. 여전히 텔레비전은 세찬 빗줄기를 이기지 못하고 '신호가 미약하다'고 어둠을 입은 시간은 다시 눈을 두리번거리게 한다.

그렇다 나이를 알게 되면 행복과 불행을 구분하는 지혜 앞에 갈등이 깊어지고 나이를 망각하면 세월은 어느새 높이를 향한 열차에서 어지럼을 호소하지만 누구도 손길을 내밀지 못하는 강이 흐르고 있을 뿐이다. 하여 내 서재에 앉아 먼 산을 바라보는 두 눈에 다가올 불면의 또 다른 여행이 걱정이다. 어떻게든 지나갈 것이지만⋯⋯.

'12.8.15.

입원

　아내가 2박 3일 동안 수술로 입원했다. 살아오면서 산모의 경우가 아니면 입원이란 처음이었고 가벼운 수술이었다. 그러나 수술이란 어느 것이든 경중輕重으로 따질 일이 아닐지 모른다. 젊은 날이면 금시 회복될 일도 70의 나이가 깊어지면 더딘 회복에 기다림이 초조하기 때문이다. 내가 2일 동안 병실의 보호자용 소파ㅡ옆으로 뉘면 침대가 되는ㅡ나무 침대로 변모하는 모양도 형상은 침대 같지만 돌아누우면 삐걱 소리에 잠을 이룰 수 없는 2일이었다. 유난히 예민한 탓도 있으려니와 장소가 바뀌면 불면의 그늘이 길게 밤을 가로지른 이유도 된다. 그러나 고통에 신음하는 아내의 곁을 지키는 일이 내겐 더욱 큰 통증이었음은 사실이다. 기실 나이가 먹으면 아내와의 사이는 어쩔 수 없이 애틋함이 전부이고 모두라는 데서 서글픈 2박 3일을 경험했다. 물론 자식들이 서울장안에 살고 있지만 손녀 둘이 어미 곁을 배회하는 딸의 처지 또한 그렇고 직장에 나가는 그리고 임신 중인 며느리를 불러 간호의 임무를 줄 수도 없는 처지라 체념(?)같은 밤을 둘이 지새울 때, 낯선 주변의 기계소리와 깊은 밤이래도 자동차의 유난한 속도의 난감함은 피해갈 도리가 없는 일이었다.

멀리 부산에 사는 큰애는 전화로 심문하듯 경과를 보고받는 일이 오히려 반가운 일이었다. 비는 내리고 병실의 내 임무는 수시로 불러내는 아내의 자잘한 청이 오히려 고마운 일이라면 어려움이 주는 친근함일지 모른다.

인간은 언제나 매듭을 필요로 하는 존재라는 생각이 든다. 아무리 사이가 좋은 부부라 하더라도 얼마쯤 적당히 떨어지는 2박 정도의 여행도 필요하고 나처럼 병실을 지키는 임무를 부여받고 시간의 언덕을 넘을 때, 지나온 날들의 회상 속에 건져지는 일들이 새삼 가깝게 다가오기 때문이다. 마치 파도─ 잔잔한 날의 파도만이 있다면 밋밋한 풍경이겠지만 때로 거대한 물살의 벼락도 맞아보고 난감한 언덕을 오르는 비유 앞에 서는 삶, 더러는 가을날의 호수 속에 하늘이 눕는 정경情景도 거쳐 갈 때, 사이좋은 매듭은 더욱 아름다움이 아닐까라는 생각이 든다. 기실 행복이란 체험의 동질 속에서 의식의 동일화 과정일지 모른다는 느낌이다.

시간은 어쩔 수없이 지나가고 다가오는 기다림은 항상 미지의 그림이 그려지지만 정작 오늘 앞에 서성이는 권태는 무료의 강 물살이 안타까움으로 일렁인다. 수술 다음날 다소 안정이 느껴질 때 나는 주변의 친구에게 전화를 걸어 차 한 잔(?)의 빌미로 잠깐 외출을 해야만 했다. 병실에 위문慰問 오겠다는 호들집이 싫어 석당한 거짓말이 통할 때, 차 맛은 더욱 기승을 부리듯 재미를 더했지만 나와 친구의 이야기 속에 찾아드는 병실의 아내 신음이 들리는 것 같아 일어서는 작별에 술 한 잔의 청請이 오지만 "다음에!"를 말하는 내 양식良識은 거기서 멈출 줄 아는 인내가 앞서고 있었다.

누구나 오래 살고 싶다고 말한다. 고래희의 언덕을 넘어 나이 백수가 자연스레 운위되는 요즘에도 죽는 일은 기피의 대상이고 더욱 오래 살기위해 온갖 방법이 실현되는 건강프로그램에는 항시 관심의 농도가 열성일지라도 여기에 부수되는, 오래 사는 일은 이제 문제로 등장한 것 같다. 적당히 살고 적당한 때, 이별의 울음을 남기는 일이 사회 구조의 큰 틀에서는 현명함이라는 생각이 들기 때문이다. 어깨를 비켜야할 만큼 붐비는 병원의 풍경에는 노인들의 엉성한 허리가 신음처럼 슬프다. 돌아보면 나와 아내의 동일보조는 결혼이후

아등바등 이었을지라도 무난하게 살아왔다. 큰 시련을 넘어올 때도 항상 내일 앞에 당당함이었고 흠결 없이 살아온 날들이 대견스럽다. 누군들 지나온 날에 분식粉飾으로 치장하는 노릇은 당연함일지라도 돌아보는 일이 아름답지 않다면 그 삶은 삭막할지 모른다. 왜냐하면 내일을 사는 일은 도통 모르는 일이지만 지난 일은 체험이 만들어 놓은 대견함이기 때문이다.

짧은 외출 뒤에 반기는 아내는 다시 명령 같은 당당함으로 물을 청하는 일이 차라리 고맙다는 나의 응대應對가 더욱 공손해지는 이유를 어찌 알까 몰라.

'12.9.16.

살아가노라면

사람은 살아가면서 배우고 배우면서 사는 일이 전부일지 모르겠다. 물론 의식의 밝음을 유지하려는 깨어있음에서 배우는 일은 삶에 도움을 줄 것—기껏해야 어떻게 살아갈 것인가의 문제 앞에 다소 현명한 처신을 할 수 있을 뿐이라면 문제의 중심은 지혜로 모아지는 일이지 지식과는 아무런 상관이 없다는 결론이다. 지식이 낳다고 현명한 것은 아니기 때문이다. 줄기차게 다가오는 문제 앞에 삶의 호흡은 항상 가파르고 답답한 일이 모두일 것이라는 판단은 서글픈 일이다. 왜냐하면 결국 인간은 문제를 모두 소화하기에 적당한 한계가 있고 이 한계를 알아차릴 때 허무를 깨닫기 때문이다. 모든 성인들은 이런 절차에 예외 없이 동참했고 탄식했음도 사실이기 때문에 군이 증명의 확인이 필요를 감당하지 못한다.

무언가 있는 줄 알았지요 그리곤
자꾸 어둠속 아가리로
깊이깊이 들어갈 때만 해도
희망과 꿈이 설계도를 만드느라

화려했는데 적어도
대박이나
월척쯤은 꼭 걸려나올 것을
믿고 믿느라 헤매는 날이면
바람 시원하기까지 했을 때
시간은 깃발을 흔드느라 정신이 없었는데
느닷없이 찾아온 허기가 점차 커지는
뒷자락을 돌아본 이후에
허방의 소용돌이에서 줄줄이 엮어진
난전(亂塵)을 바라본 뒤에
나를 따르고 있는 허무와 체념이
동반자의 이름임을 깨달았습니다
그렇게 살고 있습니다

졸시:「허무와 체념」

저녁을 먹고 아내와 둘이 담소하는 중에 아는 지인의 아버지가 복권에 당첨되었다는 이야기를 한 적이 있었다. 이어 "나도 복권 한 번 사볼까"라는 실없는 아내의 말에 대꾸조차 하지 않고 지나쳤지만 난들 엄청난 복권의 당첨에 유혹의 침을 안 흘렸다면 거짓이고 위선일 것이다. 고급 전원주택을 깊은 산 속에 으리으리하게 짓고 사는 꿈이나 아니면 가난한 사람들에게 선심 쓰 듯 몽땅 주어버리거나 아니면 외제 고급차를 사고 미끄러지듯 날렵한 차안에서 엷은 미소로 세상을 바라보면 얼마나 근사할까라는 상상만으로도 기분이 가벼워진다.

사실 살아가면서 복권에 당첨되기를 소망하지 않는 사람이 있다면 인간과 구별되는 삶을 살고 있는 별세계의 사람일 것이다. 이런 망상은 이룰 수없는 꿈이기에 백일몽이고 허망이 자리한 일이라면 이 또한 때로는 재미를 더하는 망상일 것이다. 왜냐하면 사람은 꼭 필요에 정치精緻하게 맞물리는 생을 살아갈 수만은 없을 것이다. 빈틈없는 답답보다는 오히려 틈새 있는 공간으로 들어오는 바람만으로도 기분은 전환될 수 있을 것이기 때문이다.

허무를 알아차린 약관 30여 세의 예수에서 나온 말이라면 참으로 조숙한 사람—범인凡人이 아니다. 나는 70을 넘어 이런 말에 의미를 정확히 실감하였기 때문이다. 허무와 체념은 동일 선에 있는 두 얼굴이라면 같은 맛임이 틀림없다.

이젠 나이 100세의 시대라는 말이 회자膾炙된다. 현대의학의 역할이나 고른 영양의 섭취에서 오는 수명의 연장은 너무 빠르게 진행되고 있다. 60세를 살면 참으로 오래 사는 줄 알고 잔치를 벌리 던 때가 멀리 있는 일도 아닌 것 같지만 이젠 70세의 나이도 과거의 60세보다 더 많은 숫자의 버글거림—아마 80세쯤이면 과거의 환갑과 다름이 없을 것 같다. 하니 이토정 선생의 토정비결은 아무런 쓸모가 없는 예언서에 불과해졌다. 마치 노인이라는 말이 앞에서 어른거리면서 자꾸 도망가는 것을 따라가는 것 같은 착각이 든다는 뜻이다.

자식들은 점점 부모와 멀어지는 이유가 발생하고 노인들은 홀로 살아가거나 아니면 노인회당에서 모여서 그들만의 호소로 점철된 인생을 살아야하는 섬으로의 삶이 진행된다. 사실 고독이라는 처지 앞에 다가온 기분은 노년에 가장 아픈 처방전이지만 약으로 해소할 수없는 난제의 병명일 것이다. 자식과의 거리감을 갖고 사는 일이 허무에 묻혀오고 이를 체념으로 받아들이는 일은 시간이 오래 걸리지 않는 진단이기 때문이다. 그러면서도 시를 생각하고 수필을 이어가는 일상은 이제 익숙함도 친근해진 나의 하루다. 만약 내가 글이라는 숙제를 위해 살지 않았다면 내 노년의 무료는 너무 높은 벽이라는 생각을 앞세우면 원고의 분량이 늘어나는 일이야 말로 내 삶의 진경이고 복권을 당첨한 배당처럼 즐거운 일이다. 할 일이 있어 기다림과 고뇌를 투척하는 일이야말로 보람이기 때문이다.

아내와 둘이앉아 바라보는 시간이 길어질수록 망상의 꼬리가 길어진다. 그러다 티격태격하는 말이 거칠어지고 휙 돌아눕는 삐침조차도 자주 연출되는 밤의 풍경이 이젠 익숙해졌고 자고나면 다시 원점으로 돌아온 말이 사근 거린다. 오늘도 일어나면 허무와 체념이 동반의 보조로 다가오는 때는 내 큰 정원

을 오르고 내리면서 작품을 생각하는 일이 일상이라는 데서 나의 운명은 푸른
벌판에 서 있는 느낌이다.

'12.9.18.

상(賞), 상

　젊은 날은 상이란 걸 받고 싶었다. 무언가 이룬 것도 같고 또 인정을 받는 것 같은 착각도 들기 때문에 어디선가 소식을 기다리는 심정이었다면 틀린 말은 아닐 것이다. 그러나 무슨 상이란 것이 어디 그렇게 흔하게 돌아다니는 바람 같은 것이기에 손을 뻗으면 잡히는 것도 아닌 바에야 체념이거나 조용한 처신이 우선이있다. 그렇더라도 몇 개의 상이 내 몫으로 돌아왔고 또 그 작은 상금으로 즐거운 식사가 고작이었다. 내 생애는 그렇게 빈약한 상의 이름이었다면 내 인생의 평가가 그러리라고는 다시 말해서 상과 인간의 평가가 등가를 이루는 일이라 믿는 것은 아니다. 다만 잽싸고 빠른 사람이거나 열성이 부족하다는 점에서는 빈약한 상의 이름인 것도 사실이다. 이는 성미의 탓으로 돌리는 부분이 좋은 이유가 될 것이다. 무슨 무슨 이름을 붙여 호화롭게 이어지는 사람들의 행렬에서는 다만 씁쓸하다는 기분이 옳은 것이리라. 그러나 나이가 들어서 그런 생각은 점차 수그러드는 마음임을 고백한다.

　각설하고 어느 날 잘 아는 지인의 집에 들른 적이 있었다. 차 한 잔의 여유가 흐른 다음에 조심스런 말로 내게 상을 주려는 음모(?)를 고백한다. 담당 고위 관계자와 말을 나눈 후에 나의 공적조서를 작성하고 난 후 확인은 받으려는 마지막 처리 과정이었다. 사진까지 붙어있는 서류는—사진이야 얼마든지 구할 수 있지만—알다시피 콜콜한 것들을 기록하고 과장하면서 부풀리는 일이 공적조서의 본질임을 나는 잘 안다. 참으로 아름다운 일이고 고마운 일임을 잘 아는 터이지만 나는 한마디로 거절했다. 설혹 많은 상금—"천만 원을 부상으로 준다해도 거절합니다"가 나의 단호한 표현이었다. 잘 나가는 후배들에게 주면 더 좋을 겁니다라는 부언과 이 깊은 나이쯤에 상을 받는 일이 무슨 득이 되겠습니까가 나의 반문이었다. 물론 내심으로는 거절의 뜻이 작은 꼬리처럼 섭섭함이야 없을 리가 없을 것이지만 나의 단호함은 그렇게 긴 시간을 요하는 대답이 아니었다. 솔직한 나의 심정이었고 또 당연한 결정이라 생각했기 때문이다. 물론 아름다운 이 일을 음모(?)하기 위해서는 뒤로 몇 사람의 조력이 있었을 것이고 또 실재로 거추장스런 서류 작성에 시간 또한 소비했을 일을 생각하면 미안함도 깊어진다. 그러나 내 삶의 길은 옳고 바름으로 설정하고 가는 이유가 다소의 미안이 있다 해도 넘어야 할 근거는 된다고 믿는다.

허겁지겁 주는 대로 받는 상이라면 이미 나와는 인연이 없는 일이지만 담당관계자의 입장에서 주겠다는 부탁을 받아들이지 않는 태도—나의 거절은 의외일 수도 있다. '세상에 상을 주어도 안 받는 사람이 있네'쯤의 에피소드가 있는 것도 나쁜 일은 아닐 것이다. 딱히 나이가 많아서도 아니다. 정작 나의 거절이유는 지금 나의 처지에서 무슨 상으로 치장하는 일이 오히려 초라해지는 것 같은 심리적인 이유를 앞세우면 정확한 변명이 될 것 같다. 만약 책을 발간하는 뒷장에 기록으로의 한 줄이 필요한 것도 아니고 이력서 제출하는 자랑용도 아닐 때 상의 필요성은 없다.

넘치는 것보다 부족이 때로 아름다운 것으로 보이는 일은 삶에 방법이다. 안분지족이라거나 자기를 알고 사는 일이야 말로 태평스런 마음을 다스리는 일이라 믿기 때문이다. 욕심이 없는 삶이야말로 안분의 일이고 만족을 얻는 일이라는 뜻에서 나의 수상 거절은 마음이 편하다. 솔바람 차의 맛을 입안에 헹구면서 돌아오는 나의 발걸음은 더욱 가벼운 이유는 나만의 만족일 것이다.

수많은 상들이 횡행한다. 때로는 구걸로 이루어지기도 하고 더러는 진정한 가치의 상이 없음도 아니다. 다만 적재적소에 알맞은 상을 받았을 때 빛나는 상으로 보일 것이라면 나의 거절은 그런 이유보다도 뒤로 물러나 앉는 원로의 뜻이라면 좋을 것 같을 때 마음이 가벼워진다. 아내도 이런 나의 뜻에 아무런 불평도 없는 걸로 보면 잘한 일인 듯싶다. 뜨거운 여름이 지나가고 누런빛으로 가을을 알리는 들판에 시원한 바람이 손짓처럼 지나고 있다. 서울 가는 길에 듣는 소식이었고 한층 마음이 가벼워진다.

'12.9.21.

노인병

내겐 병이라는 이름이 안 오는 줄로 알았다. 지금까지 그만큼 건강하다는 뜻으로 보면 다행이었고 행운이었다. 누구나 그렇듯 젊은 날은 노인과는 달리 건강에 별로 신경을 쓰지 않고 살아가는 일이 대부분이기 때문에 자기의 건강에 별로 관심을 갖지 않는 일이 다반사일 것이다. 무작정 술을 마시고 또 맛있다는 음식을 골라 찾아다니는 일이 일상적이었고 재미로 여긴 적도 많았다. 그러나 내 나이 종심을 넘으면서 이 곳 저 곳이 삐걱거리는 징후를 발견하고도 대수롭지 않게 살아왔다. 그러나 어느 날 다가온 소식은 떼로 몰려오는 밀물들 앞에 속수무책이 당황스럽고 두려움도 사실일 것이다.

기다리는 일도 아닌데 어느새
찾아온 이름들
고혈압에 당뇨 혹은
무슨 치병(齒病) 그리고 삐걱이는 관절
더불어 보폭을 맞추는 하루에
쌓이는 이름들의 행렬

누구는 걸으라는, 무얼 먹으라는
무슨 약에, 무슨 약
이 말, 저 말을 듣고 하루를 넘기는 우리 집
전화의 분주함이 서글픈데
체념의 무게를 내려놓고
아내의 말을 따르는 순종(順從)이
오늘따라 길을 잃었는지
귀조차 멍멍한 방황의 발길
논두렁을 걸으며 내 몫의 오후는
지금 그림자가 길고
말은 실종(失踪) 중

졸시: 「진단」

아내의 입원이후 나는 상당한 스트레스에 시달려야했고 또 술 또한 날마다 혼자 마시는 일이 다반사였다. 이후에 내 신체에는 급격히 이상 신호가 빈번함을 느꼈지만 그냥 지나 가려니의 태평스런 생각이었다. 그러나 조갈이 심하고 불면의 긴 밤이 두려움으로 느껴지는 급기야 조카의 병원을 찾았을 때는 당뇨라는 진단이 기다리고 있었으며―예의 의사들이 그렇듯 위협적인 언사를 두려움 없이 받아들이기는 어려운 일이었다. 혈압에 당뇨 그리고 치과를 찾아 치료를 하고 고관절의 불편함 등등 노인성 질환이 다발로 다가오는 것을 느낀다. 전전반측輾轉反側이 누군가를 기다리는 것이 아니라 뼈마디가 부딪히는 소리와 비명이 함께 어울리는 신체의 악기소리는 이미 깊이를 찾아온 서글픔일 것―누구하나 관심을 갖지 않았을 때 밀려오는 상심을 해소하기엔 서글픔이 먼저 앞장 선 나날이었다. 그러나 아내의 헌신은 빛을 발하고 점차 호전의 기운이 느껴질 때 감사함은 여간 다행이었다. 이젠 이런 경우가 얼마나 자주 그리고 내게 밀려올 것인가를 생각하면 부부의 모습에 한결 깊은 애정을 갖게 된다.

인간은 위기에서 자기를 발견하고 대처하는 능력을 갖게 된다면 위기는 곧 아픔이 아니라 성장과 같을 것이라는 상정想定이 가능해진다. 늙어도 깨달음은 항상 있기 마련이고 변화는 늙음이라 해서 없는 일이 아니다. 이 경우 체념이라는 이름이 가장 두려움일 것이라면 이것이 바로 늙었다는 진단일시 분명하다.

내 주변엔 점차 쓸쓸함이 구름으로 덮인다. 소식 없음이 그렇고 기운 없는 일상이 보이듯 무료를 덮고 살아가는 사람들의 소식이 점차 쓸쓸해진다. 세월은 그렇게 지나가고 변하는 일이 많이 느껴지는 일이 하루의 삶이고 일 년 – 왜 그리 빨리 지나가는지 현기증이 난다는 말은 과장이 아닌 것 같다. 왜냐하면 긴 겨울을 보내고 봄을 맞아 느끼기도 전에 여름이 왔고 다시 가을의 조락이 보이는 들판에 서면 인생의 무상이 사뭇 현기증을 유발하기 때문이다. 아마도 겨울의 찬바람이 오면 문을 닫고 칩거蟄居의 생활은 더욱 빠른 회전에 기다림 없는 일 년을 다시 시작해야 하기 때문이다. 이런 이유가 발판이 되어 내가 쓰는 시 또한 점차 우수의 표정을 찾아가는 일이 많이 보인다. 내가 나를 향하여 거짓을 말할 수없는 진정성 – 이는 누구나 갖는 현상이지만 느낌은 곧 작품의 재료가 되어 문을 두드린다. 「진단」도 그런 우수憂愁의 기분과 어울리는 날에 쓴 나의 초라한 고백이다.

병이 많음이 무슨 자랑일까만 찾아오는 불청객을 허물없이 맞아들이는 일 또한 부인할 수없는 운명이라는 생각이라면 나는 지금 그런 경고 앞에 고개를 숙일 뿐이다. 이것이 자연의 이법理法이고 순환의 도정途程에 나타난 부스럼과 같은 일이기 때문이다. 그동안 남발했던 오만과 치기稚氣를 참회하는 마음이 나를 돌아보는 일이고, 어디쯤 있는가를 깨닫게 하는 신호로 받아들일 때, 찾아온 손님을 박대할 이유는 없다는 생각이다. 그렇다고 고개를 숙일 이유는 더구나 없는 – 그런 나의 처지가 솔직한 표정일 뿐이다.

'12.10.10.

앙상한 자존심

　자존심이 높으면 고독할까 아니면 고독하기 때문에 자존심이 높아지는 걸까는 헤아리기 어려운 일이다. 왜냐하면 둘의 관계가 서로 맞물리는 데서 상황이 연출되기 때문이다. 그러나 살아가노라면 어쩔 수없이 자존심의 높이를 세우는 일이 벽에 막힐 경우가 있게 된다. 이는 불가피성이라는 점에서 상대적인 연결로 이어질 것이다. 그렇다면 불가피성 때문에 자존심의 무게를 내려놓으라는 권고는 타당성을 잃게 된다. 왜냐하면 자존심이란 선택적인 일이기 때문이다. 물론 선택을 완고하게 강화하면 고독이 따라오는 일은 당연한 일이리라. 이 경우 고독하기 때문에 오히려 자존심을 높이는 결과에 이르면 고독은 항상 자기를 돌아보는 길을 만들게 된다.

　나는 완고한가? 이 물음을 앞에 놓으면 도시 어떻게 살아야 하는가의 문제가 난제로 다가든다. 흐물흐물할 것인가 아니면 빳빳하게 일상을 요리할 것인가의 문제는 결코 나만의 경우가 아닌―파도가 치면 주변은 항상 변화를 수반하게 되고 그 결과에 따라 행동이 영향을 받게 되는 이치가 엄존하기 때문이다. 이를 일러 사회학에서는 인간을 사회적 동물이라 말할 것이다. 왜냐하면 혼자 존재의 양식을 이끌고 가는 경우는 희소하기 때문이다.

언젠가 자연인이라는 프로를 본 적이 있다. 무려 30년 동안 혼자 산속에서 약초를 캐다 팔면서 살아가는 사람의 일상을 본 적이 있다. 그 경우의 깊이야 알 수없는 일이지만 홀로 오랫동안 살아갈 수 있다는 그 저력은 고독의 회피가 아니라 오히려 정면으로 맞받아치는 일이 아니면 불가능한 일이라 여겨졌다. 허물어지는 집도 아니고 거적을 덮고 일상을 그것도 추운 겨울을 살아가는 일은 아마도 고도의 로빈슨 크루소도 어려운 상상이라 느꼈지만 그 감춰진 히스토리는 넉넉히 고독한 무슨 일 때문이 아니면 가능성이 없는 일이라는 생각이다. 물론 가정을 버리고 산속으로 들어온 일은 사업의 실패이거나 연애의 파산이거나 어느 것이든 현실이 고독한 진행형이라는 점은 변함이 없는 일이다.

이 경우 앙상한 자존심일까 아니면 그 자존심은 떠밀리다시피 선택한 일인가는 쉽게 판단이 유보된다. 긴 세월을 감내하는 그는 벌거벗고 생활하는 것으로 보면 예사로운 경우는 아니라는 생각이 들었다. 섣부른 예단을 할 수는 없지만 처절한 고독을 감내하는 일은 굳센 각오가 아니면 안 될 일이다.

나는 며칠 전 낙지가 먹고 싶어 가락시장에서 무려 다섯 마리의 산 낙지를 구입하여 먹은 적이 있다. 흐물거리기 때문에 오히려 먹기 쉬운 일이라는 점, 만약 이와 반대였다면 그렇게 쉽게 변화를 실감할 수 있을 것인가를 생각하게 한다.

세상을 사는 이치도 이렇게 적용될 수 있다는 예를 접하게 되었다. 기실 다섯 마리의 낙지는 뭐라 해도 많은 것이지만 부드럽기 때문에 희생을 당하는 경우가 되기 때문이다. 그렇다면 강해야하는가의 물음도 정답은 될 수 없을 것이다.

강하면 바람에 쉬이 부러지기 쉽고 흐물거리면 역시 비난의 덤터기를 써야 하는 일이라면 자존심은 바로 삶의 기준을 설정하는 일이 될 것이다. 그러나 흐물거리는 자존심이기보다는 단단하고 굳은 비록 앙상할 지라도 뼈 있는 자존심을 가질 경우엔 더 먼 거리를 확보하는 일이 사회생활에 바른 길이 아닐

까 한다. 물론 여기에 따르는 대가를 지불하는 일은 고독이 밀물처럼 다가온
다는 예상을 하지 않으면 안 될 것이다. 말로만의 고독이 아니라 의상을 입은
것 같은 자기화의 참담함이야말로 스스로가 헤쳐가야 할 선택의 목록이자 궁
극의 길이 될 것이기 때문이다.

　나는 죽어서 장례식장의 풍경을 생각해 볼 때가 더러 있다. 손님으로 바글
거리는 장례식장과 쓸쓸하게 상주가 지키고 있는 광경을 대비하면서 나의 경
우는 어디에 있을까라는 유추가 머무는 곳―아마도 후손이 어떤 위치인가에
따라 다르겠지만―나는 바글거리는 것이 아닌 조용함을 찾아갈 것이다. 왜냐
하면 내 일상의 삶은 외향적이기보다는 오히려 고독한 자화상에 더욱 친밀함
으로 생활해왔기 때문이다. 하얀 국화꽃 화환으로 도배를 한다 해도 그것이
무슨 의미를 가질 것이며 또 숫자가 많다 해서 극락을 안내하는 것도 아닌 바
에야 남에게 폐를 끼치지 않고 떠나는 일이 오히려 좋다는 나의 생각은 사실
일방적일 수 있다. 살아서 허세를 부리기도 무엇하지만 죽어서까지 허세의 등
에서 내려 올 줄 모른다면 얼마나 초라할 것인가? 그렇다고 내가 특별한 사람
이라는 일방성이 아니라 내 중심의 일상을 죽어서까지 가져가야할 숙명이라
면 굳이 꽃에 묻히나 거친 무명 삼베옷에 감싸거나 둘은 아무런 차이가 없는
일이라는 뜻이다. 참칙慘慽이 아닌 순리의 이법에 따르면 오히려 자연스러움
이 될 것이라는 판단이다. 이는 내가 살아온 삶의 모습이고 또 그런 일로 내
일생은 중심을 지켜온 일이 오히려 흠이 되지 않고 어느 날 홀연 떠날 때 이
또한 자연의 순리에 적응하는 일이라면 나의 앙상한 고독의 일상은 버릴 수
없는 순정한 표정임을 변명한다.

'12.10.21.

노인 되기

이제 노인이라는 말엔 과거와는 다른 이름이 되었다. 즉 60환갑이면 자식 친척 지인들을 모두 모아 잔치를 벌이던 시절에 환갑은 참으로 축복의 노년이었다. 그러나 이제 환갑은 노년의 나이가 아니라 과거의 장년쯤으로 취급된다. 왜냐하면 환갑을 말하면 비웃거나 시의時宜에 맞지 않는 사람으로 취급할 정도로 많은 사람이 잘살고 있기 때문이다. 하기야 옛날 봄이면 감기만 돌아도 죽어가는 이별이 심심찮은 일이었지만 이제 의학의 발달에 따라 감기쯤은 예방주사로 지나는 시절이 되었다. 아마도 이토정이 살았다면 『토정비결』 책을 다시 증보해야 할 것이다. 왜냐하면 갑년이 넘으면 토정비결을 볼 수 있는 나이가 지난 걸로 치부되기 때문이다. 새로운 한 살의 개념이니 가히 나이 60은 멀고 먼 그리고 축복의 나이였다. 대학에서 교수들은 으레 60이면 환갑기념논문을 발간하는 일이 다반사였지만(아마 논문집이 없는 교수는 발이 넓지 않거나 학문적으로 미미하거나, 제자가 없는 취급쯤으로 생각했을 것이다) 이젠 그런 교수는 보이지 않는 것 같다.내가 환갑기념논문에 글을 마지막으로 쓴 것이 1999년에 홍문표 그리고 2000년에 시인 박명용의 원고를 보낸 기억이 남아있고, 이들 갑년甲年 기념논문의 게재가 끝인 것 같다. 물론 65세에 정년이니 정년 전에 논문집을 발간하고 싶은 이유도 있겠지만 이젠 화갑華甲이라는 말로 논문을 부탁하는 교수는 없다 해도 과언이 아니다.

60은 마지노선이었다. 으레 노인으로 취급받는 기간이 그때로부터 시작하고 또 마음에서도 나는 노인이 되었구나의 정리가 시작되는 기간이었다. 그러나 이젠 60을 넘어 70이 되어도 노인취급을 받는 일은 점차 멀어진다. 아침 텔레비전에서 100살 노인이 자동차 면허를 취득했다는 얼굴을 보면 도저히 나이 100세로 보이지 않았다. 내가 60을 넘길 무렵만 해도 '아직'이라는 말이 시작되더니 또 70이 되니 80쯤 되어야 노인 취급을 받겠구나의 변화가 실로 빠르게 지나간다. 그리하여 시를 지었다.

갑년(甲年)이 고희(古稀) 집에 와서
심부름이나 하더니
돌아가 분장하고 종심(從心)*노릇하려니
아직 멀었다 박대(薄待)같아
길을 도파 다시
산수(傘壽) 집 앞에 서성이면
아니다 아직도 멀었다
또다시 멀리 미수(米壽)고개 넘어
더 멀리 가라는 재촉, 기어
백수(白壽) 넘어 온**에 이르니 그때사
백수(白叟)의 자리가 마련된다.
오래 잘 산다

「노인 되기」

　* 공자가 나이 70을 從心所欲, 不踰矩라 했다.
　** 산수는 80, 미수는 88, 백수는 99, 온은 백(100)

이제 고희古稀 정도는 멀었다는 뜻이 일반화 되었고 또 그렇게 나이의 증가는 시간을 앞장서서 나가고 있다. 하니 두보杜甫가 혹은 공자孔子가 나이 70을 멀리 바라보았다면 현대의 노인들은 새로운 말을 창조해야 할 즈음에 이르렀

다. 산수傘壽의 80 또한 고개가 아니라 언덕일 뿐이고 미수米壽를 넘어 90쯤
이 되어야 겨우 노인 석을 점할 정도가 될 날이 멀지 않는 것 같다. 아마도 지
하철의 시니어 석에 앉기가 요즘도 면구스러워 서서 가는 일이 다반사이지만
젊은이 앞에 서면 그 또한 젊은 사람을 안절부절못하게 만드는 것 같아 아예
문 쪽에서 어둠으로 지나는 밖의 풍경을 바라보면서 외출하는 경우가 서울에
서의 지하철타기이다. 이제 온 즉 100살이 되면 노인 석에 편하게 앉을 수 있
을 것이라는 추측이 미구에 다가올 현상일 것 같다.

오래 사는 것은 좋은 일이다. 그러나 나이 많아 오래 사는 일이 꼭 좋은 일
이라는 단정은 섣부른 예상일 것 같다. 젊은 사람에 신세를 떠넘기는 일도
그렇거니와 사회적인 문제의 파생은 한 둘이 아닐 것이기 때문에 적당한 나
이에 세상을 하직하는 일도 자연의 순리에 따르는 일이 아닐까한다. 사실 나
의 백수白叟되기는 어정쩡하다. 그러나 70을 넘으니 그 속도는 가히 빠르다는
KTX에 버금갈 정도다. 봄이 오면 꽃들에 취하는 짧은 날을 지나면 여름이 오
고 여름에 시달리면 가을이 와서 낙엽을 굴리는 일이 겨울로 몰아가는 소리가
요란하면 벌써 한 해는 마무리에 도달해 있기 때문이다. 80 '언덕'에서 90 '동
산'을 오르면 100세는 이제야 먼 시야를 확보하는 '먼 산'의 정점쯤 생각되는
일이다.

이제 나의 삶은 여벌로 살아가는 생각이 지배적이다. 이만큼 살았다는 시
간의 추억들과 거기서 얻은 예술혼을―나의 문학적인 업적(?)―이렇게 말하
고 싶다―돌아보면 감회가 새롭고 얼마나 더 창조의 문을 두드릴 것인가의 예
상―나는 죽는 날까지 왕성하게 글을 쓰고 싶다. 그러니 내 삶은 노인을 쫓아
가는 보폭과 의식의 노인과는 항상 거리가 엄존하고 있음을 다행으로 여길까
아니면 유감으로 생각할까는 여전히 정리 중이다. 어떻든 변화의 속도가 너무
빠르다 할지라도 언젠가는 종점에 이를 수 있는 길이 삶의 길이기 때문이다.
내려놓으려는 마음뿐 아니라 내려놓을 때 오히려 더 깊은 의미의 의상을 걸칠
수 있다는 만족의 정서가 가득할 때 안분지족의 성어가 새삼 친근해진다.

'12.10.26.

건강 지키기

솔직히 말해서 병이 들고서야 정신을 차리는 일은 비일비재할 것이다. 누구나 위급이 닥칠 때라야 비로소 새삼 돌아보고 깨닫는 일이 시작되기 때문이다. 이런 현상은 어떤 사람이거나 지나치면서 살다가 막상 다가오는 검은 그림자에 놀라게 된다.

술을 낳이 마시고 살아온 내 일생이었다. 그러나 지나치게 많은 것은 아니고 좋아하는 만큼 마신 것만은 사실이다. 다시 말해서 다른 사람에 비해서 좋아하고 마신 횟수로 따지만 상당한 상위 급수에 속할 것이다. 물론 실수라거나 인사불성의 경우는 아니었고 안 마신 날보다 마신 날이 많았다면 나의 술 마시기는 건강한 편일 지 모른다. 그것도 소주가 주요 레퍼토리였고 가끔 막걸리를 마시기도 했지만—막걸리의 기억은 매우 불편한 기억 이후로는 소주가 주요 목록이었다. 소주라야 과거에 25도짜리가 아니고 기껏해야 20도 미만의 경우 두 어병을 마시는 일은 그마나 센 편으로 치부할 수 있을 것이다.

고혈압을 앓아온 지는 상당한 시일로 소급된다. 매일 약을 먹었고 그 덕택에 별로 신경을 쓰지 않고 지나왔지만 어느 날인가부터 밤이면 조갈에 몹시 시달리는 증상이 연일 계속되었을 때 처조카의 진단은 당뇨라는 말을 듣고 화들짝 정신을 차린 결과—건강검진을 하고나니 그 수치는 무려 350이나 되었을 때 집사람이나 나 역시 당황하고 초조하기까지 했다. 이후 열성으로 인터넷을 섭렵하면서 지식을 모았고 엄숙하게 지켜야할 목록이 작성되었다. 왜냐하면 무서운 발병의 이름들은 당뇨와 고혈압이 만나면 짝을 이루는 다른 병들이 무시로 찾아든다는 상식쯤은 오래 전에 알았기 때문이다. 우선 좋아하는 다방 커피를 끊고 원두로 대신했고 또 기름진 음식을 아예 멀리하는 일이 날마다 지속되었고 풀밭의 밥상이 대면 목록이다. 나이 지극해지니 모든 기능이 쇄했고 새로운 상황이 연출되는 일이 다급해지기 까지 나의 마음에는 선들거리는 바람이 불어오는 것 같다. 어차피 가을이야 내 인생의 현실이지만 막상 도래한 낯선 이름들 앞에 어찌하면 대척對蹠점을 마련하면서 헤쳐 나갈 것인가를 모색하는 일이다. 걷기가 일상이 되었다. 더불어 아내까지 걷는 일이고 등산을 할 때 또한 새로운 맛을 만끽하게 되었다.

　잘된 경지 정리한 논둑길을 걸으면 마음이 편안해진다. 오고가는 곧은길이 1시간 30분여를 걸으면 거의 기진해지는 일이 나의 일상이다. 그러나 걷는 일에 따르는 소득이 없는 것이 아니다. 푸드덕 날아가는 청둥오리의 놀람은 오히려 나의 놀람을 주었고 추수가 끝난 빈 논에 허전이 삭막할지라도 늦가을의 풍경이 다사롭다.

　　　　　이 길 다하면 어딜까
　　　　　아득하기 먼 길에
　　　　　걸음 사뭇 비틀려 타박터벅
　　　　　곧은길이 연긴 양 피어 있는
　　　　　산은 다시 포개져 손짓하는데
　　　　　하늘은 세상 감싸 안고
　　　　　구름 서넛 심부름 보내는
　　　　　푸르른 캔버스에
　　　　　햇살 바른 길섶으로
　　　　　그림자 뉘어놓고

멍 하니 서있는
키 큰 나무 두 엇
이 길이 다하면 어딜까
서성서성 가는 길

「길」

인간은 길에선 운명을 이끌고 가는 것이다. R.Prost「The Road not taken」
에서 읊은 것처럼 길은 길에 이어 또 다른 길을 가는 것이 숙명의 길이기 때문
이다. 내가 선택한 길이 아닌 또 다른 길을 가고 싶은 혹은 만약 그 길을 갔다
면 오늘의 내 모습은 어떨까라는 추측은 누구나 갖는 당연한 심사일 것이다.
곧게 난 길로 걷노라면 앞이 아득하고 멀리 있을지라도 가고나면 결국 끝점에
이른다는 이치는 새삼 다가오는 신선함이다. 가끔 길을 걷다가 노트로 메모하
는 일이 또 다른 나의 시작詩作의 계기가 된다. 주어진 여건에 따라 창작의 산
실은 어디나 있을 것이라는 증명이다. 결국 걸어야 할 운명이 곧 생의 일인 듯
오늘도 걸어걸어 무작정 도달하는 곳까지 나의 운명의 두 발길이 이어진다.

오후면 으레 아내와 스틱을 손에 쥐고 집을 나선다. 어디로 갈까를 망설임
도 없이 가는 곳은 많다. 시골생활은 사통오달의 죽 퍼진 논둑길이 있는가하
면 차로 10여 분이면 적딩한 산을 납파하는 경우도 있고, 집 앞으로는 논둑을
지나 스포츠 공원으로 가는 일 등등 많은 편이다. 마을을 지나면서 한 두 사람
을 만나기도 하고 친절하게 금방 먹을 수 있는 배추를 뽑아 가라는가 하면 이
것저것 가져가라는 말에 친밀한 정감이 좋다.

병이 들어 주저앉는 것보다 파생되어 오는 것이 오히려 더욱 좋다면 병은
나를 다시 깨우치는 교훈을 전달하는 셈이다. 사람은 자기의 처지에 반응하고
적응하면서 자기를 만들어 간다. 절망하고 주저앉는 것 보다 헤아림으로 대처
하는 일은 현명한 삶의 방법이라는 사실 앞에 나는 잘 적응하고 있는 것 같다.
머물러 있기보다는 움직임에서 변화는 온다. 약보다 운동이 더 좋은 것이라는
전래의 말이 실감으로 증명하는 나의 일상이다.

'12.10.26.

퇴직 이후

　현대인은 앞으로 일생동안 몇 개의 직업을 전전해야 한다고 말한다. 과거
엔 평생직장이었지만 이젠 40 이후면 은퇴의 공포가 밀려오고 대책 없는 시
간 앞에 벌거벗겨진다. 자식들은 한창 돈을 필요로 하는 일이 맹렬하게 다가
오고―이런 구멍을 메우면서 살아간다 해도 늙으면 내 몸을 건사할 수 있는
방법이 없을 때, 그렇다고 자식들이 부모를 봉양하는 것도 엄두 낼 수없는 현
대의 특징은 이미 절망의 파도가 밀려오는 것을 막을 방도가 묘연하다.

　나는 다행히 자식들의 도움 없이 살 수 있는 준비를 갖춘 행운이 고맙고 감
사하다. 늙어서 돈이 없을 때의 곤궁은 참담한 일이고 절망의 심연에 빠진 비
극일 것이다. 때문에 사이드 잡을 갖는다거나 온갖 방법을 동원하여 다가오는
노년의 시간을 정복하기 위한 노력은 필사적이고 현실적일 수밖에 없다. 노년
의 시간은 무정하게 다가오고 또 나이는 고무줄처럼 늘어나는 추세 또한 환장
할 일이다.

　요즘 젊은이들은 부모의 도움이 있어야 공부 또는 결혼까지도 자력으로 하
기엔 난감한 처지 더는 집을 마련할 수 있고 자동차 등등 심지어 자기 자식조

차도 키울 수없는 기막힌 시대상이 우울을 넘어 비극의 상태라는 급박한 표현이 당연할 것이다. 일종의 캥거루 시대의 급속한 변화 앞에 인간의 대비는 언제나 한계 앞에 있다. 그러하니 인생의 장기적인 설계란 어쩜 사치일 것이고 고등수학보다도 더 어려운 난제일 것 같다. 더구나 어려움 또는 고난을 돌파한 적이 없는 젊은 시절의 기백은 자연스레 부모에 의존하는 일이 평생의 우울을 지배하는 일이 작금의 풍토인 것 같다. 평생직장이라면 장기 대책이 당연하겠지만 허겁지겁 그때 그날을 모면하는 경위이다 보니 미래를 꿈으로 칠하는 일은 사치요 먼 소식처럼 아득하기만 하다. 이런 현상이 정치 방면에서는 복지라는 말이 선전의 도구로 사용되었고 공짜의식이 만연하는 시대상을 연출하게 되었다.

젊어서는 도시에서 생활해야 하고, 노년은 시골생활을 영위하는 행운은 나에게 행복의 이름과 같다. 더구나 이름 있는 사람이 설계한 집에서 살아본다는 것도 더없는 기회라 여기면서 넓은 정원에서 텃밭을 가꾸는 노력과 더불어 상큼한 채소의 입맛에 따른 일 년의 계절이 순환하는 바퀴를 따라가는 일에 영일(寧日)이 없다. 이러다보니 생활비가 적게 들어간다는 점이 좋다. 철철이 푸성귀를 심어 먹는 밥상의 신선함과 또 조미료 없는 입맛의 순수성은 아마도 도시체질에서는 좀처럼 불가한 일이리라. 물론 건강이라는 측면에서는 더없이 설명이 부족할 것이다. 산보를 하기위해서 잘 정리된 논둑 길—차가 다닐 정도의 넓이라 차마 논둑길이라는 말이 타당하지 않을 것이지만 곧게 십 여리 아득하게 보이는 길이 사통오달로 뻗어 있으니 얼마나 시원하냐? 나는 혈당을 낮추기 위해서 이리저리 쏘다니는 일이 요즘의 시골생활에 또 다른 재미가 되었다. 이것도 시들해지면 차를 몰아 산으로 가는 일이 자유자재로 선택될 때 고민이 없어 좋은 일이다. 더불어 아내 또한 쫓아 나오니 더불어 가벼운 몸과 마음의 상태가 된다. 주말이면 손녀—은서와 현서가 찾아와 함께 걷거나 안고 다니는 들판 혹은 우리 집 정원을 오고가는 일은 내가 제공하는 가장 좋은 선물이라면 아이들은 아직 모른다.

아마도 건강이라는 의미가 노년에 가장 소중한 의미일 것이다. 이는 누구나 주장하는 일이지만 번거로운 도시를 벗어나 거리낌 없는 자유자재의 상태-서울 소식이 뭐 그리 좋으며 도시의 협소한 공간을 비집고 다니는 일-불빛이 밤낮 없이 고역으로 다가올 때 시골의 별빛을 셈하는 밤이거나 달이 부끄럽게 떠오르는 고요함을 아는 사람이라면 이 세상에 가치를 알고 살아가는 사람이라는 자부심이 든다. 국회의원이 장관이 심지어 대통령이 무슨 의미를 더할 수 없다는 나의 소박한 계산을 어찌 보면 우둔한 모습일 시 분명하다. 더구나 내가 좋아하는 시 쓰기의 나날이나 수필 혹은 평론의 글을 부담 없이 쓸 수 있는 공간이 있다면 나의 행복은 오히려 사치-이런 사치를 무한 누리고 있다. 그러나 내 아들들은 일주일에 한 번도 아니 한 달에 한 번도 얼굴을 내밀지 않으려는-이해할 수밖에 달리 도리가 없다. 나이가 늙어 가면 알 수 있을 깨달음일 것이다. 그 때까지 나의 공간을 소중히 관리하고 살아야할 나의 소명이라고 생각하고 있다.

'12.10.28.

은서의 시 쓰기

환경은 사람의 특성을 만든다. 하여 맹모삼천지교孟母三遷之敎라는 말도 따지고 보면 교육의 중요성은 곧 환경에 따른다는 해석이 될 것이다. 장바닥에서 살면 장사꾼의 행세가 의식의 깊이에 담겨지고 산 속에서 살면 자연스레 자연의 숨소리에 느낌을 갖는 것은 사실-더구나 나이 어려서는 더욱 또렷한 현상이 의식 속에 각인刻印 될 것이다. 하기에 유치원 교육이 평생을 지배한다는 말도 틀린 말은 아니다. 어려서의 환경과 교육이 그만큼 지배적인 의식으로 담겨 있다는 뜻이다. 물론 교육은 인위적인 것이 아닐 때, 더욱 가치가 있게 된다. 왜냐하면 틀 속에 가두는 일이 아니고 상상의 길을 많이 확보할수록 더욱 다양한 행동을 유발 할 수 있기 때문에 자연스런 교육-공자도 예수도 소크라테스도 모두 자연自然을 소요하면서 제자와 묻고 대답하고 깨우친 소요逍遙교육이라는 특성이다. 왜냐하면 자연에서 받은 영감으로의 명상은 곧 상상의 넓이를 자유자재로 활보하는 계기가 되기 때문이다.

작금에 외손녀-요즘은 이런 말을 안 쓴다. 아들은 며느리 집으로 가고 딸은 친정으로 온다는 말이 유행이다. 더구나 아이들을 돌보는 일은 으레 친정 어머니의 숙제처럼 굳어진 관습이 되었다. 이런 처지에서 그 자식들 또한 자연스레 가까워지는 친밀도가 된다. 아들의 자식이래서도 아니고 또 시집 '간'—모순이지만—딸의 자식이라 해서 의식의 균형이 무너지는 것이라면 이미 편견이다. 얼마나 친밀도의 스킨십이 있느냐의 누적에 따라 손자들과의 가까움의 거리가 형성된다고 본다. 자주 만나면 가깝게 느껴지고 소원하면 그런 관계가 형성되는 것은 이치에 하나일 것이다. 친구 사이도 멀리 있어 소원疏遠하면 자연 멀어지고 자꾸 만나 한 잔 술을 교환하면 그만큼 가까워지는 것은 틀림없는 사실이다. 나는 자식들을 억지로 오라 가라는 말을 하지 않는다. 그들이 알아서 오고가는 일이 일상적일 뿐 명절이나 제사의 경우는 모두 참석하지만 그렇지 않은 경우는 모다 자유스럽게 행동하는 것이 아이들의 친밀도와 연결되는 것을 느끼게 된다. 물론 나이든 부모들의 한결같은 소망은 자식들이 자주 방문해주기를 바라는 마음은 모두 같다는 점이다. 하면 전화라는 절차도 있지만 그런 소망도 기실 허무한 바람으로 끝나는 경우가 대부분일 것이다. 내 항상 말하는 요지는 일주일이면 교회도 가는데 부모 만나러오는 것을 미루는 일은 말이 안 된다는 강조가 빈번하지만 기실 그런 소망은 항상 빈 말에 그치고 만다. 때문에 시골에 사는 노인들 거개는 마을회관에 모여서 하루를 보내는 일이 다반사라는 점이다.

우리 집엔 딸의 딸들이 매주 일요일이면 찾아온다. 그때면 정리된 집안은 모조리 난장판이 되더라도 즐거운 것이 사실이다. 은서를 처음 시낭송회장에 데리고 간 것은 2011년 봄 쯤 된다. 즉석 시를 지어서 낭송하라했더니 무난히 잘 한 기억이 남아있어 으레 이천에 오면 나를 따라 시를 짓는다고 호들갑이다. 만 다섯 살 은서가 쓴 즉석 시는 아래와 같다.

    내 동생 현서
    아장아장
    비틀 비틀거리다가
    아이쿠 넘어졌네

다시 힘을 내볼까
으라차차
아장아장

조은서 「내 동생」(2012.10.28)

　작품의 내용을 따지는 것이 아니다. 쓸 수 있고 또 쓰는 일에 관심을 갖는 일이 앞으로의 진로에 상당한 영향을 끼칠 것이라는 증명이 된다. '우리 동생'을 '내 동생'으로 유도한 것 말고는 전부 은서의 노력이다. 앞으로 노력과 끼가 발휘될 때, 대성의 여지는 전적으로 은서의 몫이다. 그러나 좋아서 하는 일이라야지 한때의 흥미나 관심으로는 지나가는 바람과 같을 것이다. 하기야 제 어미도 문학을 하는 일이기 때문에 자부심이나 자긍심은 가질 수 있을 것이고 이런 현상은 앞으로의 정서에 깊은 영향으로 남을 것이다. 그러나 흐뭇한 것은 아마도 내 뒷자리를 기억하는 손자가 될까라는 나의 재미가 이기심을 부르는 일인 것 같은 것도 사실이라 부끄럽다. 그러나 은서가 시를 잘 쓴다는 판단은 사실이다.

'12.10.31.

대통령병

대통령을 뽑는 시기가 도래하면 너나없이 우후죽순처럼 솟구치는 사람들이 명멸한다. 자기를 알리고 싶은 일들이 각양각색의 돌출발언으로 광고효과를 보기위해 필사적인 것은 매우 좋을 수 있으나 민족의 앞날을 생각하는 신념이나 믿음이 없이 말해 놓고 보자는 식의 언어 홍수가 목불인견이다. 더불어 살아온 과거의 행적이 모호하거나 아니면 별 볼일 없는 업적을 내세워 민족의 지도자가 되겠다는 행동에 이르면 슬퍼진다. 민족의 번영은 지도자 한사람의 영향도 지대至大하지만 민족의 저력이 한데 어울려 상승하는 기운을 이룩하는 것일 수 있다. 아마도 민족의 기운은 가장 중요한 인자因子일 뿐만 아니라 이런 기운이 왕성한 상태를 간파하고 이를 끌고 앞장서는 지도자의 안목이 있을 때 상승의 효과가 발휘될 수 있을 것이기 때문이다. 아마도 우리나라는 단군 이래 가장 빛나는 나라의 국운이 왕성한 상태라는데 이론이 없을 것이다. 수출은 물론이고 두뇌 좋기로는 각 분야에서 세계인을 놀라게 하는 일은 다반사이기 때문이다. 유엔 사무총장을 위시해서 이른바 K.pop을 위시해서 영화 혹은 말 춤 한 곡으로 세계 10억여 인의 조회 수를 기록한 가수 싸이의 경우는 가히 압권일 것이다. 이는 저마다의 개인적인 뛰어남이 우선일 것이고 이 경우엔 지도자라는 사람의 역량이 끼어들 여지는 없을 것이다. 각설하고 우리나라의 지도자들은 역대 무식하고 무지하고 무능이 이어졌을지라도 지도자들이 민족의 앞날을 이끌었다고는 말할 수 없다. 왜냐하면 과거로 초점을 돌리면 자명해진다. 왜구가 침입했을 때 지도자들은 모두 도망하기에 바빴지만 농민이나 벼슬 못한 딸깍발이들이 의병을 이끌고 싸웠던 일이나 근세에 전봉준도 높은 신분은 아니었지만 궁핍하고 처절한 상태를 벗어나기 위한 싸움이었지만 결국 기득권 양반들의 합세에 실패의 참극을 맛보아야 했음을 안타까운 일이다. 국난에 처하면 으레 들고 일어나는 계층은 지도층이 아니라 백면서생이거나 혹은 농민이었기 때문이다. 이런 원인은 아마도 신라의 김유신이나 김춘추의 행적으로 거슬러 올라 갈 수 있을 것 같다. 아주 쉬운 분석으로 삼국 중 가장 작은 영토의 확장을 꾀하기 위해 신라만의 힘으로는 불가능하기 때문에 결국은 당나라를 끌어들여 이른바 나당 연합군의 위력에 의해 백제와 고구려는 몰락의 길을 재촉했던 흐름은 연면히 이어왔고 이런 징후가 어느 결에 우리의 민족성에 스며들어 가진 자 혹은 높은 자의 경외심을 훼손하는 지경이 시발되었기 때문이다. 어떤 작은 계기가 행동의 진행에 모범사례로 받아질 수 있고 또 이런 경우가 다반사라면 신라의 정책은 길게 보아 우리민족의 길을 잘못으로 이끈 원인遠因이 아닐 수 없다. 때문에 나는 신라의 삼국 통일이라는 말에 염증을 갖고 있다. 그러나 역사책 어디에서도 이런 지적을 아직 찾아보지 못한 원인은 무엇일까? 지난 일은 무조건 잘된 일이라는 면죄부라면 이는 미래를 암담하게 하는 사례가 된다. 우리는 지난 일에는 너무 관대하고 현재의 상태에는 눈을 감는 일에 너무 익숙해왔다. 과거를 묻어버리면 현재가 불행해지고 현재가 없다면 미래가 어둠 속에 헤매는 일이 진행될 것이기 때문이다.

　현대의 대통령―나는 초대 이승만에서 이명박까지의 대통령을 접하면서 살아왔다. 1960년대 고무신 비누선거를 보아왔고 더러는 불법선거의 과정을 거쳐 오면서 모조리 불신의 늪에서 헤어 나오지 못한 지도자들은 대체로 자기

욕망 혹은 그런 함정에서 비난의 화살을 맞고 비틀거리는 일이 거의 모든 대통령들이었음은 슬픈 일이다. 그들의 통치는 긍정의 요소보다는 부정의 아픔이 더 많은 기억으로 남았다. 왜, 그럴까? 대답은 자명한 것 같다. 조국을 위한 헌신獻身이 없고 자기 명예 자기 위엄의 함정에 빠진 일들이 근인近因이라면 조국을 정말로 사랑하는 마음이 부족한 것이 원인遠因이라면 거개의 지도자들은 이런 도식 속에 있다는 뜻이다. 자식들의 부정이 결국 대통령의 통치에 순수성을 훼손하는 그림자였다는 공통점은 누가 뭐래도 불행한 현상이다. 대통령 당사자들이야 업적을 남기고 싶어 헌신하는 일에 의심을 가져서는 안 될 것이다.

요즘 우리 사회의 흐름은 사회주의 쪽으로 기울어진 사고가 팽배하고 있는 것 같다. 이는 빈부의 차이에서 오는 일이지만 이를 조정하고 바로잡는 일이 바로 지도자의 식견과 혜안이라야 한다. 국민이 곧 배라면 이 배를 이끌고 목적지에 안착할 수 있도록 조종하고 인도하는 역할이 결코 간과할 수 있는 일은 아니다. 이 때문에 지도자의 현명성을 요구하는 것이고 또 지도자의 덕목으로 삼아야 한다. 깊이 생각하고 다시 생각하고 민족의 제단에 나서는 것도 용기일 것이다. 바람이 불면 흔들리고 또 길을 잃고 우왕좌왕하는 치열한 경쟁사회에서 통합과 조정의 기술을 갖지 않았을 때, 민족의 불행을 자초하는 일이 된다면 얼마나 무서운 죄악인가 지도자는 모름지기 민족 구성원의 삶에 영향을 끼치는 일이기 때문에 지도자의 건강한 상식과 식견이 요망된다. 우리의 경우는 지정학적으로 강대국의 사이에 위기의 순간은 항상 엄존하고 있고 또 이념을 달리는 세력이 수시로 흔드는 위태로운 나무위에 존재처럼 가슴을 졸이면서 살아야 할 운명이다. 지금 우리사회는 말들이 홍수를 이루었고 세대 간의 불신과 통일을 위한 컨센서스의 불일치에서 통합을 위한 수단이 뒤얽혀 있지만 알아들을 수 없는 말들의 성찬盛饌이 진행형이다. 요컨대 병이 든 자들의 말이 홍수로 흐르고 있다. 또 하나의 대통령을 '어쩌꺼나요'로 시선으로 바라볼 것이 매우 두렵다.

'12.11.4.

제4부: 아호론

기다림

　나이가 들어가니 기다림 많아졌다. 주말이면 자식들이 오나 안 오는가를 계산하는 일이 많아진 것이다. 팍팍한 일상을 부모를 위해 시간을 할애할 자식들이 얼마나 있을 것인가? 우선 시간이 있으면 늦잠을 자는 일이 부모를 만나는 일보다 우선일터이니 말이다. 기실 자식을 기다리는 일 또한 부질없는 일이고 오히려 간섭하는 일로 치부하는 젊은 세대의 가치관은 확실히 많이 변했고 어찌할 수없는 지경이 되었다. 아마도 늙은 나이 쯤 되어 경험의 뼈저림을 맛볼 때 부모가 했던 생각이나 말들이 실감날 것이니 늦어도 한참 늦은 계산이다.

　우선 부모의 말은 잔소리로 생각하는 일부터 어긋난 일이다. 그리고 간섭 없음을 요구하는 일 또한 관계를 단절하고 살기를 바라는 생각일 것이다. 말을 주고받고 살다보면 으레 너는 이렇게 하는 것이 좋겠다 등등의 의견을 개진하는 일이 간섭이나 귀찮은 일로 정리된다면 촌수 관계의 무력화가 될 것이기 때문이다.

　각설하고 명절이면 너도 나도 고향으로 발길을 돌리는 일은 좋은 풍습이지만 이도 시골 사는 풍습이 주를 이루는 일이지 도시에서의 경우는 또 다르다. 언제든지 갈 수 있다는 안도감이 오히려 지척을 천리로 만드는 경우가 된다는 뜻이다.

주말이면 기다림이 있다. 서울에서 내가 사는 곳 까지 정확히 50분 쯤 소요되어 도착하는 거리이니 가깝다면 정말로 가까운 거리이지만 아이들은 올 생각이 없고 무료히 정원을 소요하면서 소일하는 일로 주말이 지나간다. 그러나 제 새끼들을 보아달라는 경우엔 당연한 것처럼 항상 부모를 불러들이는 경우에는 성미가 뒤틀리는 것도 사실이고 심술이 나는 일이 비일비재하다.

모계사회의 도래가 당도한 시대의 흐름을 느낀다. 어머니가 집안에서 막강한 위력을 과시하는 일이 오늘의 세태이고 보면 여자 중심으로 가족 권력이 재편되는 점이 특징이라는 뜻이다.

한 때는 매우 서운하다는 생각도 했지만 이젠 그러려니의 사고가 굳어져 아무렇지도 않는 것처럼 변했다. 물론 주말이면 어김없이 기다림의 눈이 두리번거리는 일은 아직도 버리지 못하는 일이지만 이젠 한 고개를 넘어간 것만은 사실이다. 늙으면 마음이 약해지고 고독한 상태에서 헤어 나오기 어려운 탓도 있지만 아내와 둘이 종일을 살다보면 누군가 방문하는 날은 생기가 나고 변화를 겪는 것 같은 즐거움이 생기기 때문이다.

이럴 때 나는 정원을 배회하면서 일감을 찾는다. 나무들이 흩어져있거나 전지剪枝한 나무들을 치우는 일만으로도 땀이 흠뻑 젖어드는 때면 시장기가 들고 다시 군것질로 뱃속을 위로하는 일이면 시간은 훌쩍 넘어간다. 만약 서울에서 여태껏 살고 있다면 어떻게 소일할 수 있을 것인가를 유추하면 끔찍하다는 생각 앞에 지루함이 떼로 몰려온다.

나는 모든 사물들은 살아있는 것―죽은 나무이거나 살아 싱싱하거나를 막론하고 애정을 보내면 손짓하는 것 같은 물활 적인 사고에 가깝다.

이젠 건강을 위해 걷는 일이 습관이 되었다. 아내와 둘―포장도로가 곧게 뻗어 있어 얼마든지 걸을 수 있는 시골길이라 정겹다. 선택의 폭이 갈래져오는 길이 마음먹기로 선택할 수 있어 시간조절이 자유자재로 걸을 수 있다. 그러나 벼가 익어가는 들판에 메뚜기나 살아 뛰는 생물이 없다는 것은 그만큼 쓸쓸함을 다져지게 한다. 인간의 이기심이나 공리적인 사고에서 농약의 남용은 소득에 비례하여 자연의 삭막함을 부추기는 또 다른 부작용이 현저하기 때문이다.

나의 기다림은 사치일지 모른다. 왜냐하면 나는 나대로 살고, 자식은 자식의 길로 나아가는 일이 현대를 살아가는 방법이고 또 옳은 처신일지 모르기 때문이다. 의지하지 않고 독립한다는 의지—이 또한 나이 들면 서글픔을 가져오는 약한 마음이 발로일 때 삶의 정답이 모호해진다. 철들려면 아직 멀었다는 자화상을 확인하고 오늘 하루도 나는 인간의 길을 걷고 있음을 느끼게 하는 징조라는 생각에서는 매우 쓸쓸하다.

'12.11.4.

지나가는 것들

　모든 것은 지나간다. 아니 가버린다는 말이 정확 할지 모른다. 왔던 것들은 저 홀로 가고 또 오는 것도 그렇게 순환의 바퀴살을 굴리면서 지나간다. 머물러 있는 것들이 있으며 또 아니다라는 말로 증명할 사람도 없을 것—그처럼 정확한 사실 앞에 인간은 일정한 자기 도형을 그리면서 지나간다. 영원히 잊히지 않는 일은 없으며 또 망각의 덤불속에서 헤어 나오는 일조차 희소하다. 설사 문자로 기록되었다 하더라도 언젠가는 모조리 사라지는 것 같은 허망의 늪에서 방황하게 된다. 정월 초하루가 되면 으레 요란하고 법석이지만 몇 달이 훌쩍 지나고 나면 다시 원점으로 돌아앉아 지났던 시간과 다름없이 매너리즘에 빠지는 일이 다반사이기 때문이다. 시간을 깨닫던 아니던—사실 어린 시절의 시간은 자기에 부여된 시간이 아니라 어머니나 형제자매의 시간이라면 점차 의식이 사물을 분간할 때쯤이면 시간의 속도를 실감하게 된다. 이로부터 지난한 연속의 고개가 다가오고 닥치는 난제를 풀기위해 고심의 번뇌를 삭이지만 어느 것도 궁극에는 '아니올시다.'라는 답안이 고작이다.

　심지어 굳은 바위 돌까지도 시간의 바퀴살에서 부서지면서 모래가 되고 다시 먼지로 변하여 허공을 떠도는 운명을 감수하는 궤도에 정확히 일치한다.

꽃이 피고 그 꽃이 다시 열매로 돌아가고 또다시 꽃의 단순 순환의 길일지라도 꽃은 항상 변화 앞에서 자길 버리는 일이 우주의 섭리가 아닐까? 새것은 낡은 것의 대체적인 이름이고 다시 낡은 것은 새것으로 변하는 일이라면 자연 삼라만상에서 필연의 줄에 끌려가는 운명이 아닐 수 없다. 심지어 바람조차도 어딘가에서 새로운 옷을 걸치고 나타난 이름―보이는 것과 보이지 않는 것의 차이가 있을 뿐이지 새로운 것은 없다는 정의가 옳은 일이 될 것이다.

기실 지나는 것들의 실상을 가장 어렵게 하는 일은 흙이라거나 공기 또는 바람을 들 수 있을 것 같다. 바람을 보이지 않지만 있음을 확인하는 일은 어렵지 않고 또 흙도 실상은 분해함으로 확인이 가능하지만 그 변화의 다양성을 측정하기란 불가능하다. 아울러 공기라는 이름에서도 난감하기는 똑같다.

눈으로 보이는 것과 그렇지 않은 것에 대한 판단―인간의 판단은 항상 어리석고 치졸함에서 별로 믿을 것이 아닌 현상이지만 인간은 눈으로 확인하는 것에 가장 깊은 신뢰를 보내는 일이 되기 때문이다.

사랑하는 사람도 언젠가는 이별의 곡조를 읊어야하고 또 영원성을 가진 것처럼 생각했던 탑이 무너질 때 인간은 상심의 노래를 만들지만 모든 일들은 변화 앞에 서성이는 존재일 것이다. 과도한 명예를 만들려 아우성이고 또 더 많은 재산을 축적하기위해 악착함을 보이는 일도 모두 가버리는 뒷좌석에 앉아있는 손님과 다름이 없다. 그렇다면 과연 주연은 누구일까? 자연 물상이 모두 변하는 것이기에 조연이라면 주연은 과연 누구 또는 무엇일까? 누구는 종교를 들먹일 것이지만 기실 종교를 개입하면 한계 앞에 멈추게 된다. 철학은 종교가 아니고 자연현상을 탐구하고 캐는 일에 헌신해야하는 임무가 종교와는 별개라는 뜻이다.

아침이면 떠나고 밤이면 돌아오는 귀소歸巢의 일이거나 혹은 철새들이 하늘을 날아 왔던 길을 되짚어 가는 일들이 모두 번거롭게 오가지만 어느 것도 인간의 본질에 다가간 적은 없는 것 같다. 가는 것을 막을 수는 없다. 왜냐하면 가는 것이 곧 본질이고 우주의 현상―시간이라는 등줄기에서 내려올 수 없다는 증명은 곧 삶이고 이상이고 희망을 연장하는 수단에 불과하다. 왜냐하면 위태로움이 곧 진행형을 이끌고 가는 에너지가 될 수 있기 때문이다. 오늘 아침을 먹고 점심 그리고 밤이면 잠을 청하고 다시 아침은 어제와 같은 일을 되풀이하면서 사는 일이 과연 무슨 의미인지 여전히 오리무중의 방황이 나의 하루이다. 그러나 변하고 가는 일이 본질이라는 데는 답을 얻었지만 그 본질에 따르는 일에는 여전히 청맹의 어리석음이 나의 의식의 전부를 보여주는 일이다. 이 얼마나 초라한가.

'12.11.6.

다작(多作)과 과작(寡作)

　　창작에 비법이란 존재하지 않을 것이다. 누구나 위대한 작품을 만들고 싶은 소망이야 불문가지不問可知라면 어떻게 하면 위대한 작품을 창작할 수 있을 것인가에 심혈을 경주한다. 그러나 어디 좋은 작품이 기계에서 팝콘이 튀어나오듯 술술 나오면 좋으련만 예술의 세계엔 그런 경우가 없다. 피카소를 20세기의 가장 뛰어난 화가라 하지만 그의 추상작품은 거꾸로 놓고 감상할 수도 있고 또 뒤집어도 감상할 수 있는ー솔직히 이해 불가의 작품이 한 둘이 아니라 한다. 그도 다작의 화가였다는데서 시사하는 바가 있다. 우리의 이상 李箱의 작품을 누가 정확히 해석할 수 있는 문인이 있을 것인가에는 의문이 앞선다. 자기 고백의 성城에 갇힌 이상의 작품을 대면하면 절로 절망 앞에 서는 일은 독자의 문제일지라도 이상은 짧은 생애에 비해 많은 작품을 창작한 것은 사실이다. 어떻든 많이 창작한다는 것은 물론 쉬운 일은 아니다. 에너지가 있어야 다작多作도 할 수 있기 때문이다.

　　어느 실험에서 마음대로 다작을 요구한 경우와 꼭 필요한 작품만을 창작하라는 요구를 내걸고 그 결과를 점검했을 때 전자에서 더 뛰어난 상상의 작품을 접할 수 있었다고 한다. 다작에서는 형편없는 졸작도 만들게 된다. 이런 경우는 수없는 실험과 반복 속에서 비로소 마음에 드는 작품을 만날 수 있을 것이라면 과작에서는 기다림의 지루함이 오히려 창작 의욕을 반감하는 결과에 직면하게 된다. 다시 말해서 끊임없는 노력으로 창작에 임했을 때는 연속성의 에너지가 발동하기 때문에 균형 있는 작품이 아니더라도 연속성의 결과는 우수한 창작과 대면할 수 있는 기회가 더 많을 수 있지만, 과작으로 기다림을 키우는 경우는 에너지를 소진하는 결과 때문에 빈약함을 만나게 된다는 점이다.

나는 논리로 정립하기 전에 우선 먼저 덤벼들어 결행하는 행동을 요구한다. 물론 실패가 따를 것이다. 그러나 두 번째의 행동에서는 첫 번째와는 좀 더 다른 진전이 있을 것이고 다시 세 번째에는 더 많은 진전이 나타날 것을 믿는다. 실제로 대학에 근무할 때 갓 고등학교를 졸업한 1학년 신입생에게 소설의 이론을 강의하기 전에 무조건 60매의 원고 분량만을 채워 오기를 강요했었을 때, 직면했던 결과는 내용을 살피는 것이 아니라 60매라는 산을 넘는 두려움을 없애는 효과를 생각하는 과제였고, 다음 번 과제에서는 비로소 입시에 실패했던 소재가 나오고 그 다음은 사랑에 대한 장면으로 이동하는 것을 살필 수 있었다. 이런 방법으로 한 학기를 강의하고 나면 소설의 맛을 어느 정도 알고 수월하게 대면하는 공포를 없애는 효과와 작품으로 들어가는 길을 확보하는 경험을 가질 수 있었다. 물론 어느 정도의 성과는 작은 매체의 신춘문예로부터 잡지에 스스로 등단하는 소식을 접했을 때 내 교육의 방법은 시기가 지나면 소득을 얻을 수 있겠다는 확신을 가졌다. 나는 대학 때 소설에 대한 경험의 부재가 오늘까지 접근하지 못하는 이유로 생각하고 있다. 젊은 날 한 번 체험해보는 일은 뒷날 완성의 재미를 맛볼 수 있기 때문이다. 여기서 논리를 앞세우고 말만 많은 강의와 실제로 체험을 중시하는 결과는 정반대의 표정을 담아내게 된다.

내 창작의 방법은 위와 같은 방법이다. 우선 행동하라, 그리고 뒤에 행동의 결과를 반성하는 일이 좋다는 점이다. 물론 사람의 성격이나 습관의 개인적인 차이는 일률적으로 한정할 수는 없다. 은퇴이후 시골에서 문학에 열정을 갖는 사람들과 매주 만난다. 이때도 어느 정도 수준에 이르면 나는 어김없이 등단이라는 간판을 내걸 수 있도록 도와준다. 이 간판을 끌고 가는 길은 결국 자기 자신의 일이기 때문에 이름에 걸맞은 행동이 알맹이로 담겨지게 된다고 믿기 때문이다.

나는 다작을 열성으로 한다. 내 문학 출발의 동기들에 비해 10여 년의 공백이 있지만 이제 돌아보면 월등히 많은 작품을 갖고 있다. 무려 1,800여 편의 시 작품의 벽에 도전하는 일은 이제 쉽다고 느낀다. 더불어 4만여 매의 산문을 바라보면 그 내용의 우수성은 차치且置하고라도 스스로 대견해진다. 나는 여전히 매일 10여 매의 산문을 쓰려하고 또 시를 만나는 땀을 흘리고 있어 숫자가 증가하기에 자신을 갖는다. 노인이라는 팻말 때문에 나를 변호하는 변명을 접게 된다. 어떻든 과거 젊은 시절보다 더 빠르고 더 부드러운 글의 줄기를 따라가는 재미가 있기 때문이다. 그렇다고 내 글이 뛰어났다는 것보다 길을 알고 가는 나그네가 되었다는 말이다. 물론 얼마나 멀리 갈 것인가는 기대치의 희망일 뿐이지만……

다작이 최선은 아닐지라도 다작 속에서 마음에 드는 작품도 만나는 일은 즐거움이기 때문이다. 다작의 작가는 그 성품의 소산이라면 나는 급한 성미 그리고 끈기 때문에 만나는 나의 분신이라는 말로 이유를 삼고 싶다. 어찌하든 많은 것을 쌓아놓는 일은 흐뭇한 일이기 때문이다.

'12.11.5.

흙에서 만나는 신비

전원에서 사는 즐거움은 자연과 가깝다는 이유가 앞에 설 것이다. 물론 바라보는 자연이 있는가 하면 직접 손으로 만지고 느끼는 자연일 경우 보다 생생할 것은 자명한 일이다. 사실 시골에서 아파트에 사는 사람을 이해할 수 없듯, 군이 자연을 취택하여 흙을 뒤집고 또 뒤집어 퇴비를 주면서 채소를 키우는 해마다의 일―환금성으로 따지면야 오히려 수고비에도 미치지 못하는 일이 사실이다. 그러나 애정을 주면서 물을 주고 또 건사하면서 어루만지는 재미는 생명을 키운다는 정서의 교감―정말로 채소와 인간과 정을 주고받는다는 생각이다. 물론 도시에서 살아올 때는 그런 생각을 갖지 못하고 지나치는 경우가 다반사였지만 시골에서 나무와 풀들과 어울리는 생활에서는 작은 미물 앞에서도 발걸음을 조심스레 내딛게 된다. 그렇다고 생명을 아끼는 종교적인 생각이 있어서라기보다는 나이 먹은 성숙에서 생명의 귀중 성을 갖게 되는 현상으로 느끼게 된다. 큰 것이라고 소중하고 작은 것이라고 해서 간과看過해도 된다는 생각은 모순이기 때문이다. 작은 미물도 생명이고 큰 생명도 또한 동등한 가치와 의미를 갖는 일이 하등에 이상할 것도 없는 일이라는 점이다.

가령 아파트에서는 바라보는 자연의 감흥을 느끼는 것이고, 직접 손으로 흙을 일구고 만지는 일은 전원이 아니면 체험의 기회가 아닐 것이다. 내가 만나는 자연은 가짓수로 따지면 백송에서 반송, 해송, 금송, 적송 등 소나무만 해도 몇 가지이고, 과수는 종류로도 모든 것들을 심었지만 몇 년 전의 심각한 추위에 죽은―모과나 호두 심지어 벚나무에 이르러 동사凍死한 것 까지 합하면 600여 평의 정원에 빼곡히 모든 나무를 심었다.

누구나 그렇듯 정원에 감나무나 대추 그리고 흑자두, 매실, 포도, 복숭아 배, 밤나무에 이르기까지 모조리 심었다. 이는 시골살이에서는 열매를 보고 싶어 하는 마음은 누구나 같을 것이라는 점이다. 밤나무는 쏠쏠하게 밤을 줍는 재미를 누리고 있고 대추는 몇 알의 열매를 지나며 따먹는 재미가 있지만, 그 중에도 내게 유일한 소망은 감나무에 감이 주렁주렁한 가을을 동경해왔다. 때문에 10여 년 전에 몇 그루를 심었지만 모조리 추위에 얼어 죽고 결국 고염나무로 전락하는 빈약한 아픔을 체험하고 있다. 요즘 감나무는 거의 크기가 주먹만 한 대봉이 주를 이루기 때문에 추위에 약한 경기도의 풍토에는 북쪽이 막히지 않는 한 얼어 죽는 경우가 많다. 이웃에 재래종 감나무가 여직도 주렁주렁한 것을 보면 속이 상한다. 하여 내년에는 그 재래종 감나무 가지로 접붙이 실력을 시도해보고 싶다고 아내와 말하면서 웃었지만 이 결심은 틀림없이 결행할 것이라는 점은 분명하다. 가까이 서 있는 감나무의 모습이 영 지워질 것이 아니기 때문이다.

봄이면 누구나 그렇듯 분주하고 또 힘겹다. 우선 먹을 채소를 심어야 하고 고추와 오이 등등 이웃에서 심으면 따라 하기가 벌써 상당한 세월이 흘러 이젠 저절로 농사 월력을 스스로 선택하는 시기를 알게 되었다. 늦가을이면 내가 좋아하는 마늘을 심고 이와 동시에 양파를 심어 낙엽으로 덮어주면 봄이 되어 푸른 싹으로 보답하는 재미는 마냥 즐겁다. 겨우 내내 추위를 지나 봄이면 열매로 변하는 저들의 신비는 놀랍이고 흙의 신비를 감득하게 된다. 구차한 논리로 앞가림하는 일이 아닌 진실과 만나는 이들의 신비는 곧 삶의 에너지가 되었고 또 기다림―아마도 기다림이란 인간에게 가장 소중한 희망이기 때문이리라. 그러나 한 가지 고민은 있다. 농약을 주지 않으면 벌레 때문에 한 톨의 과일도 먹을 수 없는 지경에서는 화가 스밀 경우가 많았다. 벌레, 너도 먹고 나도 좀 주는 여유가 있으면 좋으련만 야박한 벌레의 소행은 확, 농약을 뿌려버릴까라는 충동이 없음도 아니다. 그러나 이내 선량한 땅의 아픔을 생각하면 이내 접어지는 생각에 절로 웃음이 난다. 소득이 없으면 어떠랴는 여유이지만 꽃을 보는 재미가 우선하기 때문이다. 그렇더라도 솔직히 고민―벌레로 인한 나무의 아픔 즉 벌레들의 극성에 시들어 죽는 경우가 있기 때문이다. 이도저도 못하는 내 행동에는 유약한 사고의 흐름이 출렁일 뿐 뾰족한 방법을 찾지 못하고 있음이 안타깝다.

봄은 온다. 저마다의 나무에도 적응의 방법을 스스로 찾아 존재하는 것을 믿으면 내 마음의 줄기는 한층 느긋해지는 것도 시골에서 살면서 배운 지혜의 하나일 것 같다.

'12.11.7.

낙엽송가

「霜葉紅於二月花」라는 시가 있다. 물든 낙엽은 이월의 꽃보다 아름답다는 말은 실감이 나는 표현이다. 특히 홍단풍의 색깔은 너무 환상적이고 아름답다. 마치 큰 파노라마의 풍경을 펼친 것 같은 화면에 담겨지는 노랑과 붉은 단풍은 가히 환상적 느낌을 전달한다. 꽃이 아름다운 나무는 단풍이 그리 아름답지 않다. 이런 이치는 한 가지 결점은 한 가지의 장점을 주는 균형의 미를 의미하는 것 같다. 장미가 아름답지만 그 줄기와 낙엽까지는 아름답다고 말할 수 없기 때문이다. 봄이면 저마다 푸른색의 잎이 가을이 되면 저마다의 색깔로 변하는 단풍은 가히 찬탄을 가져올 만 한 가을의 백미에 속한다. 물론 침엽수의 경우는 항상 푸르다는 이유로 변함이 없는 모양이 그들의 속성에서 시사示唆하는 교훈이 인간에게도 유용한 암시를 주고 있다.

꽃은 다가오는 미학이라면 낙엽은 떠남의 미학이라는 점에서 상반된 간격을 갖지만 둘 다 아름다움이라는 점에서는 공통적인 항목에 든다. 모든 사물이 두 개의 표정을 갖는 것처럼 꽃이나 낙엽은 저마다의 미학의 근거를 아름다움에 두고 있다는 점에서는 모범이 된다. 물론 모든 식물이 이런 것은 아니

다. 생존을 위해 그들도 치열한 자연의 법칙에 순응하는가 하면 따로 존재의
근거를 마련하면서 살아가는 점에서 인간과 유사할 것이다. 어떤 나무는 냄새
를 풍기면서 혹은 앙상한 가지로 유약함을 불러오는 가하면 봄나물의 향기로
으뜸인 엄나무는 가시로 온몸을 둘러쌓아 접근하지 못하게 경계심을 보인다.
이 점에서는 장미도 유사한 이치일 것이다. 이로 보면 인간만이 만물의 영장
이라는 우월감을 나타내지만 실상은 미물이나 식물에 이르기까지 저마다의
지혜로 무장하여 생존의 법칙을 수행하는 것이다. 침엽수의 경우는 사뭇 점잖
은 편이지만 그들도 실상은 변화를 싫어해서가 아니라 살아가기 위한 수단으
로 늘 푸른 상태를 견지하는 것이다. 바람에 무사하여 자기를 온전히 보존할
수 있는 것과 축적한 영양 상태를 오래오래 지속할 수 있는 탄소동화작용을
위해―소비의 억제를 우선하는 일이라면 내 생각은 견강부회牽强附會일지 모
른다. 왜냐하면 나는 나무의 생리를 너무 모르기 때문이다. 이 같은 생각에 이
르면 인간만이 아니라 나무도 경제의 원리를 잘 안다고 생각한다. 경제의 기
초는 생산과 소비의 균형을 이룰 때 비로소 존재의 근거를 오래 유지할 수 있
을 것이기 때문이다. 나무는 이미 인간이 이루지 못한 경제의 원리를 오래 전
에 터득하고 있다는 뜻―케인즈씨 당신의 이론은 이미 무거운 쓰레기가 되었
으니 어찌할 까요. 여하튼 인간은 지혜를 휘둘러 오만의 상태에 이를 위험이
있지만 나무에게서는 오히려 겸손의 미학이 보인다. 자기를 지키는 일에 한정
하여 행동하는 일이 고작이기 때문이다. 물론 나무들도 군락群落을 이루어 다
른 나무를 못살게 하는 일은 있지만 인간처럼 잔인하거나 무모한 방법이 아니
라는 점에서 오랜 시간과의 싸움이 내재한다.

　각설하고 가을이 오면 찬바람과 더불어 변화의 길이 생긴다. 낙엽의 행렬
을 완상玩賞하려는 사람들은 저마다 좋은 경치를 찾아 정서를 순화하는 길 찾
기에 혈안이 되었기 때문이다. 바라보는 것은 그 자체만으로도 아름다움에 젖
게 되는 일이리라. 하여 봄의 싱싱함이 주는 미적 상태보다 오히려 서늘한 계
절에서 다가오는 이별의 미학에 인간은 더욱 깊은 외로움 혹은 상심傷心으로
정서의 펼침이 심해진다. 봄은 햇살에서 나오고, 가을은 바람에서 나오는 출

구가 각기 다르지만 아름다움을 전달하는 궁극에서는 동일 할 뿐이다.

　자고 일어나면 변하는 잎사귀에 이슬이 묻어있음을 볼 때 그 영롱하고 투명한 세계를 보라. 미처 놀람을 주체 할 수 없을 때 햇살이 다가와 문을 두드리는 짧은 순간의 아름다움은 지난밤의 꿈보다 더욱 아름답지 않는가. 서걱거리면서 바람을 부르는 낙엽의 전별餞別은 언젠가 떠남을 가르치는 종소리이지만 아름다움으로 느끼는 사람과 무덤덤한 사람의 정서에서 인간의 길은 서로 다를 수 있을 것이다. 멍하니 두 눈으로 바라보는 시선에 떠나가는 가을이 보인다. 저렇게 많은 물감을 풀어놓고 감당할 수 없는 뒤치다꺼리를 어찌하라고 무모한 실험을 이토록 자심滋甚하게 저지르고 있는가. 오, 낙엽이여!

'12.11.7.

선거철과 교수

선거철이 무르익으면 이 사람 저 사람의 이름을 알기 분주해진다. 그러면 현재 대통령은 그야말로 치워야할 대상으로 전락하고 온갖 험담을 뒤집어쓰는 일이 비일비재하다. 이른바 정권재창출이라는 미명으로 숨죽이고 현재와는 간섭 없는 모양새가 된다. 어딘가 어색하고 볼썽사나운 것도 사실이다. 아마도 과문한 일이지만 지금까지 존경의 위세를 갖고 퇴임한 대통령은 없는 게 아닐까? 초대 이승만에서 지금 17대 이명박—어린 시절부터 모두 경험한 나의 체험은 대통령이 존경이 아니라 동네 뭐 같다는 평판인데도 너도 나도 대통령에 나서는 이유는 그만큼 권력이 좋아서일 것이다. 백이숙제처럼 왕이 되어 줍시사의 요청을 한사코 거절하고 산속으로 들어가 산 은자들이야 현대에서 조명할 이유는 없지만 권세도 싫다는 사람은 분명 있기 마련이다. 생의 가치는 권세가 아니라 자기 충실이면 더할 나위없는 가치의 중심이 될 수 있기 때문이다. 하기야 평양감사도 싫으면 그만이라는 속설은 단지 말로만의 언사는 아닐 것이다. 자기 가치의 문제가 우선일 때 그 사람의 사상은 공고한 성城을 구축한 사람일 것이기 때문이다. 왜냐하면 거기서 가치의 충실을 느끼고 만족의 생각을 갖는다면 굳이 강호에서 때 묻은 의상을 걸쳐야 할 이유가 없을 것이라는 강조일 것이다. 그러나 이런 사람의 희소성은 그 반대의 경우가 많기 때문에 나오는 말이 될 것이다.

권력을 쫓아 날뛰는 사람들―특히 이른바 폴리페서들의 모양은 더욱 기승을 부리는 일이 반복된다. 으레 선거 캠프에는 우글거리는 교수들이 천박한 지혜를 팔기위해 기웃거리는 모양새는 꼴 볼견의 대표적인 현상이다. 왜냐하면 때가 왔을 때 기회를 포착하자는 사심邪心의 발동이 때를 만나기 위해 날뛰는 시절이 선거철이라는 점이다.

나는 이 나라 교수 풍토에 분명 문제가 있다고 진단했다. 연구는 뒷전이고 연구비는 귀신같이 알아 선수를 치고―연구의 몫은 대학원생이 쓰고 돈은 교수들이 착복하는 현상은 말할 것도 없고 승진 논문조차 눈치껏 베끼는 일이 다반사일 때 애당초 학문을 하기위한 사람들이 아니라 존경(?)과 허세를 위해 죽기 살기로 교수가 되기 위해 노력하지만 정작 교수 연구실에 앉으면 잿밥에 눈이 멀어 보직에 마음이 가고 또 밖으로 무슨 자리를 위해 심혈을 경주할 때 교육의 본질은 아예 없는 편이 옳은 판단일 것이다.

나는 15년 교수생활에 가장 멍청한 선생이었을 것이다. 무슨 프로젝트를 위해 연구비 한 푼 받아보지 못한―아예 신청을 하지 않았다. 왜냐하면 연구비를 받기위해 계획서를 쓰는 일이 여간 귀찮은 일이고 또 계산에 어두운지라 한 번도 신청을 해보지 못했다. 그렇다고 조교에게 신청하라는 부담도 어림없는 일이다. 하기는 문학 책을 내고 신청하는 보조금도 여직 받아 본적이 없는 외면 서생의 처지가 나의 딱한 심사다. 악착같이 뜯고 계산하고 신청하는 일과는 애당초 관심이 없는 성미―옛날엔 서무과에서 줄을 서서 월급을 받을 때면 봉투를 꺼내 일일이 세어보는 교사들을 많이 보았지만 나는 한 번도 셈해 보지 않는 성미였다. 그렇다고 잘못된 계산 때문에 돈을 더 받아 본적도 없다면 그나 그나 같은 일이라는 뜻이다. 즉 따지고 밝히는 사람이나 무심결에 지나치는 사람이나 매일반이라는 뜻일 때―확실한 것은 복잡과 단순이라는 구분이 가능할 것 같다.내가 부자라서 그런 것도 아니고 단지 성미 탓으로 돌리면 내 인생은 지금까지의 모양인 셈이다.

　인생은 제 성미대로 산다. 자기가 개척하는 삶이기 때문에 자기의 길이 곧 정해진 운명을 만들고 그 궤도에서 벗어나지 못하는 일일 때 이 궤도를 벗어나 욕심을 부린다면 틀림없이 불행의 전조가 다가올 것이다. 과도한 욕망은 불행을 불러오는 일이 될 것이고 그 불행은 자기만의 아픔이 아니라 연계된 지인들에 상처를 줄 것이기 때문에 자제의 지혜가 필요하지 않을까? 능력이 있다면야 다행이지만 능력이 없는 사람치고 자기의 허물을 가리기 위해 치장으로 자리(보직)를 생각하고 외부의 자리에 탐욕을 발휘한다면 이는 곧 자기 불행이고 타인의 아픔이 전이轉移되는 일이 될 것이다.

　내세울 것 없는 내 인생의 자랑거리의 빈터에 오직 문학이라는 얼굴만이 있다. 무슨 무슨 자리보다 책으로 쌓아지는 높이에 내 삶의 가치는 소중함으로 생각한다. 삶이 허무하다지만 한 권의 책을 남기는 일은 그마나 자기 사상을 정리하는 일이 될 때 가치의 문제로 돌아서기 때문이다, 아직도 나의 왕성한 필력은 지금도 뚝딱하는 요술방망이처럼 글 공장을 운영하는 공장장임이 자랑스럽다. 오늘도 3편의 시를 쓰고 11매의 이 글을 쓰는 소득이 결코 손해 보는 일이 아니기 때문이다.

'12.11.10.

가을비와 함께 오는 생각

가을 비가내리는 날이다. 이런 날은 마음이 무겁고 어딘가 허전하여 갈피를 잡을 수 없을 경우가 종종 있다. 부침개라도 부쳐 막걸리 한 사발이나 소주 한 잔이 딱 들어맞는 일이지만 내 몸이 이상 신호를 보낸 이후 나는 철저한 금주를 지키고 있다. 그러나 가끔 "까짓거" 하면서 "한 잔이면 어때" 하는 생각을 가질 때가 많다. 젊은 날부터 지금까지 마셔온 술병의 숫자를 헤아리면 아마 상당할 처지이기에 마음이 동動하는 일은 당연함으로 생각하지만 나를 시험하는 일에 끝까지 저항하는 내 모습이 가상하다. 결국 '당해봐야 안다'는 말처럼 막상 아픈 신호가 왔을 때, 긴장하고 이래선 "안 되겠구나"라는 생각을 공고히 한 것은 그나마 당연함이 아닐 수 없다. 갈 때 가더라도 험한 꼴을 보이면서 신음하는 일은 피하고 싶은 마음이기 때문이다.

나의 아버님은 78세로 가을에 돌아 가셨다. 요즘은 으레 장사를 치를라치면 병원에 가는 일이 당연하지만 청파동 언덕 하얀 집 안방에서 운명하셨고 3일 동안 장례를 집에서 치렀었다. 당시에 병원 영안실이 없는 것도 아니었지만 중병이 들어 병원에서 돌아가셔야 병원 영안실에서 장례를 하는 줄 알았던 때의 풍속이었다. 물론 나그네 객사가 아니면 원만하면 집으로 모셔오는 일이 당연함으로 생각된 그 시절의 향수가 오히려 인간적 체취를 줄 수 있을 지도 모른다. 요즘은 운명殞命 즈음에 병원으로 모시고 가는 일로 보면 당시의 일들은 가족 중심 혹은 내 집의 따스한 체온을 마지막까지 전달해 주고 싶은 뜻이었을 것으로 생각하면 너무나 인간적인 향수가 느껴진다. 봄에 돌아가신 어머니도 그렇고 장모 또한 우리 집에서 돌아가시도록 했던 이유는 운명할 무렵에 기운이 없어서 말은 할 수 없을지라도 들을 수는 있을 것이라는 생각이다. 병원 낯선 곳에서 숨을 거둔다는 것은 당사자에게 마지막으로 슬픈 일이 될 것이라는 뜻에서 장모의 경우 병원으로 옮기자는 처남들의 권유를 내가 거절했었던 이유도 그런 의도였고 또 오랫동안 함께했던 방안에서 편안하게 눈을 감을 것이라는 생각에서였다. 지금도 나의 그런 생각은 잘 한 일이라고 자위한다. 당시엔 장례식장이 아니고 동네에 장의업을 하는 가게가 있어 그 사람을 불러 염殮을 하고 지도를 받아 절차를 수행하거나 나이 많은 경험자가 거들어준 시대였다. 아버지가 돌아가셨을 때는 화가 유지원이 어렵고 힘든 염을 하면서 도와주었고 어머니는 내 대학 친구 윤은상이 수고했었으니 그 고마움을 지금도 잊을 수 없는 빚이 되었는데 유화백은 어찌어찌 소식을 접하지 못하고 이젠 알 수없는 거처가 되었으니 무심함의 죄는 내 몫이다. 찾아 만나야 할 사람이다.

이제 나의 차례가 되는 날이 멀지 않았다. 백 살을 산다하면 30여 년이 앞으로 남아있지만 누가 아는가 순서 없이 가는 길에 선후가 없을 것이기에 언제나 죽음을 멀리 하는 것 보다 지척에 와 있구나라는 생각을 하고 산다.

죽는 일도 시대에 따라 다른 관념이 생성하고 또 받아들이는 일도 인간의 편리에 따라 판이하게 수용된다. 그러나 전통이 소리 없이 무너지는 일은 비단 죽음을 받아들이는 일에 국한된 것은 아닐 것이다. 점차 늘어나는 인간 수명의 연장의 결과는 편리에 따라 당연한 사실로 이해되기 때문이다. 아마 더 시간이 경과하면 무슨 변화가 놀랍을 줄지 알 수없는 지경이 되었다.

나이가 많아질수록 무덤은 화장이냐 매장이냐의 생각들이 오락가락한다.

내 부모의 김포 고려공원 묘는 아버지가 돌아가시기 10년 전에 마련했었고 지금 두 분이 합장으로 편히 선조의 고향 강화와 김포 포내리 쪽을 바라보는 소원을 이루었기에 내가 자식의 도리를 마감했음은 그나마 다행이라는 생각을 갖는다.

비가 내리면 마음이 무겁다. 특히 가을비는 더욱 시간의 등줄기가 시리게 다가온다. 어젯밤에 내리기 시작한 비는 여전히 아침을 조용하게 적시면서 마음을 산란하게 한다. 더구나 불면으로 서성거리면서 깊은 밤 서재에서 한 편의 시를 초고하고 지나온 내 눈꺼풀에 내리는 무거움은 이제 수면을 청하는 일로 아침을 지내고 싶다.

'12.11.11.

낙엽유감

혹서酷暑의 계절이지나 가벼운 옷을 좀 더 무게 있는 옷으로 갈아입고 나들이 몇 번을 하노라면 어느 결에 가을기운이 몸 안으로 스며든다. 어김없이 나무에서는 가을 소식이 묻어오고 색채의 변화에서 감지되는 시선의 무게가 낮아진다. 명상의 길이 넓어지고 저마다의 준비가 한창일 때 하늘을 날고 있는 새들조차 깃치는 소리에 청아함이 깃들 때다. 가야할 곳을 향해 깃을 벌리고 마을에 오르는 긴 연기는 이제 때가 되었음을 알리는 신호 같아 마음이 이유 없이 처연해지는 것도 이법理法의 하나라 여기면 모든 일이 편안해진다.

멀리 하늘은 점차 높아지고 구름 몇 장이 배회하는 먼 산으로 흐린 안개가 아침을 장악한다. 온도 차이에서 오는 안개와 이슬은 점차 또렷한 모양새로 자고 일어난 아침의 기분을 조용한 정서로 가라앉힌다. 출근 할 일이 없는 은퇴자의 하루는 언제나 비슷하다. 서재로 직행하거나 아니면 정원을 배회하고 어찌하든 시간의 등줄기에서 무료를 소화하는 일이 일과의 전부라면 나의 하루는 그래도 다른 친구들과는 다르다. 글줄이나 쓴다는 미명에 서재로 직행하노라면 아내는 아래층 부엌에서 설거지의 달그락 소리가 들리면 그날 하루의 무사한 기분이 된다. 남자는 살아가노라면 점차 아내의 휘하에 들거나 순종하는 일이 아니라면 여간 뱃심이 좋은 남자일 것이다. 누구의 집엔 아내가 곰국을 끓이면 으레 먼 곳으로의 외출이구나라는 생각을 갖는 사례는 이미 낡은 일이고 식탁위에 밥그릇의 숫자로 저녁에 들어오는 지 아니면 하루 종일 외출인지를 가늠한다는 소리를 듣고 웃었지만 막상 내가 은퇴자의 생활−하루 종일 아내와 함께 있을 경우가 많아지니 여러 소리를 듣고 또 언쟁이 빈발하는 때도 한두 번이 아니다. 여인들의 경우로 생각하면 이런 에피소드도 당연할 것 같다. 시시콜콜 간섭이요 그러다보면 말이 말을 어긋나게 하는 경우가 빈발 할 때 더러 여인의 심사를 자극할 것이기 때문에 아침을 먹으면 외출을 서두르는 나이 든 남자들의 모습을 서울의 1호선 전철에서 많이 보아왔고, 그러려니 했던 생각이 이젠 내일이구나라는 절박함이 우뚝 다가와 있다. 그땐 직장이 의정부행의 망월사역이라 원도봉을 찾아가는 길 몫이었기 때문에 흔한 풍경이었다. 무슨 산을 아침부터 오르는가를 의문으로 지나쳤던 일들이 이젠 당연한 행동으로 이해하니 얼마나 인간은 자기중심의 한계 속에 살고 있는가 말이다.

내가 근무했던 학교의 내 연구실은 도봉산을 바라보기 아주 근사한 위치였다. 봄엔 정상부에서 내려오는 붉은 기운이 점차 산 아래로 진격해오는 진달래나 철쭉의 모습에 감탄의 시선을 가졌고, 가을이면 역시 상부에서 붉은 기운이 산의 아래로 아래로 줄을 맞추어 다가오는 모습에의 조화를 강의실에서 물끄러미 바라보고 있노라면 "교수님" 부르는 소리에 번쩍 정신이 들었던 기억−이런 일을 많이 겪은 상급학생은 잘 알게 되었지만 3월에 입학한 신입 학생은 전혀 모르고 의아한 생각이 몇 주쯤 지나야 이해하게 되면서 학생들도 따라서 먼 도봉산을 바라보는 일로 잠시 침묵이 흐른 때라야 강의 시작을 진행하기 일쑤였다. 계절의 변화에 취한 나의 행동이었을 뿐이다. 이제 멀리서 돌아보니 그리운 추억이고 아름다운 시절이었음을 행복하게 반추反芻하고 있다.

가을은 어쩌면 봄의 강렬함보다 은근함에서 더 좋을 것 같다. 봄날이 분주하고 다사한 일들이 어울려 진행하는 계절이라면 가을은 이와 달리 조용하고 스산함조차 안정감을 부추기는 분위기가 훨씬 정적이고 미묘한 감수성의 파장을 일으킨다. 때문에 나는 봄날의 화사함보다는 가을의 차분함에 이끌리는 심정이 된다. 라이나 마리아 릴케는 '비록 한 잎의 낙엽일지라도 바람에 떨어지면서 우주의 최대법칙을 간직한 충만'이라고 지적했듯 가을의 진행은 우주의 법리에 따라 변하는 일로써 인간에게 다가오는 정서의 편차는 개인에 따라 다르게 받아들인다. 그도 그럴 것이다. 낙엽 한 잎에서도 자연의 법칙은 어긋남이 없이 숨소리가 담겨있고 삶의 이치 또한 벗어남이 없을 것이기 때문이다. 그렇다면 바라보는 시선의 한계에 아쉬움을 달래려는 마음으로 소문난 단풍구경을 위해 주말이면 붐비는 자동차의 행렬이 막히고 숨찬 번다煩多함도 순환이법의 한 부분이라 이해하면 가을은 더 친근하게 나의 곁에 머무는 것 같음을 어이하랴.

'12.11.11.

가을비

  늦가을의 비가 내린다. 한낮엔 거세게 바람이 불더니 밤이 되어 추적거리는 비가 어둠을 적시는 날이다. 바람 때문에 이미 떨어진 낙엽에 그나마 나무에 달랑 붙어있는 몇 개의 잎사귀들은 이 바람에 혼비백산 흩어질 것 같은 모양이 서럽다. 가야 할 것은 언젠가 갈 것이지만 시간을 단축하는 사연에 따라 수명을 단축하는 일은 뜻과는 달리 아픔일 수 있기 때문이다. 세상에 마지막을 고告하고 싶은 소망이 어디 한 둘일까만 그래도 생각을 정리하여 남기고 싶은 말은 누구에게나 소망의 줄기일지 모른다. 가을밤은 악기로 치면 바이올린일까 아니면 굵은 음색의 첼로일까는 사람에 따라 다를 것이다. 그러나 간장을 녹이는 바이올린 소리에 가깝다는 편이 내 심정과 유사함에 이른다. 이런 밤에는 불운의 최치원崔致遠이 읊은 오언 절구「秋夜雨中」가 제격이다.

秋風唯苦吟 擧世少知音
窓外三更雨 燈前萬里心
(가을 바람에 시나 공글릴 뿐
세상 모두가 나를 알아 줄 사람 없구나

깊은 밤 창밖엔 수근수근 비는 내리고
등불 앞세워 멀리 멀리로 달리는 마음)

알다시피 최치원은 11살에 당나라로 유학을 떠나 6년 만에 과거에 급제하는 놀라운 저력을 발휘하였지만 경륜을 펴지 못한 불운을 이끌고 27세에 귀국했으나 기우는 신라의 국운 앞에 뜻을 펴지 못한 마음이 가을비에 젖어 슬픔을 자아낸다. 唯苦吟(유고음)에서 唯는 오로지 할 수 있는 일이 없음에서 비통한 심정이 苦吟 즉, 고통스레 끙끙 앓으면서 시 구절을 뽑아내려는 정경이 보이는 듯하다. 문자 그대로 참담하다. 알아 줄 사람이 없다는 것은 불운일 것이다. 그러나 알 수도 없고 또 보이지 않는 운명이 그렇게 결정되었음을 어찌할 것인가? 아마도 세상을 살면서 자기를 알아줄 사람이 있다는 것은 행복 중에도 가장 큰 행복일 것이다. 가령 알아주지 않는 항우를 떠나 유방에게로 간 한신은 운명을 바꾸었다면, 삼고초려를 받아들인 제갈량은 행운의 사람일지 모른다. 전자나 후자나 모두 좋은 혹은 이해해 줄 수 있는 상사上司를 만나 운명을 개척한 사람의 경우는 행복한 일로 치부할 수 있을 것이다. 인간은 저마다 운명적으로 결정된 어떤 법칙이 작용하는 것 같은 느낌이 요즘엔 부쩍 긍정하고 있다. 나는 이상하게도 여자 상사를 만나 평생직장을 마쳤다. 이른바 당시 교육 여걸이었던 배상명 선생이 교장으로 있던 상명여고에서 10년을 근무했고 이어 이웃학교인 신광여고 교감으로 발탁된 상사는 역시 여자교장인 최명자였고 이어 대학에서는 김병옥이 학장이었다. 내 평생직장의 거개를 여자 상사 아래서 근무했고 여기서 기를 펴지 못하는 처지가 나의 운명 혹은 숙명이었다는 점이다. 모순과 불합리는 많았지만 배상명 교장은 큰 그릇이었다. 비전이 있었고 또 하는 일이 넓이를 갖고 학교를 운영하는 사람이라면 그가 대학의 학장으로 일생을 마친 일은 그 그릇의 크기와 비례하는 느낌이었다. 그러나 마지못해 교감으로 끌려간 최명자의 경우는 하는 일이 파당일색이었고 이른바 귀가 얇은 편견이 자심滋甚했었으니 종교적 일방성이 심해도 너무 심했다. 결국 이런 편파성 때문에 옳은 혹은 그릇의 크기가 작아 큰 것을 수용

못하고 몇 사람 패거리의 소곤거리는 말에 결국 그 자신도 학교를 유지하지 못하고 아버지가 어렵게 일군 학교를 팔아넘기고 미국으로 떠나는 걸음이었음은 내가 학교를 그만 둔 한참이었다. 운명은 언제나 결정된 것 같은 생각을 갖게 된 것은 다음 학교에서도 여자 상사를 만나는 일이었으니 역시 종교적인 편파에서 헤어 나오지 못하고 끼리끼리 속닥거리는 일이 모두였고 바른 교수가 소외되는 모양이 전부였다. 이런 현상은 필히 인사문제의 실패에 따른 후유증이 있기 마련이다. 결국 아들이 국회의원이 되었고 학교 공금을 횡령하는 부정에 휘말리는 일로 검은 구름을 안기는 일이 학교를 떠난 나에게 들리는 풍문이었다. 종교가 일상에 지나치게 개입되면 안 된다는 것과 같은 종교인이라고 타인과 구분하는 일이 공적인 일에 개입하면 필지로 안 좋은 일로 흘러가는 일이 내가 보아온 뼈아픈 경험이었다. 왜냐하면 훌륭한 사람은 결국 어울리지 못하는 소외疏外의 거리가 생길 때 조직이 흔들리는 일들을 내가 학교에 근무하면서 느낀 절실함이자 편견의 일방성이 결국 망치는 일임은 깨달은 전부였다. 내가 종교에 심한 거부반응도 직장에서 느낀 심대한 끼리끼리의 편견이 심각했다는 이유도 큰 것 중에 하나다.

　　자기를 알아주는 사람이 없을 때 돌아보면 서글픔이 앞장 설 것이다. 공자도 뜻을 펴기 위해 주유周遊의 나그네 행로에서 언덕에 올라 흐르는 물을 바라보면서 '흐르는 물도 저와 같고녀!'라는 한탄을 하지 않았는가 말이다. 비단 최치원만의 아픔이 아니라 뜻을 펴지 못한 일을 운명으로 돌리면 서글픔과 아픔이 스멀거리는 일이 가을비가 내리는 밤이면 더욱 서글퍼진다. 그러니 시를 만들기 위해 끙끙거리는 고음苦吟의—(시를 읊조린다는 뜻이면서 작시作詩의 경우라 생각한다) 최치원처럼 나 역시 이 일에 진력盡力하지만 그 결과물은 항상 불만의 길이 넓게 펼쳐진 우둔함이 더욱 부끄럽다. 달리 묘한 방법이 없는 가을 밤 비는 애간장을 더욱 부채질할 뿐이니…….

'12.11.12.

아우 우석(愚石)

　　나는 형제가 없는—누이들은 있지만 동생이나 형님이 없다. 물론 어머니가 자식 10명을 낳았지만 살아남은 남자는 나 혼자이다. 요즘이사 100세를 운위하는 세상이지만 예전엔 봄에 감기만 돌아도 우수수 죽음으로 돌아가는 사람들이 흔하게 보이는 장례 행렬이었다. 우리 집은 아들이 귀한 것은 아마도 집안의 내력이라면 할 말이 없지만 위로 형님은 6·25 동란 중 9·28 서울 수복 날 새벽에 남산 어귀에서 유탄을 맞아 졸지에 운명殞命을 달리했고, 그 이후로 나는 고독한 운명으로 살아왔다. 이런 사건이후 나는 독자로 항상 부모의 보호아래 살지 않으면 안 되는 간섭(?)—바닷가 남쪽으로 피난 갔지만 수영하러 바다에 가는 길을 한사코 막은 어머니였고—물론 당시 이웃의 친구가 바닷가에서 수영을 하다 죽은 사건이 있는 이후—바다 근처에도 갈 수 없는 이른바 어머니 말씀에 순종하는 아들로 살아야 했다. 더구나 피난시절 가난이라는 멍에를 짊어지고 일상을 살다보니 자전거조차 탈 줄 모르는 그야말로 외톨이의 여유 없는 삶이 돌아본 나의 일생이다. 할 줄 아는 게 없는 여가 생활이나 은둔자처럼 충실한 생활인의 모습이 지금까지 살아온 도정途程이 돌아보면 마냥 서글프다. 피아노도 치고 싶었고 갸냘픈 바이올린 소리에 심취하여 연주하는 꿈도 사치함으로 돌린 지나온 길들이 아쉽다. 지금까지도 작곡을 했으면 어떨까하는 사념은 지나온 아픔의 고백 목록 중에 하나이다. 별것도 아닌 당구라거나 쉬운 운동조차도 감히 엄두도 없이 살아 이제까지 여백 없는 일상이 지루하기까지 하다. 그러나 나이 들어 무얼 배운다는 것이 심드렁해지고 또 지나온 길을 되짚어 가는 길도 쑥스러워 엄두를 못내는 이유도 내 성미와 더불어 살아 온 빈약함일 것이다.

사람은 살다보면 인간을 만나는 일이고 이를 어떻게 조화롭게 이끌고 가는가에 따라 교분의 넓이가 다양해진다. 내가 고등학교 마지막 학교에서 만난 조병한을 잊지 못하는 이유는 그가 일찍 세상을 떠났다는 아쉬움이 갈수록 안타까워지는 서글픔의 이유 중 하나이다. 그의 아호는 우석愚石이었으니 그는 서양화와 한국화를 오간 화가였다. 그의 그림관은 동양화니 서양화니의 구분이 아니라 그냥 그림이라는 말로 화가를 통칭하는 생각을 가진 앞선 화가였다. 그를 알게 된 것은 역시 여자고등학교에서 근무할 때 바른말을 하고 매사에 충실한 사람이었지만, 보기에 외톨이가 되는 경우가 많았다. 잘못된 불합리에 도전하거나 질정叱正하는 성미가 꼿꼿했고 정의감이 남다른 선생이었다. 그러나 협량한 상사는 귀를 열고 수용하는 것보다는 무시 혹은 왕따가 일반적이었다. 그런 분위기의 직장은 결국 심각한 분열의 소용돌이에 직면하는 것은 당연함이었다. 그와 나는 주로 예술에 대한 말이 교환交驩되고 의사소통이 자연스러워지면 유유상종의 자연스런 정감이 오가는 사이가 되었다. 내가 먼저 학교를 떠나고 이어 우석도 다른 학교로 옮겼지만 서로 오가는 빈도에 따라 자연스레 나는 형님이 되었다. 그의 그림을 좋아하는 것은 곧 그 사람됨이 더욱 매력적이었을 것이다. 그러나 불치의 병이 들어 이른바 종교시설의 요양원에 있을 때 만난 모습은 절망 그것이었고 얼마 후 그는 그 요양원에서 세상을 하직했고 병원영안실에서 하직을 전별하는 나의 아픔은 결국 홀로 되는 것처럼 허전이 모두였다. 그가 떠난 지 십 수 년이 흘렀다. 우리 집엔 그가 그린 8폭 병풍이 폭포수를 토하고 있고 죽기 무렵에 그린 추상화—그의 죽음

을 예감한 것 같은 붉은 색조의 10호쯤 되는 유화그림을 볼 때면 가슴이 저려
오면서 생각이 달려간다. 영구차로 떠나보냈던 뒷모습이 안타까움으로 여울
지는 생각은 삶의 길에서 만난 내 아우 조병한의 추억이 하도 깊어서이다. 변
덕 많은 세상에 진실한 사람을 만나는 일은 행복이자 아름다움이기 때문이다.
오호, 통재라 일 뿐이다.

'12.11.12.

사람, 그리고 뒷모습

세상에서 가장 어려운 일이 무엇일까 사람마다 다 다르게 대답을 보낼 것이다. 이는 당연함이고 또 응당 그렇게 대답을 할 수밖에 없는 일이다. 그러나 아마도 사람을 사귀는 일이 가장 힘들고 어려울 것이다. 누구나 일상을 유유자적하는 생활로 살아가는 일은 확실히 꿈을 실천하는 일에 해당할 것이다. 그러나 이런 행복도 적당한 일감이 있을 때 연장되는 기쁨이 있기 마련이다. 다시 말해서 시간을 보내는 유효성이 있을 때 오히려 귀중한 시간이 될 것이라는 뜻이다.

각설하고 월요일이면 내가 사는 이천에서 문학을 공부하고 싶은 사람들과 함께 공부를 한다. 일주일이면 한 번 만나는 일이지만 숙제로 습작을 토론하고 수정하는 작업이 1년이 안되어 수준에 이르면 나는 문단으로 발을 옮기게 도와준다. 더러는 너무 빠르지 않느냐고 할 지 모르지만 명칭의 의상을 입으면 거기에 알맞게 몸통이 변한다는 것을 믿기 때문이다. 나의 이런 실험은 사실 맞아 떨어지는 경우가 대부분이다. 왜냐하면 간판에 걸맞게 의식이 변하고 또 책무를 느끼는 자의식 때문에 변화라는 이름이 거의 틀림없다는 점을 오랜 시간을 경과하면서 확인하기 때문이다. 열망이 있으면 그 열망만큼 열성을 다하는 것이 공부의 속성이라는 뜻이기도 하다. 다시 말해서 자발적인 의도는 언제나 효과를 가져 오는 점에서 긍정적일 것이다.

지금까지 함께 공부한 친구들이 10여 명에 이른다는 것은 그만큼 열성으로 공부했다는 의미에서는 내 몫의 역할이 작은 것은 아니다. 이들이 작품을 모아 개인시집을 발간하고 연이어 두 번째 저서를 준비하는 것을 보면 대견스러워진다. 더불어 시낭송(시 콘서트로 개명했지만)을 한 달에 한 번 행사를 갖고 자기 시에 대한 검증 작업을 갖는 기회가 연 20여회에 이른다는 것은 문화 갈증 해소에 좋은 영향을 남긴 것이다. 아울러 동인지 또한 다섯 번째에 성과를 갖고 있음도 무시 못 할 일이다. 이런 운동은 결국 자기문학의 탑을 축조하는 일이라는 것을 나는 오래전부터 실천해왔던 일들이기 때문에 격려로 이끌고 있다. 그러나 그 중에는 뒷모습을 보이고 홀연 사라지는 사람도 있을 때 마음 구석에 안타까운 그림자가 드리우는 것도 사실이다. 지금까지 이룩한 성과에 담보를 가져 올 것이 확실하기 때문이다.

안쓰럽기도 하고 어쩔 땐 미간을 찌푸리는 일로 치부하기엔 마음이 여백이 아픔으로 가득 찰 때도 있지만 그 사람의 그릇으로 돌리면 슬픔이 찾아오기도 한다. 딱히 무엇을 잘못해서라기보다는 일정한 목적을 달성했기에 이젠 떠난다는 신호가 여전히 비인간적인 경우가 많기 때문이다. 밉기보다는 배반의 순간을 생각하는 일이 한 두 번으로 끝나는 일이 아니었다. 적어도 객관적으로 사리를 판단하지 못한 이성理性의 문제가 슬프게 연상할 수 있기 때문이다.

떠나는 일은 아름다워야 한다. 그러나 뒷자락을 허전하게 하고 떠나는 사람의 경우는 한 둘이 아니지만 결국 문학적인 성과도 이루지 못하고 배회하는 일이 고작 일 것 같을 때 마음이 아프다. 좀 더 진중하게 열성으로 공부하면 더 높이 이를 수 있을 때 떠나야 하지만 성급한 조급증이 지금까지의 성과를 잠식하는 결말을 예상하기 때문이다.

사람을 만나고 이별하는 일은 필연의 법칙이라 말하지만, 돌아가는 뒷모습이 아름다워야 한다는 생각이다. 물론 나 또한 일생에 그런 예가 있을 것이라는 유추를 대입하면 사는 일이 불편해진다. 만나고 떠나는 일이 인생의 보편성일지라도 원만의 관계를 가지고 살아가는 일이야말로 삶의 가치를 높이는 계산일 것이다. 좀 더 객관적으로 사고하고 생각의 폭을 넓히는 일이 삶의 가치에 대한 소명일지라도 잊고 살아가는 일로 하루를 보내는 못난 행동에 반성의 깃발을 날리는 모습이 다시 무거워진다. 배반하지 말고 삶을 살아가는 일도 너무 무거운 숙제이기 때문이다. 오늘도 나는 숙제를 얼마나 잘 했는가 이것이 궁금하다.

'12.11.15.

추풍낙엽

봄이면 확실히 아름다움이 시작하는 조짐이 아름답다. 굳은 패각貝殼의 껍질을 벗고 나오는 연약한 싹이 얼굴을 내밀 때면 마치 어린아이의 작고 앙증한 손처럼 붙잡아주고 싶은 충동이 당연할 것이다. 나날이 변하는 봄날의 변화에는 신기와 찬탄이 파도처럼 일렁일 것이고 이를 바라보는 인간의 눈에는 푸름으로 동화되는 세상이 마냥 아름다울 것이다.

그러나 우주의 이치는 한곳에 머물러 있다면 이는 법리의 순서가 아니다. 봄은 이내 여름의 왕성한 기운에 꽃으로 보답하는 일이 될 것이고, 정점을 향하는 계절은 저마다 분주한 몫으로 할당된 삶의 길이 연장된다. 그렇더라도 항상 정점은 다음 순서 앞에 겸손한 것이 정한 이치라면 변화 앞에 머물러 앉아있을 수는 없다.

가을이 오면 이미 모든 생명체는 스산한 기운을 받아들이느라 스스로 안으로 다그치는 일들이 가장 먼저 나무들의 모양을 보면 알게 된다. 열매로 보답의 생명을 안으로 감추고 패각의 문을 굳게 잠그고 생명의 씨를 건사하는 절차가 수행될 준비에 여념이 없게 된다. 이는 생명 연장이고 달리 말하면 자손

번식의 절차를 이어가려는 발로일 때 엄숙한 모습이 된다. 비단 동물만의 일은 아니다. 모든 생명체는 이 같은 절차를 익히 잘 알고 저마다의 방법으로 모양새를 달리 한다. 추풍이 불면 모든 잎들은 바람에 날려 여행을 떠난다. 침엽수은 침엽수대로 탄소동화작용의 몫을 수행하면서 생김새만큼 임무를 수행하고 넓은 잎을 가진 나무들은 거개가 낙엽으로 전환하는 일이 번다하다. 가을이 오면 비바람조차 일 수없는 순간에 우레와 번개가 세상을 놀라게 할 때면, 거의 모든 잎 새들은 땅으로 낙하하는 일이 마지막처럼 운명 앞에 서성이게 된다. 그러나 마지막에 마지막 까지 잎을 달고 있는 나무—앙상한 낙엽으로 매달려 추운 삼동의 겨울을 기다리고 있다. 이들 나무에 낙엽이 떨어지는 일은 이듬해 봄이 되어 싹이 나오는 것과 바통 터치를 하는 그들만의 특징이 있다. 결코 바람 앞에서는 떨어지지 않는다는 뜻이다. 인간의 손으로 잡아떼지 않는 다음에야 결코 나무에서 떨어지지 않고 온갖 삭풍을 견디는 놀람을 보여준다. 그러나 봄이 오면 스스로 떨어지는 모성애의 발로는 나무에서 발견하는 놀람을 넘어서는 감동을 준다. 외부의 충격이나 어떤 시련에서도 결단코 자리를 내줄 수 없다는 일이 겨우 내내 이어지기 때문이다. 죽어서도 강인한 상태를 유지하는 나무—몇 개의 잎이 땅에 떨어졌을 때, 눈이 내리면 졸참나무 나엽 주위로는 틀림없이 눈이 녹아 잎의 형태를 보여준다. 마치 나는 죽어서도 참나무라는 이름을 잊지 말라는 것 같은 심지心地가 굳은 표정을 관리한다. 졸시「졸참나무 잎에 담긴 뜻」을 옮겨 가상함을 언급하고 싶다.

아내가 좋아하는 도토리묵
졸참나무 헌신에는 눈물이 있어
겨울 하늘 가지에 매달린 오늘은
사랑을 배웁니다.
추풍낙엽 눈보라에도
한사코 떨어지지 않는 이유가
봄 잎새에 전달할 마지막 체온을 위해
앙상한 몰골로 기다리는 고통일지라도

사랑만을 위해 인내의 언덕을 오르는
모습이 눈물 겹습니다
미처 몰랐습니다 삼동 석 달을
허기처럼 달려 갈 뜻 하나 오로지
내일을 위한 몫으로
마지막에 마지막을 버티는 용기
턱걸이의 슬픔을 체력장 시험에서
익히 알았다지만 태어 날
미래만을 위한 헌신을 오늘은
가슴 아린 이름으로 바라봅니다

참나무과에는 밤나무, 너도밤나무, 구실잣밤나무, 상수리나무, 굴참나무, 떡갈나무, 갈참나무, 신갈나무, 졸참나무, 붉가시나무, 조가시나무, 가시나무, 등 그 동종 식구의 종류만도 10여 종이니 어슷비슷함도 구분이 모호할 지경이다. 그러나 도토리묵의 맛을 더없이 좋은 이른바, 건강식품이라 즐겨먹는 아내의 기호식품이기 때문에 마트에 가면 으레 도토리묵은 단골 쇼핑 목록의 하나이다.

이사 와서 집 앞에 큰 졸참나무가 있어 어찌 하나의 고민일 때 제거와 보존의 갈림길에서 결국 제거로 의견이 모아 질 때도 물을 정화시킨다 해서 한사코 그 자리에 놓아두자고 우기던 아내의 열성에 주차장 옆에 있는 마지막 한 나무를 그대로 놔두었더니 올해는 제법 많은 도토리가 열렸다. 벌써 큰 바람이 몇 차례 우리 집을 지나갔지만 무성한 낙엽의 모습으로 서있는 것이 여간 듬직한 것이 아니다. 그런 굳은 생각으로 살아가는 자기 신념의 주인공에는 존경이 앞선다면 우리 집 떡갈나무 혹은 졸참나무의 위용을 바라보는 것만으로도 듬직한 기둥을 두고 살고 있다는 자부심이 있다. 더구나 자식을 맞이할 때까지 그 흔적을 나무에서 유지하는 놀람은 새잎이 나오는 초봄이면 스스로 떨어져 사라지는 모성애 앞에 숙연해지는 마음이다. 나무의 절절한 사랑 앞에 흔들리는 이기심의 자화상을 내 보이기가 여간 부끄럽다. 인간이 나무의 사랑

에도 못 미치는 일은 흔하기 때문이다. 아무튼 추풍낙엽 설한풍의 계절에도
결코 시련 앞에 굴복하지 않는 그 심지를 내가 곁에서 바라 볼 수 있다는 사실
만으로도 나무의 가치는 나를 감동시키고 있다.

'12.11.19.

섣달 앞에서 눈

시 콘서트를 마치고 나오는 어둠의 시간에 눈발이 내린다. 차를 타려다 말고 모두다 환호성을 합창하듯 동일하게 음성이 모아진다. 40대의 시인도 있고 60대 그리고 70대의 글쟁이들이 한결같이 느끼는 첫눈에 대한 반응이 일치한 것은 나이와는 상관없는 일임을 알게 한다. 신체는 늙지만 감성은 늙음을 모른다는 것처럼 눈에 대한 환상이 아름다운 것은 틀림없는 것 같다. 기실 눈이 내리면 그 순간의 아름다움은 느낄 수 있지만 한두 가지의 고통이 수반되는 것도 사실이다. 추적거리는 길을 달리는 자동차의 모습은 헌옷을 입은 것처럼 얼룩투성이가 다음 날 세차걱정을 갖게 하는 일도 그렇거니와 언덕을 오를라치면 미끄러지는 차바퀴의 걱정이 따르기 마련이다. 이미 그런 경험을 한 터라 가급적이면 눈이 오면 차의 운행을 자제하는 것도 눈에 뒤치다꺼리 중에 하나 일 것이다. 그러나 삶의 경과가 어디 이성만으로살 수 있고 또 계산으로 지날 수만은 없을 것이다. 멀리 하얀 세상의 아름다움은 인간에게 다가오는 소박한 정서의 율동을 충동하기에 알맞고 모든 사람의 정서를 흥겨움으로 일체화시키는 일 또한 눈 오는 날이 아니면 만나기 어려운 일이기 때문이다. 팍팍하고 힘겨운 세상살이에서 기쁨의 순간을 베풀어 주는 흰 눈의 내방은 그 자체로 행복이고 기쁨이다. 내가 첫 눈의 기억을 갖는 것은 어느 해 11월 20일로 기억하고 그날을 잊지 못하고 있다. 부모가 연로하면 군대를 면제하거나 6개월 복무하면 제대하던 시절의 이야기이다. 법에 의해 연기, 연기를 하다가 또 다시 바뀌는 병역법 때문에(어찌 그리 자주 바꾸어졌는지 국방장관이 바뀌면 어김없이 병역법이 손질되었던 것 같아 지금도 그 이유를 알고 싶다) 세 아이의 아버지가 된 나이에 입영하게 되었고 그날이 11월 첫눈이 내리는 날 무악재 고개를 넘어 훈련소에 입소하는 날이었다. 이때의 눈은 처와 아이들 그리고 부모와 떨어지는 슬픔이었고 가슴을 아리는 풍경을 건네받는 심정이었기 때문이다.

세상이 나를 위해 위로하는 듯이 펄펄 내리는 눈을 맞고 가라앉은 심사에는 기쁨이 아니라 심란의 분풀이처럼 눈은 흩날리고 있었던 기억은 지금도 11월 20일이면 결코 잊지 않고 과거를 회상한다.

아픔은 당시엔 비극 같지만 지나면 추억이 되고 돌아보게 되는 길이 아슬하게 그리워지기도 한다. 더불어 어차피 잊히고 망각의 꺼풀이 뒤집어 씌워질 때, 돌아보는 아픔에 한계를 갖는 인간의 기억에 보편성을 고마워할 일이다. 만약 망각을 모르고 모두를 기억하는 일이 벌어진다면 아마도 인간을 살아갈 수없는 일이 될지 모른다. 잊고 또 망각하기 때문에 새로운 것을 경험할 수 있다는 것은 확실히 고마운 일이다. 만약 천재들이 망각을 갖지 못하는 경우 불행일 것이라면 차라리 망각을 괴로워하는 범인凡人들의 행복이라면 너무 대조적인 현상일 것 같다.

이제 섣달의 풍속도 많이 변했다. 1970년대 섣달에 종교절이면 명동이나 종로 네거리를 배회하느라 밤새워 영화 필름을 말아서 만든 뿔피리를 불고 허우적였던 밤이 생각난다. 기독교의 명절이 이 나라 모든 젊은 모든 사람에게 무슨 의미일까를 생각할 겨를도 없이 남들이 하니까 나도 끼어야 된다는 충동이 낳은 젊은 날의 치기稚氣로 돌리면 그도 아름다움의 풍경일 것 같다.

이제 노년의 깊이에서 만나는 섣달은 사뭇 조용하기만 하다. 치기어린 날들로 돌아 갈 수도 없는 일이 산으로 가로 막아서는 데는 어쩔 길 없는 체념이 모두일 뿐이다. 완고한 이성이 붙잡고 있는 줄이 너무 단단하고 강고하다. 의욕의 나무에 서릿발이 잦아들고 숙고의 시간으로 돌아가는 길이 넓고 환하기 때문에 행동의 반경이 좁아질 수밖에 없다. 기실 적당한 어둠이 가려주면 인간은 발로發露의 기운이 솟아나고 여기서 젊음의 특성이 나타 날 수도 있지만 이성의 성城에 갇히고 이를 지켜야 한다는 뜻에 붙잡히면 새로운 기회를 차단하는 일이 될 것이다.

올 해도 섣달은 왔다. 이미 11월에 내년의 달력이 당도했고 입도선매立稻先賣의 마음으로 앞날을 헤아리는 일이 속도전으로 지나고 있다. 왜냐하면 섣달은 정리로 마음이 부산하고 이런 기회에 묻혀가는 일상이 너무 빠르게 지나는 이유가 있기 때문이다. 물론 주변이 점차 조용해지는—떠나는 사람과 소식을 끊고 사는 행동반경이 극히 제한적인 일상을 받아들여야 하기 때문이다. 하여 노년의 섣달은 첫 눈을 기다리는 기쁨보다도 더 걱정이 앞서서 즐거움을 가리는 장면들이 아픔처럼 서글프다.

'12.12.1.

종점

    도시생활에서 마지막 종점에 산다는 것은 여러모로 편리함이 있다. 붐비는 일이 없고 또 한가하게 자리를 잡을 수 있는 여유가 오가는 일에서 반복되기 때문에 편리 중에도 복 받은 편리일 것이다. 더구나 출퇴근의 경우 심각한 고통을 감내하지 않고는 대중교통의 승객이 된다는 것은 시련과의 대면일 것이 자명하기 때문이다. 그러나 종점은 대부분 도심과는 뚝 떨어진 곳에 위치하기 때문에 주변이 미개발의 경우가 많기 때문에 오랜 시간을 소비한다는 단점 또한 없는 게 아니다. 이러구려 장단이 없는 경우가 없고 좋은 일이 있으면 그 반대의 경우도 있다는 것은 자명한 진리일 것이다. 한쪽만 바라볼 때 사시斜視라는 말을 한다. 편견이나 일방적인 판단은 언제나 사리에 어긋나는 말이라서 조심스러운 행동을 주문한다. 사욕에 찬 눈으로 사물을 보면, 사물의 시비를 바로 볼 수 없다는 『여씨춘추』의 夫斜視使目盲, 私聽使耳聾, 私慮使心狂은 틀림이 없는 지적이다. 그러나 어지간히 균형을 갖춘 사람이 아니면 일방의 유혹에 빠지는 수가 대부분이라면 이도 삶의 선택에 관한 문제로 귀결될 것이다.

인간은 누구나 종점에 이르는 길을 맞이한다. 이는 필연이고 숙명이기 때문에 갈라서 선택할 것이 아니다. 인간사에는 스스로 선택할 수 있는 일이 있고 정해진 길로 가는 운명이 있을 것이라는 점에서 때로는 체념의 순리에 적응할 필요가 있을 것이다. 내가 살고 있는 뒷집에서 기르는 개는 항상 목줄이 달려 있고 주인이 주는 밥만을 먹어야하는 일은 운명이라는 점에서 선택이 아니고 자발성이라는 뜻은 개입할 여지가 없다. 주인이 어디 여행이라도 갈라치면 몇 날을 혹서酷暑나 혹한酷寒의 고통에서 헐떡거리는 혹은 오들거리는 모양을 볼 때면 스스로를 돌아보게 된다. 나라고 저 개와 무엇이 다를 것인가? 개 또한 주인이라는 대상에 좌지우지하는 점에서는 인간의 운명과 다름이 없을 것이다. 철학자 비트갠슈타인이 말한 <파리 잡는 항아리>와 같은—들어가면 결코 자의적으로 나올 수 없는 운명—인간은 제3의 대상을 파악할 수 없기 때문에 신이라는 탈출로를 선택하여 거기에 의지하는 종교가 번성하지만 짐승은 이런 객관화의 안목이 부재하기 때문에 저항 없이—이점은 인간이나 동물이나 궁극에서는 같을 것이다.

마지막을 종점이라 칭하면 여기엔 이별이 슬픔이나 아픔으로 남게 되지만 돌아가는 길이 가족을 만나는 행복함이 있다고 생각하면 정다운 종점이 기다림의 장소가 될 것이다. 경우는 언제나 상반 혹은 서로 엇갈리는 일이지만 생각의 농도를 어떤 점으로 돌리는가의 여부가 차라리 편안한 일이 된다.

판단이라는 일은 무엇을 선택하든 어차피 모순이고 불합리한 해석을 유발하는 점에서 행동의 주저함이 있게 된다면 자의적인 길을 스스로 선택하고 결정하는 일은 틀린 일이 아닐지도 모른다. 오늘도 나는 어딘가 가는 일을 결정한다. 그것이 길을 가는 여정이든 운명을 선택하는 일이든 가부간에 자기의 의지에 따른 신념이 중요하다는 결론이 나의 종점론의 요지가 결국 우왕좌왕이다. 생각이 많으면 헷갈리기 때문에 단순함이 가장 좋은 일이 될 것이라는 답도 틀린 대답은 아니라는 뜻을 첨가하면 다시 우왕좌왕이 인생길이라는 뜻으로 귀결된다.

'12.12.3.

떠나는 사람에게

'會者定離'라는 말을 되뇌는 일은 아무래도 아픔일 것이다. 이 말은 <遺教經>에 世皆無常, 會必有離에 있는 말이다. 만남은 필연으로 이별에 있다는 말은 인생사에 아픔이요 또 필연의 법칙이 작용하는 말일 것이다. 만남은 떠남을 위한 보폭이고 또 떠나는 일은 다시 만남을 위한 일이라면 분가佛家에서는 인연이라는 말로 풀어낸다. 기실 우주의 법칙은 이런 질서의 윤회가 만들어주는 공간에서 변화가 일렁이고 새로운 탄생과 소멸이 왕래한다.

어린 시절에 지인이 제주도에서 사다 준 조선동박새를 애지중지 키운 적이 있었다. 그러나 유감스럽게도 한 쌍이 아니고 한 마리였다. 그 사연을 알 수는 없지만 여간 공들여서 모이를 주고 보살피는 일—내가 그만큼 무언가 동물이나 식물을 건사하는 일에 정성을 들이는 습관이 있다는 것을 확인하는 어린 시절의 추억일 것이다. 이런 현상은 지금도 나무 한 그루나 풀 한 포기에도 정성을 다하는 스스로의 모습이 어린 날들의 행동에서 멀리 떨어진 일이 아니라는 뜻을 함축한다. 그러나 학교에 다녀오니 어머니의 근심어린 표정을 지금도 잊지 못하는 것은 모이를 주다 그만 문이 열려 하늘로 날아 가버린 허무의 말씀-잊을 수없는 어린 날의 회상이다. 그 후로 십자매와 잉꼬 등을 키워 새끼를 낳아 분양했던 일이 떠오른다. 물론 개를 키우는 일-단독주택에서만 평생을 살았기 때문에 개를 키우는 일이 몇 번은 된다. 멀리서도 주인의 발걸음을 알고 짖어대는 소리는 친근함이었고 충성을 다하는 개의 모양은 열성으로 밥을 주는 가치를 다하는 짐승이지만 막상 언젠가는 이별을 해야 하는 일에 이르면 아픔이 주체할 수없는 일이라 이후엔 아예 개를 키우는 일을 포기했다. 정이 드는 동물과는 인연을 맺지 않음이 좋겠다는 기피증상이 내 뇌리를 지배하는 이유 중에 하나가 되었다.

시골이라 너른 땅에서 개를 키우라는 권유나 그럴 필요를 은근히 가져본 것도 사실이지만 거절로 마감한 것은 정이 드는 동물에 대한 아쉬움이 크나큰 이유라면-인간에 대한 경우는 선택의 여지가 없을 때 이별의 고통이 심대深大해진다. 왜냐하면 어느 날 그들의 필요에 의해 인연을 맺었고 또 그들이 자의적으로 떠나는 발길이 야속하기 때문이다.

최근 나는 이런 경우를 두 번에 걸쳐 충격파로 다가왔다. 이른바 시를 배운다는 명목으로 찾아와 열성을 다하면서 목적 달성을 위해 노력하는 모습에 감동하여 정성을 다해 인연을 맺었고 또 그런 일이 아주 오래 갈 것처럼 보였을 때 매우 고마움을 갖고 살아왔다. 인간은 누군가와 서로 어울리는 일이 곧 삶의 실체이기 때문이다. 그러나 어떤 이는 3년이 못되어 뒷모습을 보이는가 하면, 그보다 짧은 시간이 지나 이런 저런 이유를 들어 모습을 감추는 경우를 당하면 갈등이 솟구친다. 정情에 얼어맞는 다는 말이 어울리는 뜻인지는 모르지만 이럴 때마다 심한 멀미를 앓아야 하고 뇌리에서 떠나지 않는 우울로 소용돌이친다.

인간을 사랑하면 그 사랑만큼 배반을 당하는 일이고 그만큼 절망과 맞서야 하기 때문에 정을 나누는 일은 삼가야 할 인연법인지 모르겠다. 그렇더라도 어울림으로 살아가는 사회에서 필요를 정해놓고 살아갈 수는 더욱 없는 일이기에 떠나는 사람의 이유를 굳이 알고 싶은 생각은 없지만 비어있는 허공만큼 시련으로 다가오는 일을 외면할 수가 없다는 뜻에서의 고통이다. 그럴 때 마다 봉사의 문을 닫고 싶은 마음이 일렁이지만 좋아하는 몇 사람의 눈이 다시 그리워지는 일로 체념의 공간을 만들고 있다 .이런 인연이 결국 나의 아픔을 재촉하는 일이라는 데서 운명적인 아픔의 감내가 나의 몫이라는 정리—내가 살아있기 때문에 일어나는 이별이라는 점에서 이 또한 필연의 법칙일시 분명함이리라.

'12.12.3.

아호론(雅號論)

우리 선조들은 태어나면 아명兒名이 있고 결혼을 할 경우 관명冠名, 어른이 되어 차마 이름을 부를 수 없을 경우엔 아호雅號를 쓴다.

추사는 200여 개의 아호를 가졌다니 놀랍다. 하기야 자기가 지은 경우 보다는 친구나 선생이 붙여준 경우 많을 수밖에 없는 일이리라. 소월, 육사, 가람, 미당, 무애 등등 문인들의 아호는 그 나름의 특징이 있고 의미를 담고 있어 정겹기만 했다. 하지만 시험 문제로 등장할 때는 곤혹스러운 경험을 되살리기도 했지만 돌아보면 아름다운 추억이다. 하긴 문교부 장관의 이름을 쓰라는 시험 문제나 이조의 왕들의 칭호를 암기하는 데는 필요성에 의문이 드는 것도 사실이다. 시험이란 필요만을 위한 의도가 아니라면 출제 선생님의 의중에 맡기는 일이 당연할 것이다. 인생살이에 필요와 불필요가 무슨 이유와 구분인가 말이다. 다가오는 것들 앞에 알면 풀어나가고 모르면 모르는 데로 지나치는 일이 오히려 현명할 수 있을지 모르는 일이기 때문이다. 따지고 분석하고 치밀하게 맞물리는 사람이나, 허술하게 어설픈 행동거지라도 그 나름으로 살아가는 길이 삶의 길이 아닌가 말이다. 그러나 예의와 겸손은 삶의 도정에 가장 중요한 덕목이라면 이를 지키는 일은 의당 옳은 일이 아닐 수 없다. 어린 시절에는 별명을 부르는 것이 때로는 정답고 친근하지만 나이 들어 이름 석 자를 부르는 것은 어색하고 또 아이들이 듣기에도 때로 민망함이 사실일 것이다.

내 첫 번째 아호를 붙여준 사람은 대구에 玄堂 신동집 시인이다. 동호東湖의 유래―『신동집 시연구』라는 초고 1,800매의 방대한 원고를 탈고하고 대구 居處를 방문하니 중풍으로 와병 중이라 무언가 할 수 있는 대접이 민망했던지 아호를 가짐이 어떠냐는 물음에 그냥 거절하기가 뭣해서 지나쳤을 때 동호라는 호가 좋겠다는 말로 그날의 만남은 끝났다. 그 무렵 나는 박사학위를 마치고 강사생활에 고달픈 일상이라 이름 석 자도 끌고 다니기 힘들어 시큰둥하게 지나쳤다. 아무튼 내가 타인으로 부터 받은 최초의 號인 셈이지만 아직 써본 적은 없다. 두 번째는 동산東山이다. 이는 친구가 붙여준 사연이 있다. 그가 고향 공주에 있다는 산이 옥산玉山이라 스스로 아호로 삼고 있었으니 그와 빈번하게 모임을 가질 때 너도 호를 가져라 해서 술김에 던져 준 작명이었다. 이 또한 시큰둥하게 지나쳤던 것도 사실이다.

친구들에는 산山자 이름으로 아호를 지은 그룹이 있다. 끝 자가 모두 산으로 정했으니 이름히여 산호회라는 모임이다. 큰 형뻘인 분은 산림청에 고위직으로 계실 때 그의 직장을 특징으로 해서 지은 森山을 헌정 했을 때―한사코 거절하던 분이 쾌히 승낙하셨으니, 뒤집어 부르면 '산삼'이거니 얼마나 좋은가 말이다. 그 분의 일생 직장이 담겨있었으니 거절이 있을 리 없었다.

속 깊은 아우 심산深山은 별 둘을 달고 퇴역했고, 또 별 하나로 퇴역한 공군의 아우는 창산蒼山이라 직업의 특성과 잘 아울리는 아호였다. 그러나 紫山인 친구는 넉살좋고 발 넓어 인기 있고 또 가수이기도 한 다방면의 특색을 갖춘 행동거지에 걸맞은 진달래 밭의 연상이 떠오르면 금시 그의 웃음기가 떠오른다. 山號會의 각자 호에는 내가 모두 시를 지어 특징을 더했으니, 만나서 주고받는 술회에서 이름대신 호를 부르는 일이 스스럼없는 일이 되었고 유쾌한 추억의 장면이 때로 미소를 불러오는 촉매가 되었다.

노년에 스스로 붙인 나의 아호는 傲骨城(오골성)이라 부른다. 오연傲然함이
중심을 잡으면 뼈가 있어야 한다는 내 몫의 삶에 대한 마음이 들어있다. 그러
나 내놓고 한 번도 쓴 적이 없지만 시로 옮긴다.

어머니, 당신의 아들은
시의 나라에서 외롭게 사는
왕자입니다. 눈물이나 웃음을 버무려
꽃 한 송이를 만나기 위해
어둠의 긴 터널이나
햇살 익은 들판을 방황하는
눈물의 왕자입니다 때로
깊이 모를 강물에 시퍼런
마음 하나를 믿고 무작정 뛰어드는
어리석게도 망망대해를 찾아가는
나그네, 고독한 왕자입니다

어머니, 당신의 아들은
부피를 모르는 깊이에서 때로
추위와 오한을 입고도 활보하는
철모르는 일로 오랜 몸살을 앓아도
다시 도지는 광기에 어쩔 줄 모르는
당신의 아들 슬픈 왕자
이승에서 당신의 곁으로 가는 날도
한 줄 시를 위해 고개를 넘는
마음 하나만 믿고 살아가는 바보
오골병(傲骨病) 환자 그런
서러운 왕자입니다

졸시: 「傲骨城」

오골성이든 오골병이든 나는 나로 살아왔고 꺾임이 없이 긴 인생의 여정을
꼿꼿병으로 살았으니 후회의 목록은 없다. 더구나 시인은 오연함이 없을 때

창녀와 다름이 없다는 지론을 많이 말했다. 이 쪽 저 쪽 흔들리는 것이 아니라 중심을 꽉 잡고 자기만의 성을 구축하는 시가 아니면 이미 시의 특성이 없는 시다. 결코 시인은 독자를 위해 아첨의 헛바닥을 굴러서는 안 되고 자기의 성으로 방문을 기다리는 오만이 때로 자기 시를 변호하는 유일의 방법이기 때문이다. 설사 고독에 침몰하는 슬픔이 있다하더라도…….

'12.12.7.

상상 여행

초판 1쇄 인쇄일		2013년 4월 15일
초판 1쇄 발행일		2013년 4월 16일
지은이		채수영
펴낸이		정진이
출판이사		김성달
편집이사		박지연
책임편집		이원숙
본문편집/디자인		정유진 신수빈 윤지영
마케팅		정찬용 권준기
영업관리		한미애 심소영 김소연
인쇄처		월드문화사
펴낸곳		새미

등록일 2005 03 14 제25100−2009−8호
서울시 강동구 성내동 447−11 현영빌딩 2층
Tel 442−4623 Fax 442−4625
www.kookhak.co.kr
kookhak2001@hanmail.net

ISBN		978−89−5628−615−0 *03800
가격		10,000원